文春文庫

孤剣の涯て

木下昌輝

文藝春秋

目次

孤剣の涯て

徳川家系図

宇喜多家系図

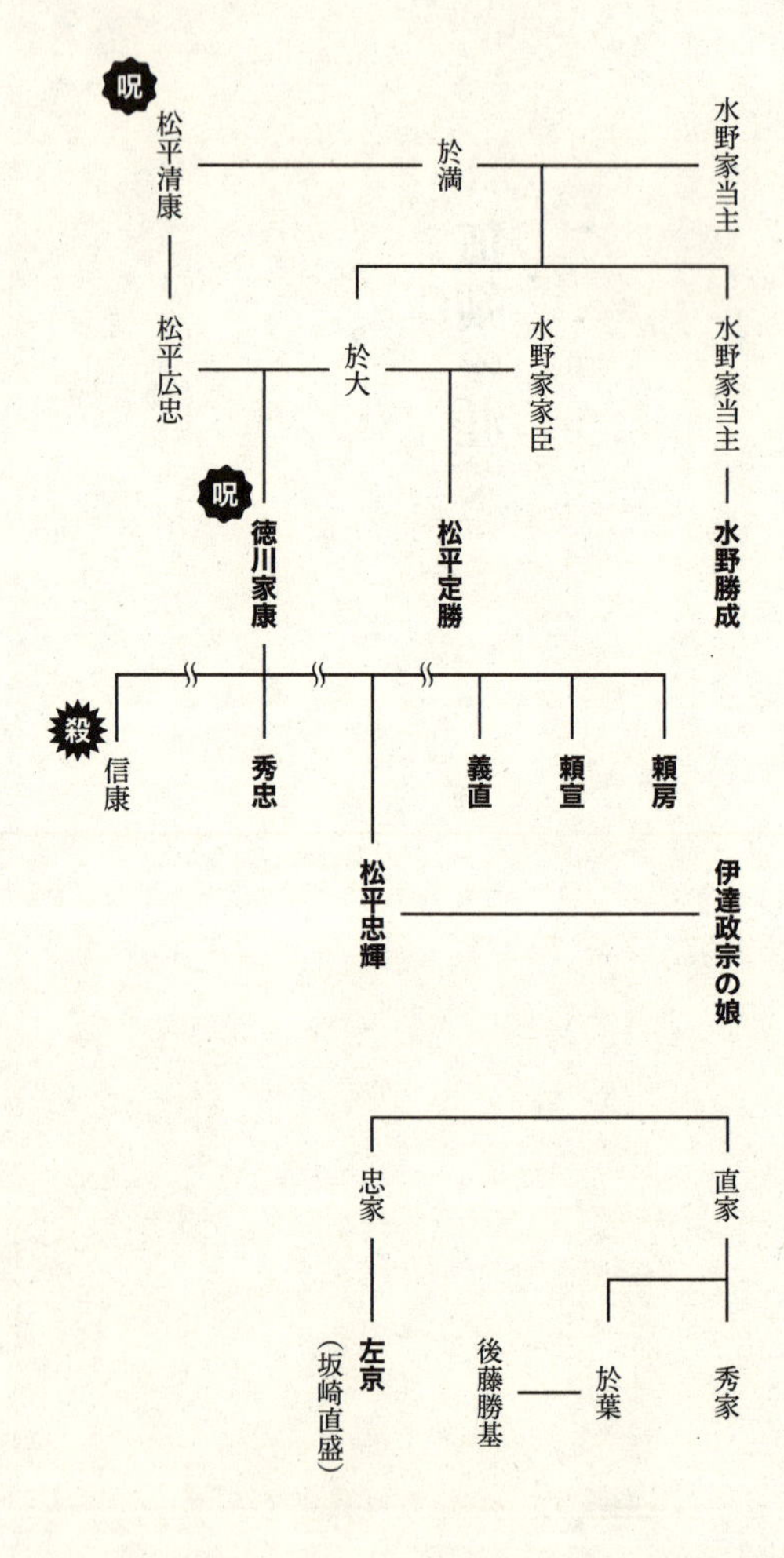

大坂夏の陣
布　陣　図

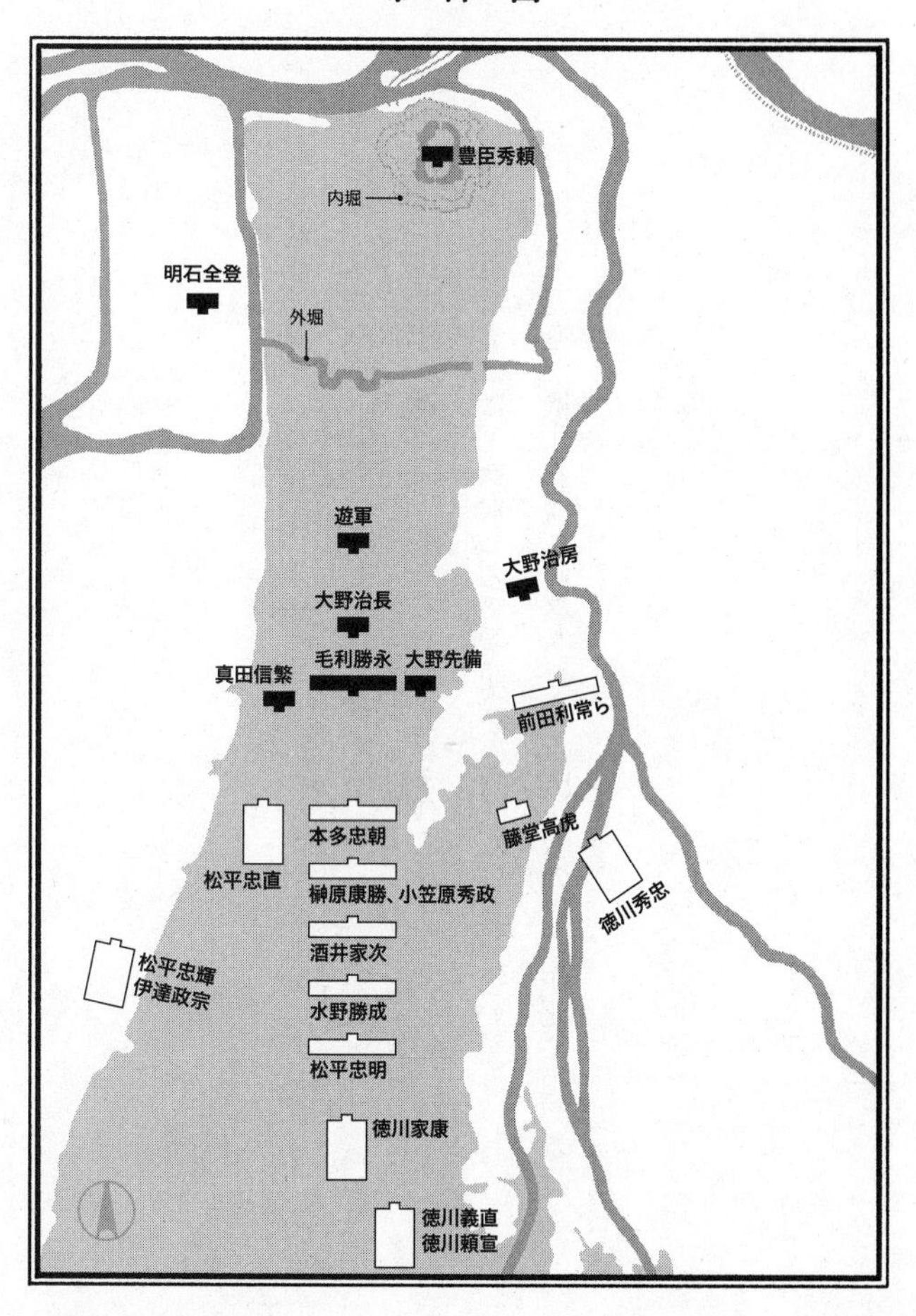
豊臣秀頼
内堀
明石全登
外堀
遊軍
大野治房
大野治長
毛利勝永
大野先備
真田信繁
前田利常ら
本多忠朝
藤堂高虎
松平忠直
榊原康勝、小笠原秀政
徳川秀忠
酒井家次
松平忠輝
伊達政宗
水野勝成
松平忠明
徳川家康
徳川義直
徳川頼宣

五霊鬼の呪いの言い伝えとは——

一、諱を刻まれた者は、二年の内に呪い殺される。

二、呪いを解くには、妖かし刀で呪詛者を殺さねばならない。

三、妖かし刀を破壊すると、破壊した者と呪詛者の九族が死に絶える。

序章　久遠の剣

〈い〉

これが最後の剣になるだろう。

思いがけず訪れた感傷に、武蔵(むさし)は驚いた。だからだろうか、脳裏に歌が浮かぶ。

——戦気、寒流、月帯びて澄めること鏡のごとし
木刀を構えた弟子がいる。名を、佐野久遠(さのくおん)という。額にしめた茜の鉢巻が目に鮮やかだ。歳は、宮本(みやもと)武蔵より六つ下の数えで二十五。大小二本の木刀を両手で持つ姿には、余計な力や気負いが一切感じられない。

頭に浮かんだ歌は、この弟子の剣気から聞こえてくるものだ。

よくぞここまで、という想いが武蔵の胸を満たす。この立ち合いが終われば、もはや何の未練もない。心おきなく剣を置ける。

「久遠、寸止め無用でいいのか」

「武蔵先生、くどいですぞ」

佐野久遠に躊躇はない。

武蔵は、両手で太い木刀を握っていた。六十有余の決闘の全てを制し、五年前に巌流(がんりゅう)小次郎(こじろう)と舟島で戦って以降、真剣勝負からは遠ざかっていた。かといって鈍(なま)ったわけではない。舟島の時の己と立ち合えば、十のうち九は勝つ。

稽古は、常に真剣勝負さながらだ。命懸けの稽古のおかげで、弟子は目の前で立ち合う佐野久遠のみ。今までに百人以上の男が、武蔵の創始した円明流に入門を乞うたが、みな音を上げ去ってしまった。

武蔵は脇構えをとる。左肩を前に両手を右後方へ。これで、相手は木刀の長さを測れない。

ふと思った。武蔵は久遠の構えから歌を聞いた。久遠は、武蔵の剣から何かを感じただろうか。

先に動いたのは、久遠だ。ふたつの木刀が襲いかかる様は、双頭の蛇を思わせた。武蔵は、脇構えを解かない。時に頭を下げ、左右に体をふってよける。幾度か切っ先がかすり、剣風が肌をなでた。

あと数歩で道場の壁を背負うという時、武蔵は反撃の一刀を繰り出す。予期していたのか、久遠は後ろへと飛ぶ。しかし、武蔵の木刀の切っ先が驚くほどに伸びる。身をよじりよけた久遠の着衣を、武蔵の切っ先が焦がした。

表情を硬くした久遠だが、すぐに破顔した。

「常より長い木刀ですか」

実は、武蔵が持つ木刀は常よりも半寸長い。脇構えをとったのは、それを悟らせないためだ。

「武蔵先生の剣の工夫は本当に面白い。ひとりしかいない弟子を殺す気ですか」

短い木刀を上段に、長いそれを中段に構え、久遠が問いかける。

「稽古は殺すつもりでやれ、と常にいっている」

「参ったな、先ほどの一撃、武蔵先生の頭蓋を砕くつもりだったのに」

裂帛（れっぱく）の気合は両者同時だった。武蔵の木刀が大上段から襲う。久遠は、二本の木刀を交差して受け止めた。武蔵は全身の重みをかけ、久遠が腕の力だけで抗う。弾けるようにして間合いをとった。久遠は短い木刀を捨てていた。両手持ちに変えた撃剣が、武蔵の左肩を狙う。右へさけようとしたら、太刀筋が変化した。

縦一文字からわずかに外側にそれて、反動をつかい一気に内側へ。

いつのまにか左手一本に持ち替え、武蔵の左胴を水平に薙（な）ぐ。

久遠得意の型だが、この間合いから放つとは思っていなかった。

突風をうけたように服が引っ張られたのは、今度は武蔵がかすらせるようにしてしかよけられなかったからだ。

体勢を崩した武蔵の眉間に、久遠の追撃が迫る。武蔵もまた、同様の一閃を繰り出した。

　二人の力量は全く同じだった。結果、互いの木刀がまっぷたつになる。

「久遠、それまでだ」

「先生、戦場では組み打ちがあります」

　久遠が飛びかかってきた。

　襟をとり投げようとする久遠の足を逆にかる。倒れぎわに、久遠は手首の関節を極めんとするが、武蔵が回転しつつ逆に久遠の足をとった。

「ま、参った」

　久遠が床を叩いた。武蔵は極めていた久遠の足首を解放する。

　久遠が大の字になり荒い息を吐く。

「ああ、くそ、旅立つ前に一本とりたかった」

　言葉とは裏腹に、顔には笑みが浮かんでいた。

　武蔵は己の体をあらためる。木刀がかすった肌に痣ができていた。そのことに満足した。久遠の剣は、もう己を必要としていない。雨をえた樹木のように、天へと一筋にのびていくはずだ。

「仕度はできているのか」

　足をあげた反動で、久遠が立ち上がる。

「あとは武蔵先生の紹介状だけです」

「どうしても退蔵院でないといけないのか」

久遠は旅にでる。最初の一年は武者修行で、次は京にある妙心寺の塔頭退蔵院で禅の修行をする。若きころ、武蔵も寄寓して座禅を組み、時に筆をとり書院で絵を描いた。

「禅の修行ならば、他の寺も紹介できるぞ」

退蔵院の住持は癖が強く、『瓢鮎図』などの禅を画題にした絵と向き合わせ、難解な問答を投げかけることがよくあった。納得のいく答えを導くまで絵の前を離れることを禁じられ、さすがの武蔵も音を上げそうになった。それでなくとも、禅は暮らしの全てが修行だ。若者には酷な暮らしとなるだろう。

「お心遣いはありがたく思います。実は妙心寺には、亡き父ゆかりのお堂があります。そこに手を合わせるのも目的です」

久遠の父は河内国の出で、佐野綱正という大名の一族だった。佐野綱正は三好康長、豊臣秀次をへて、徳川家康の旗下に入った。関ヶ原の前哨戦では、鳥居元忠らと伏見城にこもり西軍の大軍を引き受け全滅した。この戦いで、久遠は父を喪っている。

「先生、お願いがあります。修行が終わったら、今一度立ち合ってください」

「容易いことだ」

「本当ですか」

「なぜだ。己は嘘はつかぬ」

「ならば、この道場に戻ってきます。剣を捨てずに、待っていてください」

久遠の言葉は、思いの外強く武蔵の胸にひびいた。

「やはり、だ。私が旅立てば、道場を畳むつもりだったのでしょう」

「仕方あるまい」武蔵は何とか言葉を絞りだす。

「道場がこの様だ。それに、己には病んだ父がいる」

父の宮本無二は病に臥せっている。〝美作の狂犬〟と恐れられた男の面影はもはやない。黒猫を武蔵と思って語りかける有様だ。今は隣町の知人に世話を頼んでいるが、病状は思わしくない。治療には明国の高価な薬が必要で、武蔵はそれを借財で購っている。

「武蔵先生、円明流を今一度盛り立ててみませんか」

真剣な目差しで、久遠がいう。

脳裏によぎったのは、逐電した弟子たちの声だ。

『厳しいだけの稽古では人はついてきませぬ』

『印可状をもっと容易く取れるようにすべきです』

汗を拭うふりをして、武蔵は表情を隠した。

近郷の道場は、多くの弟子をもつ。高禄の武士たちも少なくない。半端な技量にもかかわらず、印可を受けている弟子がほとんどだ。彼らは、例外なく身分の高い武士だっ

た。稽古風景を覗けば、剣を振ることよりも人脈を育むことに熱心な門弟の姿が目につ
いた。いや、道場にいるだけましだ。数度稽古をつけただけで印可をもらった大名や家
老もいるときく。道場は大名や高名な武士がどれだけ弟子にいるかで箔がつき、大名は
もらった免許によって優れた武士だと喧伝できる。
欺瞞に満ちたやりとりで流派は弟子を増やし、大名は武名をえている。武蔵に同じ真
似などできようはずもない。
「無理だ。己の剣は……時代にそぐわない」
強い言葉でいってしまった。
なぜ、己より劣った技が敬われるのか。
なぜ、正しい剣を極める己が困窮せねばならぬのか。
「果たしてそうでしょうか」
そういえば、なぜ久遠は武蔵の剣を学んでいるのか。彼ほどの技量があれば、もっと
高名な剣術の免許皆伝をえられる。道場の中で人脈を培えば、仕官し家名を復活させる
ことも容易いはずだ。
「武蔵先生の剣には身分の別がありませぬ。百姓であろうと将軍であろうと変わりませ
ぬ。私はそのことに救われました」
驚いて、久遠を見た。

「私の父が仕えた佐野家は八万石の知行をもちながら、関ヶ原の後には数千石にまで減らされました。同じく伏見城で討ち死にした鳥居家は、逆に四万石から十万石の加増です」

理由は、鳥居家が徳川譜代だからだ。一方の久遠の父が仕えた佐野家は外様だ。

「同じ伏見城で討ち死にした大名にも身分の別があります。ですが、武蔵先生の剣の前には、譜代も外様もない。将軍や大名、足軽であってもなんら変わらない。武士や百姓や町人の別もない。剣の前では、すべてが等しい。そのことを先生は教えてくれました」

それのどこが長所なのか。そのせいで、武蔵の剣は路傍の石のような扱いを受けている。

「覚えていますか。武蔵先生は、敵の身分ではなく力量で戦い方を選べ、と私にいいました」

雑兵にも達人はいるし、大将にも未熟な者はいる。雑兵だからといって、力半分で戦えば負ける。大将だからといって、捨身で戦えば余力を失う。肝心なのは、敵の力量を正しく見極めることだ。そのために、人を見る力を養え、と武蔵はいった。平時から出自や身分、外見に惑わされず、等しく敬意を払え、と。

「正直、綺麗事だと思っていました。ですが、道場破りたちに対する武蔵先生の態度を見てわかりました。どんな者であっても等しく相手をされます。それだけでなく、光る技があれば辞を低くして教えを乞われた。剣だけではありませんな。町で見事な職人の手技を見つけたら、童のように見入っていらした」

久遠が目をやったのは、道場の奥にある刀架だ。刀が二振りあり、ひとつにはなまこ透かしの鍔(つば)がはめられている。なまこのような形のくり抜きがあるからそう呼ばれている。簡潔な形だが、それゆえに造形のわずかな崩れで、目も当てられない出来になる。鍔作りは絵画につぐ武蔵の手慰みだが、思うようになまこ透かしができない時、優れた職人に出会い技を教えてもらい、とうとう同等のものを造れるまでになった。

「人を正しく評価することは、時代が変わっても普遍でなければなりません。武蔵先生の剣の教えは、次の世にも残さねばならないのです」

武蔵は、ただ愚直に剣の技を磨いただけだ。目の前の敵を倒し、生き残るためである。人を正しく評価するのも、そのための手段にすぎない。

しかし、それが人の世では普遍であるべきだというのか。

「円明流を私に託してくれませんか。千年たっても色褪せぬ、永遠普遍の強さを持つ剣に私が育ててみせます」

先ほどの立ち合いを思い出す。

教えていない技や体の遣い方が随所にあった。久遠ならば、武蔵の剣を違う色に塗り替えてくれるかもしれない。

久しく感じていなかった高揚が、ほのかに武蔵の内奥から湧きあがる。

一章　五霊鬼

〈ろ〉


大名たちの旗指物が、京の町に翻っていた。工夫をこらした意匠が目を楽しませる。旗指物の市が開かれているかのようだ。

水野〝日向守〟勝成は、久方ぶりの戦陣の風を味わっていた。長さ一尺（約三十センチメートル）の鉄でできた喧嘩煙管を燻らせると、勝成の背後にいた小姓たちがざわついた。

「殿、人前で喫うのはいかがなものかと」

苦言をていしたのは、小姓頭をつとめる中川三木之助だ。涼やかな目鼻立ちと柳の枝を思わせる前髪が、生来の利発さを引き立てる。

「ここは京です。煙草に禁制がでたのは知っておられましょう。大御所様の親族である殿がそのような振る舞いをされては、下々に示しがつきませぬ」

水野勝成――徳川家康の母方の従弟にして三河国刈谷三万石の大名である。従兄弟とはいっても二人の歳は親子ほど離れ、数え七十二歳の家康に対し、勝成は五十一歳だ。

「古女房でもあるまいし、小うるさいことをいうな。お前の親父とは昔よくやった仲だ。喫ってみるか」

喧嘩煙管を突き出しただけで、三木之助が咳きこんだ。小姓仲間たちが朗らかに笑う。大人の言葉づかいはしても、まだ子供だ。

若きころ、勝成は諸国を放浪する傾奇者だった。喧嘩を繰り返し、戦がある土地を求めた。そこで知遇をえたのが、三木之助の父親の中川志摩之助である。勝成が水野家を継いでから家老に抜擢した。

「大御所様は傾奇がお嫌いです。喧嘩煙管などもっての外」

三木之助の弁は一理ある。今から攻める大坂城の淀殿は煙管を嗜むことで知られている。大坂方とみられても仕方がない。

「日向守様ぁ」

最初は芝居の掛け声かと思った。陣の外から、京の町人たちが手を振っている。

「水野様ぁ、よくぞ京に来られました」

「また出来島隼人の傾奇芝居をやってくださいよ」

勝成は出来島隼人という女傾奇の芸人を呼び、駿河と京で大々的に傾奇興行を開いた。三味線を取り入れた舞台は大いに評判を呼んだが、それゆえに家康の逆鱗に触れた。傾奇芝居は風紀を乱すとして、六年前に両地で禁制が出た。

「傾奇興行で、大御所様に大目玉を喰らったのを忘れたのか」

勝成の声に群衆がわっと笑った。

「こっそりやればいいじゃないですか」

「そうだ、わしらは傾奇に飢えてるんだ」

群衆たちはどこまでも無責任だ。

「うるさい野次馬どもめ」

喧嘩煙管を掌に打ちつけ灰を落とした。指を使って、頭上で風車のように回す。

「すげえ」

「あんな重そうな喧嘩煙管を軽々と」

勝成にとっては懐かしい声だ。若きころ、傾くたび、今のような大歓声を浴びた。

「日向守様、それぐらいに」

三木之助が懇願する。いじめても可哀想なので、素直に従った。これでも刈谷三万石の大名だ。累が家臣たちに及ぶのは避けねばならない。

「つまらん世になったなあ」

勝成が喧嘩煙管を口にやり、白い煙を吐き出した。

そう、つまらない。もうすぐ戦の世が終わる。

駿府の家康が、豊臣秀頼(ひでより)の再建した方広寺大仏殿の鐘銘に難癖をつけたのは、二月ほど前のことだ。〝国家安康〟という文字が家康の諱(いみな)を二つに割っているのは、豊臣家による呪詛(じゅそ)だろうと詰問し、これに対し鐘銘を考えた文英清韓(ぶんえいせいかん)和尚は、隠し題の祝意としてあえて家康の諱をいれたと弁明した。

諱は、神聖なものだ。軽々しく口にしない。その諱を意図的に鐘銘に盛り込んだと返答した。たとえ祝意であったとしても、大事にならないわけがない。家康は、そこにつけこんだ。言いがかりだが、豊臣家の迂闊さも目を覆いたくなるものがある。

さらに豊臣家の失策はつづく。和解に奔走していた家臣の片桐且元を、家康に内通したと言いがかりをつけ、暗殺せんとしたのだ。且元は一命を取り止めたが、これに家康は激怒した。調停に尽力する且元を襲うのは、家康に刃を向けるも同然と断じた。

「太閤の心配事が真になったな」

勝成はつぶやく。秀吉は家康を恐れ、自分の死後、秀頼に矛を向けぬよう家康の孫娘の千姫を秀頼に娶らすなど様々な布石を打った。だが、それも全て無駄になった。

家康は大坂討ちの号令を発し、全国の大名が続々と京に集結している。

「お前の親父の方はどうなのだ。九州行きの支度はできているのか」

三木之助の父の志摩之助は、九州へ旅立つ。畿内では兵糧の値が高騰しており、九州で調達することになったのだ。

「九州で雇う人足の手配を、黒田家に頼み快諾していただいたと、いっておりました。兵糧を手配すれば、すぐにでも戻ってくると鼻息を荒くしております」

言葉の様子から、志摩之助も戦をしたくて仕方がないのだとわかる。

どよめきが立ち上った。つづいて、馬蹄の響きがやってくる。勝成を囃(はや)していた群衆が割れ、馬に乗った武者たちが飛びこんできた。先頭には、老いた武者がいる。蛇を思わせる顔相、目には狼のごとき光が宿っている。

「あれは佐渡守(さどのかみ)様です」

本多(ほんだ)〝佐渡守〟正信(まさのぶ)——家康の謀臣だ。歳は七十を超えているはずだが、痩せた体は揺れの激しい鞍上でも見事に姿勢を保持している。

「なんだ、佐渡よ、煙草の禁制破りで俺を捕まえる気か」

目の前までやってきた本多正信に、勝成は軽口をぶつける。

「それどころではない。日向守殿よ、変事出来(しゅったい)だ」

気色ばんだ声で正信がいう。常に冷静沈着な男がどうしたことか。

馬の上から正信が勝成に顔を近づけた。

「呪詛だ。街道に、大御所様を呪詛する首が見つかった」

「呪詛など戦場では珍しくあるまい」

「ただの呪詛ではない」

吹きかかった声には、狼狽の気が濃くにじんでいた。

「まさか」勝成の口から言葉が漏れた。

「そうだ。五霊鬼(ごれいき)だ。五霊鬼の呪い首が出来した」

その首は、京の西北の郊外にあった。

小さな山に囲まれた、正伝寺の門前である。

本多正信らの先導で勝成たちがついた時、すでに日は落ちようとしていた。小さな獄門台——というよりも床几（しょうぎ）のような急ごしらえの台に首が置かれている。

不思議な趣のある首だ。どこか作り物めいた違和感が漂っている。

勝成はさらに近づいた。刃によって眼球に傷が刻まれており、赤黒い文字になっている。右の眼球に〝徳川〟、左の眼球に〝家康〟。

呪いなど信じぬ勝成だが、さすがに背が冷たくなった。

「殿、これは五霊鬼の呪詛ではございませぬか」

家臣の言葉に、半数の者が青い顔でうなずく。残りの半分は首を傾げた。勝成の部下は二派から成る。水野家譜代の家臣、そして勝成が放浪中に出会い登用した中川志摩之助ら新参の家臣だ。うなずいたのは譜代の者たちである。

「五霊鬼とは、いかなる呪詛なのですか」

三木之助が尋ねた。

「説明は後だ。まことに五霊鬼の呪詛か否かを確かめる。骸（むくろ）の眼球をとれ」

近習のひとりが恐る恐る骸の目に棒を差し込むと、いとも容易く両の眼球が落ちた。

「やはり、な。目は最初からくり抜かれていた。眼球をよく見ろ。目は脳とつながっている。細い管のようなものでだ」

転がった眼球には、細い管を千切った跡が見えた。

「本来なら、管は目の外側で結ばれている。が、この眼球はちがう。内側にちぎれた管の跡がある」

みながざわつきだす。

「つまり、目をくり抜き左右を入れ替えたのだ」

「なぜ、そんなことを」

小姓のひとりが問う。

「そういう呪いの作法だからだ。諱を眼球に刻み、左右を入れ替える。そうすることで、彼岸と此岸のあわいにある呪い首となる」

それゆえに、呪い首には尋常(じんじょう)の首にはないある風情がつきまとう。人は左右の目の形が完全に同一であることは珍しく、左右を入れ替えた違和が、鏡写しのように感じさせるのだ。

「呪い首に諱を刻まれた者はどうなるのでしょうか」

小姓のひとりが勝成にきく。

「二年の内に死にいたる」

「で、では大御所様は――」「やめなされ」

小姓の口を封じたのは、三木之助だった。

目差しを感じる。正信が勝成をじっと見ていた。

「日向守殿、心あたりはおありか」

「大御所様の従弟の俺を疑うのか」

ふんと鼻息だけ吐いて、正信はそれ以上の追及をしなかった。

「とはいえ、五霊鬼の呪詛が水野家と因縁があるのは確かだ」

だから、勝成をまず呼びつけたのだろう。この首が、本当に五霊鬼の呪い首か否かを確かめるために。

「佐渡よ、今から大御所様のもとへ行こう」

すでに、正信の手によって半里四方は封鎖している。手がかりの品も、今さら水野家が探しても見つかるまい。勝成は、三木之助を見た。

「お供します」

三木之助は命ぜられるより早く、馬に飛び乗った。

〈は〉

――振りかざす、太刀の下こそ地獄なれ

——一足すすめ、先は極楽

文にしたためられた歌を、武蔵は静かに詠んでいた。一月前に送られてきた、久遠の手紙だ。妙心寺での暮らしのなかで思いついた歌だという。まさしく、武蔵が六十有余の決闘を繰り返していた時の心境だ。武道には兵法歌なるものがあるが、久遠が受け継ぐ円明流の歌としてふさわしいように思えた。

喧騒が、武蔵の想像をさまたげた。牢人たちが大挙して行進している。武蔵の道場は街外れにあるが、ここ一月ほどずっとこの有り様だ。

仕方あるまい、と腕を組む。

家康が、豊臣家討伐の陣触れを発した。軍に加わらんとする牢人だけでなく、商いや人足仕事を求める男たちがひっきりなしに街道を通る。

弟子の佐野久遠が旅立ってから二年がたっていた。弟子の数は——増えていない。何人か入門する者はいたが、すぐに逐電した。なんとか道場を畳まずにすんだのは、画作や鍔造りの余技で糊口をしのいだからだ。

とはいえ借財も増えている。太刀や鎧は質にやってしまい、蔵は空になった。久遠が戻るまでの辛抱と思い耐えるしかない。

大坂を目指す男たちから目を引き剝がし、神棚の前に座る。

久遠の文のつづきを読む。禅の修行に苦労していることが綴られていた。やはり、剣との両立は大変なようだが、それを楽しむ気配も伝わってくる。

一体、どんな剣士になって戻ってくるだろうか。道場で立ち合った時、久遠の剣は武蔵にどんな歌を聞かせてくれるだろうか。

武蔵は刀架にある己の刀を見た。なまこ透かしの鍔がある。旅立ちの日、武蔵は久遠になまこ透かしの鍔を贈った。そして、二人で金打し誓った。

久遠は武蔵よりも必ず強くなる、と。

そして、修行から戻ってきたら、二人は立ち合うと。

金打の澄んだ音色は、今もありありと耳に残っている。

武蔵は、もてあそぶようにして刀を体の中心で一回転させ逆手に持ちかえた。何度も何度もそれを繰り返す。

ふと窓に目をやると、人の流れに逆行するように墨染めの衣を着た僧がやってくる。大きな背負い行李を担いでいた。逆手に持っていた刀を、慌てて順手に戻す。久遠と立ち合う時まで、誰にも見られたくなかった。

「失礼ですが、宮本武蔵殿でしょうか」

日に焼けた顔の僧が訊ねた。

「そうだが」

僧侶は懐に手をやって、何かをまさぐる。出てきたのは遺髪だ。巻きつけた茜色の鉢巻は、久遠のものではないか。

「こ、これは――」

「佐野久遠殿のものです。京の辻にて、息絶えているところを見つけました」

「息絶えている」と、無様にも復唱した。

この僧は、一体、何をいっているのだ。

「場所は、妙心寺のほど近くの大地蔵のある辻です」

僧侶は、背負っていた行李を下ろした。中から久遠の遺品を次々と出していく。血染めの小袖は旅立ちの際、武蔵が渡したものだ。印可状も出てきた。

「どうやら、決闘の末に果てたようでございます。刀疵がいくつもありました」

「か、刀疵だと」

しばし躊躇した後、僧侶はいう。

「首を断たれておりました」

僧侶は両手をあわせ、小さな声で念仏を唱える。

いつのまにか、武蔵は右膝から崩れ落ちていた。倒れようとする体を、手をついてなんとか支える。

「京には、大坂攻めの軍勢や牢人が多く集っております。畢竟、喧嘩の類も頻発しておりました」

他に、正伝寺にも生首がさらされる事件が起こったと僧侶はいうが、武蔵の耳を虚しく通りすぎていく。

「どうやら、久遠殿は武士たちの決闘に巻き込まれたようです。ご遺体は、妙心寺で供養し埋葬いたしました。ちょうど拙僧が西国行脚に出るところでしたので、武蔵殿に遺品をお届けするよう退蔵院の住持様より依頼をうけたのです」

ぶるぶると体が震えだす。指先が氷につけたように冷たい。

最後に、僧は小さな位牌を取り出した。

「旅の途中ゆえ、粗末なものしか整えられませなんだが。退蔵院の住持様が近いうちに本式の位牌を用意する、と」

武蔵は何も考えられない。なんとか手を伸ばし、遺髪を手にとった。手で撫でると、ふわりと久遠の残り香が武蔵の鼻をつく。それは一瞬のことだった。通りすぎる牢人たちの勇ましい声、つづく火縄の銃声、風にのってやってきた銃煙が久遠の残り香をかき消していく。

いつのまにか、僧侶はいなくなっていた。

日は暮れかかっており、街道を行き交っていた男たちの姿はもうない。

冷たい風は、夜が近いことを告げている。

『私の名が、なぜ久遠というかわかりますか』

久遠の言葉が脳裏に蘇った。いつだったか、名前の由来を教えてくれた。諱で、久遠(ひさとお)と読ませるならわかる。しかし、仮名で久遠(くおん)は奇妙だと思った。普通ならば、久兵衛や弥助、三郎などとするものだ。

『久遠常住からつけたものです』

仏は永遠に存在するという意味だ。そこから転じ、久遠とは永遠や無窮を表す。

『父が、伏見城に籠る前につけてくれたものです。永遠に変わらぬものを極めろ、という思いが込められております』

どこかで同じようなことを聞いた。

——武蔵先生の剣の教えは、次の世にも残さねばならないのです。

すぐそばにいるかと思うほど、声がくっきりと耳を打つ。

だからこそ、不在が恐ろしいほどの実感として襲ってくる。

『円明流を私に託してくれませんか』

二年前に聞いた久遠の声が、虚しく武蔵の内側に木霊する。

〈に〉

武蔵の前には、いくつもの紙が並んでいた。

「では、よろしいですな。前にも申し上げましたが、念のためにもう一度いいます」

立派な髭をたくわえた武士が威に満ちた声でつづける。

「まず、我が殿が円明流に入門します。今は大坂方との合戦があるため、翌年になりましょうか。その上で、三年で免許を殿に与える。とはいっても、稽古などつける必要はありませぬ。武蔵殿は絵もお好きだとか。ならば、絵を描いて悠々自適に暮らせばよいでしょう。出仕なども不要です。少ないですが、五十石の扶持と屋敷はこちらで手配いたします。ああ、もちろんのことお父上の薬の件もご心配なく」

武士は満面の笑みでつづける。

「その上で、四年後に武蔵殿は隠居される。そして、わが殿に円明流の総師範の座を譲る。ここまでで異存はおありか」

武蔵は黙ってかぶりをふる。整えていない髪が揺れるのがわかった。

「ふむ、結構でございます。ああ、そうそう、小言のようで恐縮ですが、我が領内にお招きする際は身なりにも気をつかっていただきたい。出仕されぬとはいえ、今のような蓬髪頭では困ります。髭は結構ですが、短く整えていただく。わが木下(きのした)家の身上は大きくないとはいえ、徳川譜代との付き合いも多くありますのでな」

久遠の死の報せを聞いたのは十日ほど前のことだった。以来、風呂はおろか行水もしていない。

「ご了承いただけましたならば、誓紙と血判状、さらに入門目録に署名を」

紙をまとめて突き出された。横には筆と硯が用意されている。武蔵は躊躇なく筆をとった。毛先を墨に浸す。まずは誓紙に己の名を記そうとした。

ぽたりと水滴が落ちる。頰が濡れていることに気づいた。

愕然とした。なぜ、泣くのだ。すでに覚悟は決めた。円明流は、久遠の死によって幕を閉じた。

不思議だった。心は悲しくないのに、体が泣いている。

ため息が聞こえた。武士が呆れ顔で武蔵を見つめている。

「やれやれ、これが六十有余の決闘を制した御仁とはな。仕方ありませぬな。では、署名はこちらで書き足します。爪印だけもらえれば結構」

まだ涙に濡れる武蔵の手をとり、無理矢理に親指の爪を墨に浸した。武蔵はされるがままで、己の腕が動かされるのを他人事のように感じていた。

「待ってもらおうか」

戦場で鍛えたと思しき太い声が響いた。振り向くと、灰髪の武士が立っている。顔には合戦で受けた傷が何条も入っていた。

「何者か。今は大切な談合をしているところぞ」

「何やら、のっぴきならぬ事態になっているようだと思ってな」

灰髪の武士は断りもせずに入ってくる。武蔵と武士の間にどかりと腰を落とした。

「武蔵殿、久しいな」

言葉は丁寧だが、かすかに侮蔑の色が浮かんでいた。己の頬が涙で濡れていることに気づき、あわてて腕で拭う。

「何者だ。われを木下家の家老としっての狼藉(ろうぜき)か」

木下家は、豊臣秀吉の妻の寧々(ねね)の一族だけあり強気だ。

「木下家ならば身上は三万石か。わが殿の石高と同じくらいだな」

灰髪の武者が面倒臭そうにいう。

「名乗られよ。どこの家中だ。ことと次第によっては、大御所様や将軍様に裁いてもらわねばならん」

「こんな些事で大御所様や将軍様の名を出すな。恥をかくぞ」

「ほお、怖いのか」

「水野日向守様が家老、中川志摩之助殿だ」

いったのは、武蔵だった。暫時、沈黙が場を支配した。

「な、な……水野日向守だと」

武士は口をあけて驚いている。

「武蔵殿とは六年ぶりか」

灰髪の志摩之助がこちらを見た。六年前、武蔵は水野家で武術指南したことがある。

「そ、その水野家がこんなところに何用ですか」

先ほどとうってかわって、丁寧な口調で武士が訊く。

「ああ、ちと武蔵殿に用があってな。が、来てみれば思いの外、厄介な事態になっている。借財とはいかほどか。ああ、その程度ならば、水野家が立て替えよう」

図々しく紙をのぞきこんだ志摩之助は筆をとり、紙にすらすらとその旨を書きつける。最後に署名して、紙を武士に突き返した。

「これで文句はなかろう。さっさと出ていくがいい」

犬でも追い払うかのように武士を道場の外へと追い出し、武蔵へと顔を戻す。

「借財を立て替えたのは、善意ゆえではない。武蔵殿に頼みたい仕事がある」

早々に武蔵に諾といわせたいのか、志摩之助の膝が揺れていた。

「わしはこれから黒田家のもとへいかねばならん。大坂に戻って戦にも加わりたい。ゆえに単刀直入に話をさせてもらう」

一方の武蔵は、ことの成り行きに戸惑うだけだ。そもそも、水野家との縁は六年前の一度だけだ。武術指南で足軽家老の区別なく厳しい稽古をつけ、何人も悶絶させた。戦場で生き残る術を等しく教えたつもりだったが、面目を潰された家老の怒りをかい、数日で追い出された。その水野家が何の用だというのだ。

「京の地で呪詛があった。恐れおおくも大御所様を呪わんとする不届き者がいる。五霊鬼という呪詛だ」

志摩之助が、外に待たせていた従者に声をかける。網代編み（あじろ）の長い箱が、武蔵の前に置かれた。刀でも入っているのか、ごとりと重い音がした。

「五霊鬼の呪いは生首を使う。丑の刻参りの藁人形に相当するものが、生首だ」

箱の蓋を開け、一枚の絵図を取り出した。右目と左目に、それぞれ〝徳川〟と〝家康〟と刻まれた生首が描かれている。

「まず五霊鬼だが、このように――」

さも当然という風情で語ろうとする志摩之助の弁を、武蔵はあわててさえぎった。

「悪いが、お受けすることはできぬ」

「なんだと」

怒りの色を隠すことなく志摩之助が睨んだ。

「では、借財はどうするつもりだ」

水野家に肩代わりさせるつもりはない。

先ほどの武士に頭を下げればいいだけだ。円明流を売れば、万事解決する。

「そなたも武士であろう。大御所様を呪詛する者を捕らえれば、名が上がるぞ」

「己は、世を捨てると決めた」

木下家から捨て扶持をもらい、父を介抱する。それで十分だ。

「正気か。お主はまだ四十にもなっておらんだろう。隠居には早すぎる」

「円明流の宮本武蔵は、もう死んだと思っていただきたい」

武蔵は、無言で志摩之助の眼光を受け止めた。

どれくらいたったであろうか。志摩之助が大きく舌を打つ。

「とんだ見込みちがいだったわ。無駄な時間を喰った。おい、さっさとこれを運べ」

志摩之助の声に、従者が慌てて網代編みの箱に近づく。だが持ち上げようとした時、手を滑らせ、中に入っているものがばらまかれた。

「も、申し訳ありませぬ」

従者が、書状や刀を慌ててかき集める。

「待て」

武蔵は、思わず従者の肩を摑んだ。

「おい、勝手にさわるな」

志摩之助の罵声は無視し、武蔵は刀に手をのばした。摑もうとしたが、指が震えてうまくいかない。

「それは呪い首の近くに落ちていた刀だ。呪詛者の佩刀やもしれんのだぞ」

刀を目の前にかざす。なまこ透かしの鍔が目に飛び込んでくる。

耳に蘇ったのは、金打の音だ。

声も聞こえてくる。

『武蔵先生よりも強くなると誓います』

忘れるはずがない。武蔵が造った鍔だ。これを、ある男に譲った。旅に出る餞別として。

佐野久遠――円明流を継がせると決めた男の佩刀に、その鍔ははめられていた。


〈ほ〉


あらためて座りなおした武蔵と中川志摩之助の間には、網代編みの箱が置かれている。中のものが全て出されていた。

呪い首と、それをつくるための妖かし刀と呼ばれる刀の絵図。

そして、呪い首の近くに落ちていたという佐野久遠の刀。

聞けば、呪い首が置かれたのは久遠の骸が見つかったのと同日だ。呪い首が賀茂の正伝寺門前、久遠の骸は妙心寺のほど近く。

ふたつの寺は一里（約四キロメートル）ほどの距離だ。久遠は呪詛騒動に巻きこまれたのではないか。

武蔵は、身の内に不穏な気が満ちるのを自覚せざるをえない。

「まず、呪詛者探索の任を引き受けてくれたこと、礼をいう」

「この刀が呪い首の近くにあったのですか」

「そうだ。呪詛者の佩刀かもしれん」

武蔵は首を横にふった。久遠が呪詛に手を染めるはずがない。

「確かに、呪詛者がわざわざ手がかりを捨てていくはずもない。かといって、ちがうと言い切るのもまた早計であろう。まあ、刀のことは今はおいておこう。まず、お主に五霊鬼の呪詛について知っている限りを教えよう。生首を一級用意し、眼球を取り出し諱を刻み、左右を入れ替えてはめこむ。そうすることで〝呪い首〟となる」

「首占いに似ていますな」

合戦でとった首級は、血祭りなどの神事に用いられる。首を使った吉凶占いも盛んだ。瞳が右を向いていたら吉、左を向くと凶などだ。

徳川家康も首占いをした。三十三年前の天正九年(一五八一)の高天神城の合戦で、とった首に女首の疑いが持ち上がった。まぶたを開き瞳の位置を見て、男女いずれの首かを占った。

「諱を刻まれたとはいえ、呪いなど珍しくないはず。なぜ、水野家ほどの家が動くのですか」

　合戦の前には必ず戦勝祈願が行われ、その延長で相手を呪詛する。そのたびに、遠方にいる誰かに呪詛者探索を依頼するなどありえない。

「どうしても放ってはおけぬ理由がある。五霊鬼の呪いは、大御所様の家系を祟りつづけた。過去に大御所様の祖父の清康公が呪殺されている。それだけではない、大御所様の嫡男の信康公の死にもかかわっている」

　松平清康——徳川家康の祖父で、若くして三河国を平定した英傑だ。

　家康の祖父の松平清康から呪詛の因縁は始まる。清康は十三歳で家督を継ぐや戦に連戦連勝し、三河国刈谷城の水野家も屈服させた。今からおよそ八十年前のことで、無論のこと家康も勝成も生まれていない。

　松平清康には、ひとつ悪癖があった。女色だ。

　あろうことか、清康は水野家当主の美貌の正室於満を求めた。

「が、於満様も武家の女。清康公の室にされることに抗った。何より、当時の水野家の当主忠政公との間にすでに娘をもうけていた」

　含みのある志摩之助の口調だったが、武蔵はあえて遮らない。

「於満様がとった方法が、五霊鬼の呪いだ。地水火風空の鬼の力が宿る五つの天狗石（隕石）を集め、伊勢の刀工、村正に妖かし刀を鍛造させた。そして骸の首を斬り、眼球を外し、清康公の諱を刻み、入れ替えた」

その企みは露見した。於満は、妖かし刀と共に清康の前に引き立てられた。しかし、清康は於満を罰しなかった。呪いなど信じていなかったのだ。あるいは、放置することで於満を支配しようとしたのかもしれない。妖かし刀を阿部という家臣に預からせるだけで、全てを不問にした。

変事が起きたのは、清康が尾張を攻めた時だ。ある晩、陣内で馬が暴れだし、それがきっかけとなり乱心した阿部が主君の清康を斬殺した。

世にいう森山崩れである。この時の刀が、妖かし刀であったという。

「それほどの妖刀であれば刀を粉々にするべきだが、そうすれば破壊した者の九族に祟るともいわれている。仕方なく、大樹寺に封印することにした」

その後、於満は水野家の当主と復縁した。後に生まれたのが、勝成の父の水野忠重だ。

「於満様が清康公に奪われる前に、水野家当主との間にできた娘というのは」

「於大様だ」

於大――徳川家康の生母である。

清康が横死したことで松平家は没落、子の松平広忠――つまり家康の父は今川家を頼った。今川家の助力のもと、松平家は復興する。そこに近づいたのが、水野家だ。広忠に、於満の娘である於大を嫁がせた。乱世の習いとはいえ、かつて自分を奪った男の息子に娘を嫁がせた於満の心痛はいかばかりであったろうか。

「そして於大様と広忠公の間に生まれたのが、竹千代様――今の大御所様だ」

「清康公の件はわかった。信康公と五霊鬼の因縁というのは」

「信康公が、大御所様のご命令で腹を切ったのは知っておるな」

「無論のこと。その介錯の刀が村正だったのも」

　これも有名な話だ。

「信康公には、武田家と内通しているという風聞があった。もともと、信康公の家臣と大御所様の近習はうまくいっていなかった。そんな時、五霊鬼の呪い首が見つかった。恐れ多くも大御所様の諱が眼球に刻まれていた」

　妖かし刀を封印していた大樹寺を調べると、刀はどこかに持ち去られていた。探索の結果、妖かし刀が岡崎城の蔵から発見された。武田家内通の噂も相まって、家康は信康の処罰を求める家臣の声を抑えることができなかった。

「大御所様は、信康公に腹を召させた。その際、妖かし刀を介錯に使った」

「なぜ、わざわざ縁起の悪い刀で介錯を」

「五霊鬼の呪詛の言い伝えでは、妖かし刀で呪詛者の命を絶てば呪いを解くことができる、とある。大御所様は呪いなど信じておられぬが、清康公の前例がある。呪いを捨ておけば、家中に混乱を生むと判断された」

そのおかげかどうかは知らぬが、信康事件から三十五年たった今も家康は健在である。

「そして、こたび再び呪い首が出来した。大樹寺を調べると、やはり妖かし刀が盗まれていた」

つまり、家康自身が呪われるのは二度目ということになる。

「これが妖かし刀を写したものだ」

志摩之助が絵図を武蔵の前にやる。刃長は二尺（約六十センチメートル）とかなり長い。刃文は皆焼（ひたつら）で、刀が火傷を負ったかのような凶々（まがまが）しい紋様をしている。切っ先に血（ち）飛沫（しぶき）がこびりついたような五つのまだらがあるのが、さらに剣相を不吉なものにしていた。

武蔵は久遠の佩刀を手に取り、刀身を検（あらた）める。刃長は二尺を超え、刃文も皆焼ではない。互（ぐ）の目という山が連なったような紋様だ。何より剣から生じる位がちがう。銘を見ずとも、美濃国の関で造られた刀だとわかる。伊勢の刀工村正のものではない。

かたかたとなまこ透かしの鍔が鳴る。

握っていると、久遠の無念が掌から伝わってくるかのようだ。

「これを放っておけば、徳川家の沽券（こけん）にかかわる」

妖かし刀が盗まれた大樹寺は徳川家の菩提寺で、家康の祖父や父を祀（まつ）っている。土足で踏みにじられていい場所ではない。

「於満様との因縁もあり、わが水野家に呪詛者探索の任がおりた」

「なぜ、己に探索させようと思われた」

水野家が動けばいいだけの話だ。過去、武術指南に訪れただけの武蔵に依頼する理由がわからない。

「それよ」志摩之助が渋い顔をする。「今まさに大坂との合戦がはじまろうとしている。当然、水野家も出陣する。動こうにも正直、手が足りぬ。人を雇おうにも、適材がいない」

腕のある忍びは、陣触れが出るや大大名によってほとんど雇われてしまったという。

「呪詛者は十中八九、豊臣方だ。探索は大坂城に赴かねばならない。水野家の家臣を送ろうにも、大坂方に顔が割れている。よしんば顔が知られていない者がいても、かなりの難事になる。並の遣い手では落命してしまうだろう。命じられた以上は、誰かが動かねばならぬ。この戦で大変な時に、だ」

最後の言葉には、ありありと不平の色が見てとれた。

ここまで堕ちたのか、と自嘲する。剣で名をなした宮本武蔵が、忍びの代役を宛てがわれる。

「その点、お主は大坂方に顔が割れていない。何より、六十有余の決闘を生き抜いた遣い手だ。よほどのことがなければ、命は落とすまい」

随分と乱暴な論に聞こえた。確かに武蔵の腕は人並み以上だが、探索働きなどしたことがない。

「安心しろ。人をつける。そ奴と一緒に動いてくれ。その上で、呪詛者を生かして我々の前に引き出してほしい。妖かし刀も一緒にだ。もとのように大樹寺に安置する」

「呪詛者を生かして……、殺してはならぬのですか」

もし呪詛者が久遠の仇だったら……己はそ奴を生かしておけるだろうか。

「そうだ。呪詛者を妖かし刀で成敗したい。そうすることで、呪いが解ける。ああ、勘違いするなよ、我が殿は五霊鬼の呪いなど微塵も信じていない」

だろうな、と思う。勝成の官位は日向守で、明智光秀と同じだ。不吉として皆が忌避していたものを、傾奇者の勝成が引き受けた。ゆえに鬼日向の異名をとる。

「無論のこと、大御所様もだ。しかし、下々はちがう。事実、陣内は呪詛の噂でもちきりだ。これを鎮めねばならん」

そのために、呪詛者を生かして連れてきて、衆人環視のもと妖かし刀で殺害するという。

「呪詛者探索の任は引き受けましょう。ただし、呪詛者の生死までは請負いかねる」

不思議そうな顔で、志摩之助が武蔵を見る。

何かに気づき、志摩之助が首をひねる。目差しの先には刀架があり、かかっている武蔵の剣には、なまこ透かしの鍔が鈍い光を放っている。慌てて志摩之助が、久遠の佩刀に目を戻す。

「これは、我が弟子の久遠のもの」

あらぬ疑いをかけられぬよう、正直に告げる。五霊鬼の呪詛と同日、妙心寺の近くで久遠が絶命していたことも明かす。

「妙心寺で亡くなった弟子の佩刀が、正伝寺の呪い首の近くに捨てられていたのか」

「きっと久遠は呪詛者を止めようとして、殺された」

志摩之助の顔に困惑の色が浮かぶ。久遠が呪詛者ではないかと疑っているのだろう。

「お疑いならば、妙心寺の退蔵院に人をやって調べてください」

妙心寺退蔵院での久遠の暮らしぶりは聞いている。髪こそ落とさなかったが、禅僧と変わらぬ暮らしだった。さらに剣の鍛錬も続けていた。呪詛に手を染める暇などあろうはずがない。

「呪詛者が久遠の仇であるならば、己は斬ります。止めても無駄です」

己の声には、過分に憎しみがこもっていた。志摩之助がにじり下がるほどだった。

「わかった。そこまで言うならば、能うかぎり生かして連れてくるよう努めてくれ」

死んでもやむを得ない、と志摩之助は譲歩した。

「その上で、絶命させるならば妖かし刀でもってなしてくれ」

天下の徳川家がなぜそこまで呪詛を案じるのか。

「そんな顔をするな。呪いなど怖くはないが、そこから生まれる噂はこちらで御しきれぬ。妖かし刀でもって絶命させるのが無理ならば、口裏をあわせてくれればいい。それだけで悪い噂は流れなくなるはずだ」

つまり、呪詛者を妖かし刀で殺したと偽れという。

武蔵は思考を巡らす。

やるべきことは――

一、呪詛者を見つけ出す。
二、妖かし刀を取り返す。
三、その上で、もし呪詛者を殺害するならば妖かし刀を用いるか、妖かし刀で殺したことにする。

「では、すぐに大坂へ向かってくれるか。大坂方はきっと籠城するだろう。忍びこむのが難しくなる」

家康ら徳川勢はまだ京に駐屯しているという。が、今この時にも大坂に向けて兵を動かしていてもおかしくない。

「わしは九州で兵糧を集めねばならない。お主に同行できぬ。兵庫の港にわが三男の三木之助たちがいるから落ちあってくれ」

六年前に武術指南した際、志摩之助の息子たちに会ったというが顔は覚えていない。

〈へ〉

兵庫の港に、吹きつける風は、硬く冷たい。髭を剃り髪を短くしたこともあり、冷気が武蔵の肌にしみる。

港には、大坂を目指す牢人や商人、人足たちが大勢たむろしていた。

武蔵は、知らず知らずのうちに彼らを睨みつけていた。この中に、久遠を殺した呪詛者がいるかもしれない。そう考えると、誰もが怪しく見えてくる。

武蔵の眼光に、何人かの牢人が逃げ出るようにして道を開けた。

「宮本武蔵様でしょうか」

ひとりの小姓が声をかけてきた。上品な顔立ちに、知性を感じさせる瞳が輝いている。体つきは少年のものだが、所作は大人びていた。顔つきは幼く、そこだけ少年になりきれていないように見えた。

「三木之助殿か」

「はい、六年前に遠目にお姿を拝見したことがあります。覚えておいでか」

「いや、申し訳ない」

「恐縮は無用です」

三木之助は微笑を深める。

「色々とご説明せねばならぬことがありますが、いつ大御所様が京を発つやもわかりませぬ。まずは大坂へ向かいましょう。道中にてお話しさせてもらいます」

ということは、まだ徳川方は大坂城を囲っていないのだ。武蔵が安堵を覚える間もなく、三木之助は歩きだす。厩へと誘い、蘆毛の馬を武蔵にあてがった。三木之助は鹿毛の馬に素早く乗る。

「では、行きましょう。寸暇といえど惜しいですからね」

三木之助の乗った馬が走りだす。武蔵も馬に鞭をあてて追いかけた。

「三木之助殿、志摩之助殿から文をあずかった」

武蔵が託された手紙を渡す。走る馬の上だが、三木之助はたやすく受け取った。細身の体だが、父親譲りの体術の持ち主のようだ。馬の足を緩め、鞍の上で封を解き、手紙を読む。

「呪い首が置かれた日、お弟子様が絶命されたのですか」

文から目を外し、武蔵を見た。黙ってうなずく。

「父の文には、従者のひとりを妙心寺にやったと書いてあります」

久遠が呪詛者か否かを調べるためだろう。それは予想のうちなので驚かない。

「読みますか」

文を受け取った。武蔵が呪詛者探索の任を引き受けた顚末が、ごく簡潔に書かれている。

「父は無理難題を押しつける人で困っています」

文の後半には、武蔵が呪詛者を殺す恐れがあるゆえ、制止して生かして連れて帰るようにと書かれている。

「生け捕りにするつもりだが約束はできない。志摩之助殿もそれは承知の上のはず」

「そういわねば武蔵様に断られると思ったのでしょう。しかし、厄介ですな。私と武蔵様は呪詛者と妖かし刀の行方を追うという目的は同じですが、最後に折り合いがつかない恐れがでてきました」

なぜか嬉しげに三木之助がいう。

武蔵は無言だ。生死は問わぬという志摩之助の言質はとれている。呪詛者を見つければ、あとは内なる衝動に従うだけだ。

徳川方の証となるものは持っていけない。

志摩之助の文を破り捨てて、道中を急ぐ。

「さて、今後のことです。まずは、牢人を装って大坂の城へと忍びこみます。大坂方は牢人を呼集しておりますので、入りこむのは難しくないかと。一応、変名を使いますが、武蔵様はなんと名乗ります」

馬を走らせつつ、三木之助が訊いた。

「平田武蔵守とでもしておこうか」

武蔵守の受領名は珍しくないので、二刀流を封印すれば正体はわからないだろう。ちなみに平田姓は、父方の親戚のものだ。武蔵にとっては慣れ親しんだものである。

そのことを伝えたが、三木之助は平凡な変名に不満気な様子だ。

「そういうことならば、私の姓は大蔵とでもしておきましょうか」

あまり武士で大蔵という姓は聞かない。能役者に何人かいたはずだ。少々、奇をてらいすぎていると思ったが、派手な変名の牢人が多いのも事実だ。

「私は水野家以外には知られておりませぬゆえ、名は三木之助のままで。平田武蔵守様の従者ということにします」

「まて、三木之助殿も大坂の城へ忍びこむつもりか」

三木之助から必要な情報や道具を得た後、別の家臣と落ちあうと思っていた。

「そう父から申しつかっております。ああ、武蔵様、従者にその言葉遣いはおかしくありますぞ」

若年のくせに、叱る言葉は様になっていた。

「失礼し……」

じろりと三木之助に睨みつけられる。

「いや、すまぬ。慣れぬのでな」

なんとか舌を回すと、三木之助が笑んだ。先ほどとちがい苦味のない表情は、きっと多くの人に慕われているのだろう。

「もうひとつ、小言を。そのお姿で城に入るおつもりですか」

武蔵の姿は、小袖と南蛮袴のカルサンという出立ちである。額には鉢巻をきつくしめているが、鎧や小具足の類は一切身につけていない。

「素肌武者は珍しくありませぬが、そのお姿はさすがに」

鎧兜をつけぬ者を素肌武者というが、それでも脛籠手などの小具足は身に帯びる。

「ふさわしい鎧を調達しましょうか」

武蔵とちがい、美しい陣羽織と鎧を着た三木之助がいう。

「お気遣いは……いや、気遣いは無用だ。動きにくい」

「動きやすさの問題ではありませぬ。目立つのは、得策ではありませぬ。それに」

「それに、なんだ」

「少々、その姿は華を欠きます。私が見るに耐えぬのです」

さも迷惑そうな口調から、こちらが本心のように思えた。

「それより、どうするのだ」

「どうするとは」

「どうやって呪詛者を探しだす」

「呆れた、武蔵様は何も考えていなかったのですか」

三木之助が肩をすくめる。馬が蹴った小石が、ふたりの間で爆ぜた。

「考えていなかったわけではない。呪詛者は妖かし刀で呪い首をつくるのだろう。ならば、妖かし刀――村正を持つ者を探せばいい」

志摩之助から渡された妖かし刀の絵図を思い出す。

刃長は二尺
皆焼の刃文
切っ先に血飛沫を思わせる五つのまだら
ここまで特徴のある刀は、二振りとないはずだ。

「ますます呆れましたね。呪詛者が容易く妖かし刀をひけらかすはずもありますまい」

「だが、村正なのだろう。ならば、村正を佩刀する者をひとりひとり当たればいい」

「十万もの牢人がいるのですぞ。いかにして探しだすのですか」

武蔵は答えられない。

「武蔵様は、面白い御仁だ」

三木之助が顔を空に向けて笑った。前髪が柔らかく揺れる。

「そういうお主は策があるのか」

「策というほどのものではありませぬが」

幼い声にそぐわぬ、自信に満ちた表情だった。

やがて、日が落ちはじめる。馬の足を緩める気配はない。どうやら、不眠不休で大坂を目指すようだ。

完全に日が暮れてから、馬の足を緩めた。が、止まりはしない。雲はなく、月が出ている。大坂へ急ぐ牢人の集団がぽつぽつとあり、彼らの灯す松明が道案内となった。

「呪詛者を探す方策を考える前に、今一度五霊鬼の呪いについてご説明します」
一、諱を刻まれた者は、二年の内に呪い殺される。
二、呪いを解くには、妖かし刀で呪詛者を殺さねばならない。
三、妖かし刀を破壊すると、破壊した者と呪詛者の九族が死に絶える。
「二年の内に死ぬ、か。悠長な呪いだな」

「そうでしょうか。丑の刻参りや陰陽道などを調べましたが、何年の内に呪殺せしめるかを定めた呪いはありません。三十年後に死んでも呪詛のおかげといいはれます。が、五霊鬼はそうではありませぬ。たった二年の内に殺すのですから、悠長とはいえぬかと」

三木之助と武蔵の乗る馬が、松明を持って進む牢人の一団を追い越した。古兵とわかる男たちだ。大坂方に馳せ参じて、一花咲かせようというのだろう。その目は、死に場所を得た喜びで輝いていた。

「確かめたいことがあります。武蔵様は、呪いを信じますか」

「神仏は敬うが、頼らない。鬼門などは信じぬが、風水を疎かにすることはない。呪いも同じだ。信じないが、だからといって軽々に呪いに近づこうとは思わない」

「では、呪いで人は殺せない、と」

「そう考えている。三木之助はどうなのだ」

「そうですね」

形のいい唇に三木之助は指をやる。

「呪いにすがる人々の業を、私は愛おしく思います」

答えになっていないと思ったが、無言で先を促した。

「呪いもまた人の業が織りなすもの。なれば、呪詛者の業の深さこそが肝要でしょう。深き業で呪詛すれば、それは間違いなく実体を持ち、呪われし者を滅ぼすはずです」

かつて、清康公が殺されたように、と三木之助はつけ足した。

〈と〉

舞い上がる砂が、大坂の空を濁らせている。南北に走る上町台地の上辺は、幅は七町（約七百六十メートル）ほどだろうか。大坂城はその北端にあり、傘が開くように平野郷につながっている。

台地のはるか先に、天守閣が見えていた。黄色い霧の中にあるかのようだ。

総構えといって、大坂城は城郭が町を囲う造りになっている。とはいえ、巨大な商都を外堀で完全に内包できるわけではなく、四天王寺のある南方まで上町台地に街並みが続いている。

異様なのは、城の外側の町に人の気配が乏しいことだ。その一方で城郭の中は、遠目にわかるほど活況を呈していた。食事時でもないのに、炊煙が多く立ち込めている。

すでに馬は人の手に渡し、銭に換えていた。武蔵らが道を歩いていると、家財を荷車にのせた民たちが城を目指す姿を何度も見た。合戦に備え、総構えの外の民たちが城内へ避難しているのだ。

「太閤さまの建てた城だ。絶対に落ちやしねえよ」

「徳川なんて豊臣の敵じゃないさ」

民たちはどこまでも楽観している。何人かは物見遊山へ行くかのように談笑していた。

「みろ、こんなすごい堀があるんだぞ」

民のひとりが誇らしげな声をあげた。

大坂城の南側の外堀が、上町台地を切るように横断していた。水こそはたたえていないが、幅は一町ほどはあろうか。半円型の出丸が張り出し、狭間からは銃口がいくつも突き出ている。

「大坂の民は呑気なものですね」

三木之助が、城内へ避難する民を見ていった。

「だが、この堀を攻略するのは骨が折れそうだ」

聞けば、北と東西には水をたたえた堀や川があり、最も手薄だという南側の空堀だけでも相当な要害だとわかる。

「さて、百戦錬磨の大御所様が単純な力攻めに出るでしょうか」

武蔵は三木之助の言葉には返答しなかった。

黙って、空堀を渡っていく。

大坂城内ではあちこちに人足がいて、堀を掘ったり、石垣を積み上げたり、櫓を建てたりと働いている。

「もたもたするな、いつ徳川が攻めてくるかわからぬのだぞ」

奉行の権高な声が聞こえてくるが、人足たちは呑気なものだ。

「関東のへぼ侍が、大坂城の堀を越えられるかよ」

「それより、堀の外のわしの家が荒らされねえか心配だよ」

「大丈夫だって。どうせすぐ徳川は退くさ」

人足たちは、城内に避難してきた民たちが多いようだ。

わっと歓声があがった。百人ほどの牢人の一団が城門をくぐろうとしている。

「また、牢人大将が入城したぞ」

「先日の真田（さなだ）左衛門佐（さえもんのすけ）様に劣らぬ武者ぶりだ。御名はなんというのだろうな」

人足たちが一時、手を止めて牢人たちの行列を見物する。甲冑姿の勇ましい行列が、武蔵と三木之助の前を通っていく。小袖とカルサン姿の武蔵を見て、侮蔑の笑いを露骨に投げかける者もいる。

大坂城内にいるのは、大坂の民や兵たちだけではない。家康によって迫害された人々も多くいた。禁教令が出されたキリシタンは特に目立つ。南蛮人の姿もあった。クルスの紋を染めた幟の下で、輪になって祈りや歌を捧げている。美しい音色は、風琴（パイプオルガン）や南蛮琴（ハープ）であろうか。

長羽織や喧嘩煙管を身につけた傾奇者も多い。彼らもまた、徳川家に弾圧された者たちだ。五年前、京で荊組（いばらぐみ）、皮袴組（かわばかまぐみ）という傾奇者の一団が捕まり、首領たちが処刑された。

二年前の江戸では、大鳥逸平（おおとりいっぺい）ら数百人の傾奇者が処刑されている。そんな傾奇者たちが輪になって喝采を送っている。目をこらせば、男装した傾奇女たちが舞っていた。徳川の禁制で舞台を失ったせいか、女傾奇の一座も城内に集まっているようだ。

「さて、三木之助の策を聞こうか」

「おや、村正を持つ者を尋ねることは諦めましたか」

集った牢人の数を見て、そんな考えは吹きとんだ。

「では、しばしお待ちを」

色鮮やかな長羽織を着た傾奇者たち十数人が固まり、煙管をくゆらせている。三木之助が傾奇者たちへと近づくと最初こそは睨まれたが、すぐに打ちとけて談笑をはじめる。喧嘩煙管を、ひとりが突き出した。三木之助は何度か断っていたが、渋々と受け取る。大人びた所作で吸いこむが、たちまち咳きこみ、牢人たちがわっと笑う。

「お待たせしました」

顔をかすかに上気させた三木之助が戻ってきた。煙草の香りも薄く薫っている。

「数日もすれば、武蔵様のもとに村正を持つ男たちがやってくるはずです」

「なぜだ」

「傾奇者たちに教えてやりました。平田武蔵守様が村正の刀を欲している、と」

「己が村正を欲する理由はどうでっちあげた」

「村正が清康公と信康公に仇をなしたのは周知の事実なれば、大御所様打倒のために平田武蔵守様が村正の刀を万金で購う、と」

「そんな金はないぞ」

「購う必要はありませぬ。村正の刀身を検めて、五霊鬼の妖かし刀か否かを調べるだけでよいのです。あとは刀に難癖をつけ追い返す」

最善の策とは思えぬが、武蔵には他に案がない。

翌日、さっそく何人もの牢人が武蔵のもとを訪ねてきた。すべてを検めるまでもなかった。一目見れば、妖かし刀の長さではないことがわかる。同じくらいの寸法の刀も、鞘を払えば刃文のちがいで一目瞭然だった。

「噂の中に、刃文や刃長などを細かく定めるのはどうだ」

「それでは、所持者があまりにも少なく話題にならぬでしょう。これは刀を検めるのはもちろんですが、誰がどんな村正を持っているかの噂を集めるためでもあります」

なるほど、もし呪詛者ならば武蔵のもとに妖かし刀をわざわざ持ってくるはずがない。とはいえ、万が一ということもあるので、同じくらいの長さの刀がくれば一々検めねばならない。武蔵の中で焦りが大きくなる。徳川勢の包囲がはじまれば、否応なく戦いに巻きこまれ、呪詛者を探すのも難しくなる。

「少々、乱暴な手を使ってもいい。もっといい策はないか」

「乱暴な手でもよいのですか」

武蔵はうなずいた。

数日後、武蔵の前に現れたのは屈強な牢人衆だった。十人ほどはいようか。先頭の男の手には縄で結わえられた数振りの刀がある。

「そこもとが村正を集めている平田武蔵守か」

「己が……村正を集めている」

確かに武蔵は村正を求めているが、必要なのは一振りだけだ。集めてはいない。

「左様でございます」

武蔵に代わって答えたのは、三木之助だ。

「お手合わせ願おう。勝った方が、村正を全て己のものにできる。それで相違ないな」

「もちろんです。さあ、先生」

三木之助が武蔵の佩刀や木刀をすかさず用意する。

「どういうことだ、これは」

牢人に誘われ決闘の場へ行く途中、武蔵は三木之助に耳打ちした。

「また噂を流しました。豊臣右大臣様が勇者を探している。その証として、村正を持つ武芸者と試闘をして佩刀を集めてこい、と。最も多く集めた者を、千の武者を率いる侍大将に取り立てる、と」

「よくも、そんな出鱈目を」

「流した私自身もそう思います」三木之助が誇るように笑む。「ですが、五条大橋の武蔵坊弁慶を思わせる話ゆえでしょうか、食いつきは大層よくあります」

「ふん」と、武蔵は鼻息をついた。確かに一振りずつ確かめるよりも楽だ。が、数本では立ち合いの労力に見合わない。

「どうした、早くこい。怯んだのか」

牢人の声に急かされ、武蔵は歩みを再開した。まもなく、石垣に囲まれた小さな広場につく。急造りの石垣や塀があちこちにあるおかげで、人目につかない死角を探すのに苦労はない。仲間がすでに何人かおり、牢人が槍を受け取った。木製の穂先ではあるが、よく使いこまれている。用意がいいことだ、と感心した。一方の武蔵は、三木之助が持ってきた木刀を握る。

「槍をとってくるならば待ってやるぞ。ただし、村正は置いていけ」

牢人は頭上で槍を旋回させる。無視して木刀をなでた。稽古で常に使う木刀だ。これで久遠の攻めを、何度も受け止めた。傷のひとつひとつを確かめ、指でなぞる。

「おい、武蔵守、聞いて――」

ただ、睨みつけた。それだけで牢人が黙る。木刀を持つ手に、力がみなぎっていた。武蔵は初めて自覚した。身の内に宿る不穏な気の正体は、憎しみだ。それをつい先刻まで、か細い箍で抑え込んでいた。しかし、立ち合いの空気を吸った今、憎しみが肥えるのを止められない。

「殺さぬようにするつもりだが、命の保証まではできぬ」

武蔵の闘気をあび、牢人の顔から血の気がひいた。

かつて、こんな気性で敵と戦った。巌流小次郎や吉岡憲法らとだ。

あの時の己に戻るのか。

「愚弄するな」

牢人が槍を繰り出す。武蔵は勢いよく踏み込んだ。穂先が顔をかすり、肌が焦げる音がした。咆哮とともに、木刀を振り上げた。

武蔵の木刀が、鳥居の形で構えた槍を粉砕する。それでもなお勢いを失わず、牢人の額を叩き割った。どうと倒れて、辺りに血飛沫が散る。

「だ、大丈夫か」

「しっかりしろ」

悶絶する牢人の周りに仲間が群がる。何人かが鋭い目で武蔵を睨みつけるが、すぐに下を向いた。それほどまでに、己は苛烈な気を発しているのだと気づく。

「だ、大丈夫でしょうか。槍の柄で守っていなければ死んでいましたよ」

三木之助も悶絶する牢人を心配している。

「みくびるな」

武蔵は言い捨てた。相手の対応が遅れていれば、太刀筋を変えて肩を打っていた。無論、肩の骨は粉々になっていただろうが。

三木之助が牢人たちのもとへいき、束ねられた村正を検める。皆焼の刃文はなかったが抱えて戻ってきた。

「これだけあれば、村正を集める者たちの餌になりましょう。しかし、武蔵様もお疲れでしょうから、三日に一度、立ち合いをいれるぐらいが――」

「いや、すぐにでも立ち合いたい。ひとりでも多く、村正を持つ者とやる」

「し、しかし、いかに一合で決したとはいえ、先ほどのような激しい戦いでは……」

武蔵は木刀を三木之助の細い首に突きつけた。血のついた切っ先を見て、三木之助の表情が強張る。

「いいから、連れてこい。呪詛者を見つけるためだ」

武蔵の足元には、牢人たちが大勢、倒れていた。骨が折れているのか、苦悶しのたうち回る者も少なくない。一方の武蔵は呼気こそ荒いが、汗は一滴たりともかいていない。

「化け物め」と、誰かがうめいた。一対一の約定を破っておきながら、ひどいいい様だ。

「村正を検めさせてもらうぞ」

石垣に立てかけられた刀のもとへ歩む。六振りの村正があるが、長さがあうのは三振りだけだ。手にとり、鞘を払う。目に飛びこんだのは皆焼の刃文だ。

胸の高鳴りは、すぐに失望に変わる。切っ先に血飛沫を思わせる刃文がない。

「くそ」

武蔵は刀を放り投げた。残りの村正は、皆焼でさえなかった。

「武蔵守様、拾う方の身にもなってください」

三木之助が散らばった刀をかき集める。妖かし刀ではなかったが、奪った刀をそのままにはしておけない。誰かが拾い、それを餌に武蔵に挑まないとも限らない。

「すこし意見をさせてもらってもよいでしょうか。痛めつけすぎです。武蔵守様の立合いの様子が噂になりつつあります。奉行に目をつけられれば探索が難しくなります」

「次から気をつける」

そう言ったものの、まとわりついた殺気は簡単には拭えない。

「本当にわかっているのですか。あまり恐れられると、村正を持つ者も挑んでこなくなるのですぞ」

「わかったといったろう」

大きな声はださなかったが、三木之助の体がびくりと震えた。

「心配しているのは、相手のことだけではありません」

三木之助は、勇を鼓舞するようにして言葉をつぐ。

「相手の木刀が何度も鬢をかすったでしょう。半足踏み込みを違えれば、武蔵守様の頭蓋が砕けていました。なぜ、あのような危険な立ち合いをされるのですか」

「それが己の性分だ」

「いえ、ちがいます。水野家での指南も、確かに苛烈でした。しかし、ご自身を御しておられました」

無視して、武蔵は足を早めた。三木之助では追いつけない歩幅で進む。

「とうとう来たぞ」

「やっと戦か」

勇ましい声をあげつつ、武者たちが武蔵の横を通りすぎていく。

目をすがめ、彼らの向かう先を見た。

大坂城の石垣ごしに、摂津国の平野が見える。大小の河川がうねる様子は、縄をばらまいたかのようだ。あちこちに散らばる葦原の向こうから土煙が上がり、鳥たちが何百羽も飛び立っていた。人馬の行列が、ゆっくりとこちらへと近づいている。

とうとう徳川の軍勢が大坂についたのだ。

〈ち〉

大坂の地に、戦の風が吹きあれていた。斬りつけるような冷気とは裏腹に、武蔵は火傷しそうな熱を肌の下に感じていた。

「急げぇ」

豊臣方の侍大将が叫ぶ。

「寸刻でも惜しい。鴫野、今福の味方を救うのだ」

砂塵を巻き上げ、軍勢が大坂の城を出ていく。鉢巻をしめた武蔵も、その中にいた。

大坂に着陣した徳川勢、二十万。七日前には、徳川方が大坂城南西の砦を陥落せしめていた。さらに今日の夜明け前、大坂城の北東にある鴫野と今福の両砦に攻勢を仕掛けたと一報がきた。攻め手の将は、鴫野砦が上杉景勝、今福砦が佐竹義宣、大小名たちが与力として大勢つけられている。

大坂方もただちに動き、鴫野に大野治長、今福に木村重成らの将を派遣した。武蔵が属するのは、木村重成と後藤基次が率いる一軍である。

「武蔵守様ぁ」

背後から声がした。三木之助が息を切らし駆けてきた。

「城で待てといったろう」

「いえ、お供します」

誇らしげに短刀を見せつける。

「そんな短い刀で戦う気か」

「まさか。足手まといは承知の上なれば、危うい時に自決するためのもの。私のことはお気になさらず。それよりも武蔵守様、戦ですぞ。まさか、徳川勢と戦うのですか」

間諜である武蔵は、本来なら徳川勢と戦うのは憚られる。が、それでは敵に内通していると公言するようなものだ。

「今は豊臣方だ。そのように振る舞うしかあるまい」

「いたぞぉ、佐竹勢だぁ」

大坂方の侍大将の叫び声が聞こえた。目の前には、扇の図柄を染め抜いた佐竹家の旗指物が翻っている。地におり伏すのは、豊臣方の武者だ。すでに砦は敵の手に落ちていた。

「おのれ、弔い合戦だ」

「砦を取り返せ」

侍大将が槍を天に突き上げた。一発二発と、敵陣から銃弾が飛んでくる。武蔵の足元の土が弾けた。

耳鳴りというには大きすぎる音が、武蔵の頭の内で響く。周りにいた味方の足軽が、武蔵の闘気を受けてざわついた。

今、己の体内に得体のしれぬ獣がいることを武蔵は感じている。己の心を喰(は)んで、どんどんと肥えていく。にもかかわらず、獣は飢えを募らせている。ぶるりと武蔵の全身が震えた。身の内の獣の飢えを癒す方法は、ひとつしかない。

武蔵は、腰にさした木刀を抜く。

「刀はどうしたのです」

三木之助が驚きの声をあげた。

「三人斬れば、刀は役にたたぬ」

人を斬れば、脂で刃の切れ味が悪くなる。ならば、はなから木刀を使うほうがいい。

「掛かれぇ」

侍大将の下知に誰よりも疾く反応したのは、武蔵だ。大地を蹴り、敵陣へと飛び込む。

佐竹勢の槍が次々と体をかする。いくつかは肉を削ったが、足は緩めない。驚愕する武者の顔面に、木刀の柄をめりこませた。歯の破片が飛び散り、曲がった鼻から盛大に血が噴きこぼれる。悶絶する敵を蹴り、道をつくった。

振り下ろされる薙刀(なぎなた)は受けるまでもない。相手の肘に木刀を叩きこむと、折れた骨が肉を破り、鮮血が武蔵の腹のあたりを赤く染めた。

馬上からの槍は、首の皮をかすらせてから掴む。手元で槍をこねると、それだけで騎馬武者が鞍から放りだされた。迫る敵兵を十分に引きつけてから、槍を振り回す。穂先は武蔵の方を向いたままだ。危ういなどとは思わない。三人までをなぎ倒し、四人目で柄が折れた。飛んで、五人目の武者を鎧の上から撃って、肋骨を粉砕した。

身の内の獣が愉悦の声をあげるかのようだ。

「押せぇ、総がかりじゃぁ」

「敵はもろいぞ。殺せ。一兵残らず、倒せ」

武蔵の周囲では、豊臣勢が圧倒していた。徳川勢が次々と槍の餌食になっていく。

「武蔵守様、自重してください」

三木之助の声は悲鳴をきくかのようだ。

武蔵の首がひねられる。どす黒い気が近づいてくる。

何かが、武蔵へと迫らんとしていた。武蔵の耳が拾ったのは声だ。

――槍先に、まなこのつかばひるむべし

これは、兵法歌か。厚い砂塵の奥から聞こえてくる。

下の句に耳をすました。

「むかふて敵の、手元見るべし」

なぜか、武蔵も下の句を歌っていた。

歌声の主へ向き直ったとき、耳をつんざく悲鳴がひびいた。

血が武蔵の顔に降りかかる。遅れて、首が飛んできた。武蔵の足元で跳ねる。豊臣方の武者だ。

もう、兵法歌は聞こえてこない。

けたたましい悲鳴とともに、豊臣勢の首が次々と胴体から離れる。いずれも武蔵の足元に血と一緒に飛んできた。偶然ではない。そうなるように跳ね飛ばしたのだ。

風が吹いて、土煙が動く。一騎の武者が姿を現した。

濃い髭が口と頬と顎を覆っている。人形のように無表情な顔だ。鍔の広い南蛮帽をかぶり、黒ずくめの南蛮の甲冑がたくましい体を縛めるかのようだ。手には、大身槍を握っている。これを直刀のように操り、断頭したのか。背後には、舟帆を模した馬印がなびいていた。

武蔵は極限まで腰を沈めた。

尋常の遣い手ではない。絶命の太刀と断頭の太刀を同時になしたことが、その証左だ。

それだけでなく、武蔵の足元に飛ぶように頭を刎ねた。武蔵を手練れと見抜いての行為だ。

感情の読み取れぬ目が、武蔵に向けられた。

大身槍の間合いにとらえてから口を開く。

「何者だ」

髭の奥から発せられた声は、傀儡（くぐつ）がしゃべるかのようだ。

「そちらから名乗れ」

かすかに髭が動いた。苦笑したのか。

「ならば、鬼左京（おにさきょう）とでも名乗るか」

見えぬ糸が極限まで伸びたかのように、緊張が満ちる。

「鬼左京……坂崎出羽守（さかざきでわのかみ）か」

坂崎直盛（なおもり）――かつての名を宇喜多（うきた）〝左京亮（さきょうのすけ）〟詮家（あきいえ）という。宇喜多一族の重鎮だったが、関ヶ原では従弟の宇喜多秀家（ひでいえ）につかず家康に与し、寡兵ながらも活躍。山姥（やまんば）という剛槍をあやつり、古巣の宇喜多家の兵を何人も血祭りにあげた。

家康をして鬼左京といわしめたことから、いまだに旧名の左京で呼ばれる豪傑だ。

左京が、大身槍を武蔵に突きつけた。きっと山姥の剛槍だ。穂先から血が滴っている。

「体捌きに、美作の武術の匂いがある。あるいは、以前は同じ家中だったか。名乗れ、流派を申してみよ」

武蔵の父の宮本無二は美作の生まれで、宇喜多家に仕えた新免（しんめん）家の家臣だ。一方の鬼左京こと坂崎直盛も、美作に伝わる竹内流の達人で宇喜多家の重鎮だった。平田武蔵守の変名でさえ、この男に明かすのは危うい。

「知りたければ、倒してみろ」

結果、心ならずも挑発するような言葉をいってしまう。

髭を割るようにして、左京の口が開いた。

迸った叫びは、気合の声ではない。

悲鳴だ。

武蔵の全身に粟が生じる。血を飛ばしつつ、大身槍が迫ってきた。

まるで短刀を扱うかのように疾い。

一合、二合と木刀で受け止める。常なら片手で受け止めるが、できなかった。両手でさばいてなお、骨を砕くかのような衝撃が爆ぜる。

踵が大地にめりこみ、後ずさる。守勢だけでは、重心が保てない。

大身槍の縦の斬撃を避ける。その反動を利して、木刀で左京の槍をはね上げた。一気に間合いを殺し、馬上の左京の胴を打つ。

左京の体勢が大きく崩れ、鞍から落下した。

武蔵は駆ける。大地に倒れ伏すと同時に、奴を制さねばならない。この男相手に、勝機は多くはない。

武蔵の目が見開かれた。

甲冑を身につけた巨軀にもかかわらず、左京の体が地につかなかったからだ。体を折り曲げ、獣を思わせる体捌きで回転する。音もなく、大地に両足をつけた時、左京はすでに槍を捨て腰の刀を握っていた。

左京の喉から、またしても悲鳴が迸る。

赤子を失った母の絶叫を思わせる声。

剣風が頭をかすった。毛髪が宙を舞う。すんでのところで、よけることができた。

両者、弾けるようにして間合いをとる。

左京が、不思議そうに己の手にある刀を見た。腰には、もう一本の刀がぶら下がっている。明らかに使いこまれている。本来なら、こちらを抜きたかったのだと悟る。

「なぜ、抜いたのだ」

左京が己の手に問いかける。

息を呑む。

左京の刀の鋭気を、武蔵が見間違うはずがない。左京が手に持つのは、村正だ。刃文は、刀身全てに焼きをいれた皆焼。刃先には、飛沫のような五つのまだらが浮いている。

今、目の前に、武蔵が追う妖かし刀がある。

「その刀、どこで手に入れた」

驚いたように、左京が武蔵を見た。

「なぜ、それを知りたい。まさか――」

左京が一歩、間合いをつめる。吹きつける風よりも強い殺気が、武蔵に浴びせられた。

「上杉勢だぁ」

「退けぇ」

「大坂城に戻れ」

あちこちから声が湧き上がる。

「鳴野の陣の味方が敗れたようです。上杉が加勢に来ます」

背後から三木之助が教えてくれた。退き太鼓も鳴り響いている。

左京は皆焼の刃文を隠すように納刀した。その背後からは、数と勢いを倍にする徳川勢が駆けつけていた。

「退きましょう」

必死の声が背を打つ。徳川勢の気配が急速に満ちる。いかな武蔵とて、この数は相手にできない。

〈り〉

大坂の城を、雲霞のごとき徳川の大軍が囲っていた。外曲輪にいる武蔵たちの目には、何重もの柵をつくる敵陣の様子がよく見てとれた。旗指物が隙間なく覆い、林が蠢くかのようだ。風には、濃い死臭が含まれている。眼下では、折り伏す骸が堀を半ば埋めていた。武蔵の左斜め前には、半月状に張り出した曲輪がある。真田左衛門佐信繁が守る真田丸だ。先日、その出丸に前田家の軍勢が攻めかかったが、大敗北を喫した。

「鉄砲で死んだ者たちがほとんどですね」

三木之助の声に、武蔵の顔が強張る。前田家の采配が悪かったわけではない。それ以上に、鉄砲を駆使する真田信繁が凄まじかった。大小様々な鉄砲、あるいは筒を三つ五つと束ねた三連筒や五連筒を巧みに使い、前田勢を鉛玉の餌食にした。

「刀や槍で死んだ者はほとんどおりません。皮肉なものです」

含みのある三木之助の声だった。言いたいことはわかる。鉄砲や大筒は、その威力を年々増している。剣や槍、弓矢を過去の遺物に変える勢いだ。

苦いものが口の中に満ちた。

武蔵には、その流れに抗う術はない。

「ああ、また、です」

三木之助が曲輪の外を指さした。

数十人ほどの男たちが、こちらへとやってくる。皆、足がふらついていた。上半身は裸で、褌さえつけていない者もいる。大坂城から脱走する者は多い。城内に避難した民たちは当初こそ楽観していたが、徳川の大軍を見てその考えを改めた。夜陰にまぎれて、次々と脱走しはじめた。彼らに対して、徳川は非情だった。容赦なく矢玉を浴びせた。

こちらに向かう男たちは運良く生き残ったが、徳川勢に捕まってしまったのだ。投降を許さぬのに、なぜ脱走した者を捕まえたのか。

男たちの顔相がわかるようになった。額には〝秀頼〟という文字が刻みつけられていた。焼印である。ご丁寧に、何人かの額には〝秀頼〟とある。「頼」は「頼」の異体字である。右に刀と貝、つまり〝負〟とあるので、秀頼は縁起をかつぎ決して頼の字で自分の名を記さないのは武蔵も聞いたことがある。それをあえて投降者の額に刻んだ。

さらに目をこらす。彼らの掌には、指がない。十指全てを切断されている。投降は一切許さぬという、徳川勢の意思表示だ。

豊臣方の陣から怖気が湧き上がる。

「あれでは、私たちが徳川の陣にいっても問答無用で射殺されます」

さすがの三木之助も声が硬い。

「日向様の陣の場所はわかったのか」

「探ってはいますが、どうも北西の後陣のようです」

妖かし刀の持ち主が誰かはわかった。鬼左京こと坂崎直盛だ。それを水野勝成に伝えたいが、方法がない。

「水野家から密使はこないのか」

「監視が厳しいのは、豊臣方も同じです。城外から忍びこもうとすれば、犬であれ雨霰のように鉛玉を浴びせます」

「ならば、徳川の陣に近づいて矢文を打ちこむか」

「それは危険だと思います」

「どうしてだ」

問い返す己の声は、苛立ちに満ちていた。

愚図愚図している暇はない。左京が、佐野久遠の仇かもしれないのだ。

「実は徳川勢は一枚岩ではありません。矢文を打ちこんでも、日向守様と敵対する派閥の手に渡れば揉み消されるかもしれません」

にわかには信じがたかった。武蔵から見れば、徳川の陣容は磐石だ。派閥があったとしても、呪詛者探索の任を帯びる武蔵の矢文を揉み消すなどありえない。

「大久保長安の一派だった者たちに見つかれば最悪です」

大久保長安――元武田家の家臣で、能役者から武士になった異色の経歴の持ち主だ。武田家滅亡後、三河武士団最重鎮の大久保忠隣の与力となり大久保姓をもらい、金銀山の採掘量を飛躍的に増やし、天下の総代官とまで呼ばれた。

が、昨年死去すると不正蓄財が露見し、七人の遺児が処刑された。さらに、石川、服部、成瀬、富田、高橋などの長安派の大名が十以上も改易された。大久保忠隣さえも改易の憂き目にあったほどだ。これが今年の二月のことである。

「長安は縁戚を蜘蛛の糸のように張り巡らせていました。その全てが改易されたわけではありません。長安の一族は死に絶えましたが、まだ派閥はしぶとく生き残っています。さらに、わが殿は本多佐渡守様と親しくありますれば、彼らからよく思われていません」

本多〝佐渡守〟正信は、長安と敵対した一派の長だ。

「矢文を射ても長安派に見つかれば、水野家には知らせないでしょう。自身の手柄とするためです。我らが動けない間に左京様を捕らえ、成敗してしまうやもしれません」

目で、それでもよろしいか、と三木之助がきく。武蔵はかぶりを振った。呪詛者を斬るのは己だ。他の誰にも久遠の無念は晴らせない。

ふと、武蔵の頭にある考えがよぎった。

「ならば……五霊鬼の呪詛者は、長安一派ではないのか」

「長安一派は呪詛者ではありませぬ」

三木之助が大人びた声で否定する。

「長安一派には、大御所様の六男の越後少将様もおられるからです」

長安は、越後少将こと松平忠輝(ただてる)の付家老でもあった。さらに松平忠輝と伊達政宗(だてまさむね)の娘との縁談をまとめ、伊達家も長安一派に引きこんだ。

「長安一派にとっての最後の砦が、越後少将様です。大御所様に取り入りたいと思いこそすれ、呪詛して殺すなどありえませぬ。もし呪詛が露見すれば、越後少将様が改易されます。悪くすれば、切腹です。百歩譲って呪詛に手を染めるとすれば、大御所様ではなく政敵の本多佐渡守様の諱を呪い首に刻みつけるはず」

三木之助の弁は理に適っている。武蔵が長安一派だったとしても、五霊鬼の呪詛など行わない。密かに暗殺の手筈を整える方が賢い。あまりにも愚策にすぎる。

武蔵の思考を遮ったのは、豊臣兵のざわめきだった。しきりに徳川陣を指さしている。目をこらすと、巨大な銅製の筒が並べられていた。

「あれは、大筒か」

大音響が轟いた。大筒が弾を発したのだ。

「伏せろぉ」牢人大将が叫ぶ。

武蔵と三木之助の頭上を、何百もの鉛の塊が一斉に通過する。

凄まじい衝音が響き、大地が揺れた。本丸から砂煙が立ち上る。

「またた」

「大筒がくるぞ」

次々と、徳川の陣から砲弾が飛んでくる。鈍色の橋をかけるかのようだ。いくつかが石垣にあたり、岩の破片が飛び散る。着弾のたびに地面が揺れ、凄まじい音が耳を聾す。しばらくすると、牢人たちの悲鳴は止んだ。

砲弾のことごとくが、頭上を通過するだけだと気付いたからである。

外曲輪にいる武蔵らを無視して、本丸の天守閣を狙っていた。遠く離れた本丸を撃つ理由がわからない。なぜ、外曲輪や真田丸を狙わぬのか。あれだけの数の大筒があったならば、半日とかからずに崩壊させられる。一方、本丸を狙った弾丸は、天守閣にかすりさえしていない。

「大御所様の狙いは、豊臣に勝つことではありませぬ。豊臣に勝つのは自明の理です」

あまりにも冷静な三木之助の声だった。

「では何が狙いなのだ」

「戦が終わった後のことを見越して、いかに勝つか。戦は手段にすぎませぬ。徳川の軍勢はきっと当たらぬ砲弾を見て、役にたたぬ武器だと思うでしょう」

「大筒を侮らせるために、わざと当てにくい天守閣を狙っているのか」

「その通りです。もし、外曲輪や真田丸を狙って壊滅させてしまえば、大筒が恐るべき武器だと大名たちは認めます。幕府が禁制を布いても、南蛮から強力な大筒を密かに入手し、打倒徳川の切り札として秘蔵するでしょう。つまり大御所様は、大筒は使えぬ武器だという考えを、必死になって大名どもに植えつけているのです」

数百の砲弾が空を切り裂く音が、武蔵の耳朶を掻きむしる。にわかには理解できなかった。

「大御所様の狙いは、徳川百年の太平の流れをつくることです」

「流れとは、時流のようなものか」

三木之助がうなずいた。またしても砲弾が頭上を通りすぎる。石垣にめり込み、岩が堀へと落ちていく。水柱が上がり、雨が降ったかのように飛沫が辺りを濡らす。

「本丸にいる女房衆は砲弾にさらされています。とても持ちますまい。いずれ和議をもちかけるはず。一旦、受け入れて、豊臣家の手足をもぎ取ってから、再び軍を発する」

「人質をとるということか」

淀殿を人質にとられれば、もはや大坂方に抗う術はない。

「それもあるでしょう。あるいは、国替えで大坂から退去させる手もあるかと。籠城できぬように、城の大切な何かを破却させるやもしれません」

そして、次の決戦では豊臣方に野戦を強いる。大筒ではなく、刀槍の力で豊臣を滅ぼす。家康のつくった流れは、大河のように盤石になる。

武蔵は拳を握りしめた。これでは、大坂城に籠る人々は徳川の世のための生贄ではないか。

「おい、そこの雑兵ども」

話しこむ武蔵と三木之助に、侍大将が声をかけた。

「本丸から人をよこせといってきた。瓦礫をどけるのだ。十人ほどいってこい」

「己が行こう。三木之助は徳川勢の様子を見ていてくれ」

雑兵たちとともに、武蔵は本丸を目指す。三層の石垣が織りなす道を上がっていった。

徳川勢の砲撃は規則正しかったので、砲弾が止んだ隙に、武蔵らは粉々になった小屋や石垣、土砂を運ぶ。が、片付けてもまたすぐに砲撃が降ってくる。やがて侍大将は諦めたのか、解散を命じた。夜になって外曲輪にある長屋に戻ってくると、武者たちが大勢寝込んでいる。寝息をたてる者は少ない。音が耳ざわりで眠れないのだ。寝返りをしきりにうつ様子が苦しげであった。

いつもの茣蓙に、三木之助はいなかった。かわりに書き置きがあった。三木之助は、単身、水野家の陣を目指すという。必ず戻るので、待っていてくれと書いてあった。

二章　太刀筋

〈ぬ〉

砲弾の雨が止んだのは十二月十九日──徳川勢が真田丸に攻め寄せてから十五日後のことだった。

「なぜ、徳川の大筒ごときに屈した」

「そうだ、わしらは戦に勝っていたのだぞ」

「今すぐに和議を取り消せ」

武蔵の目の前では、牢人たちが侍大将や奉行たちを詰(なじ)っていた。三日前、徳川の放った砲弾が、大坂城の天守閣に運悪く命中した。瓦礫の下敷きになって、八人もの侍女が犠牲になった。これに淀殿が恐怖(きょうふ)し、急遽、徳川方との和議を成立させた。城の外堀を徳川方が埋め、内堀を豊臣方が埋めるというのが条件だ。

「仕方ないのだ。淀殿や女房衆がそうお決めになった。亡き太閤殿下のつくりし大坂城ならば、十年は持ち堪えられる。そう何度も進言したが聞き入れて下さらなかった」

殺到する牢人に、奉行のひとりが吐き捨てた。その言葉は、殺気立つ牢人たちよりも激しい。

「豊臣家は勝つ気があるのか」

「勝ち戦をなぜ捨てる」

「所詮、女に戦はわからぬのだ」

牢人たちの憤慨はさらに激しくなる。

目眩に似たものを感じた。牢人や侍大将、奉行たちは、本当に籠城すれば勝てると思っている。砲撃を天守閣から外曲輪に移せば、大坂城などたやすく破壊しつくせる。童でもわかる理を悟ることができていない。まるで心の目が盲いたかのようだ。

この合戦、はなから勝ち目などない。あるとすれば長びかせて、家康の寿命が尽きるのを待つことだけだ。無論、戦が長期におよべば、徳川方は大筒を外曲輪に撃ちこんで一気に落城せしめるだろう。

とはいえ、ひとまず和議はなった。これで豊臣の陣を抜けられる。

久方ぶりに開いた門から、城の外へと出る。城内に避難していた民たちが押す荷車のせいで、道はなかなか進まない。

囲む徳川の陣からは、もう殺気は放たれていない。和議を祝ってか、宴を開いている姿もちらほらとある。知己同士なのか、城と徳川の陣から出てきて交わる姿も見えた。

「さて」と、武蔵は思案する。

うまくことが運んでいれば、三木之助は水野家の陣にいるはずだが……。

豊臣勢であることを示す肩の合印を引き剝がし、武蔵は徳川陣へと入っていく。いたるところに、莫蓙をしいた商人たちがいる。魚や貝を焼いたり、汁物を煮たりとかぐわしい香りが立ち込めている。流しの芸人たちも手妻や箱枕などを披露して、目を楽しませていた。

土砂が山の形に盛られた陣があり、穴掘り人夫と思しき男たちが談笑している。坑道を掘り、城を地下から攻めようとしたのだ。聞けば、甲斐や佐渡の鉱山から呼び寄せられた坑夫だという。城攻めでよく使われる手だが、山のような土の量から相当な数の穴が掘られていたことがわかる。和議や大筒以外にも大坂城を落城せしめる策を、家康が着々と実行していたことに驚かされた。

「おい、聞いたか、また五霊鬼の呪い首が出たらしいじゃないか」

「ああ、京の鷹峯らしいな」

思わず足を止めた。会話する徳川方の雑兵を呼び止めた。

「呪い首が出たというのはまことか」

「なんだ、そんなことも知らないのか。十日ほど前に、鷹峯だ」

「大御所様が呪詛されたのか」

「いや、ちがう。今度は上様（秀忠）だ。なんでも、徳川宗家しか知らぬ文字が刻まれていたそうだ」

左京が妖かし刀を持っていることを見られたにもかかわらず、家康だけでは飽き足らず、秀忠までも呪詛しようというのか。

駆り立てられるようにして、武蔵は走った。足軽たちにぶつかったが、足は緩めない。罵声を聞き流し、水野勝成の陣を探す。はたして、勝成の陣は徳川勢のもっとも奥まったところにあった。戦場につきものの陣屋女郎たちが即席の舞台で舞を披露しており、一際大勢の武者たちが集まっている。看板には〝日向守様贔屓〟と大きく墨書していた。女傾奇で家康の逆鱗に触れた六年前と変わらぬ気性を、勝成はまだ持て余しているようだ。

水野家の門番に訪問を告げると、出てきたのは顔に数条の傷を持つ灰髪の中川志摩之助だ。武蔵を見るや、額に血の管を浮かべる。

「貴様、今までどこへいっておった」

「どこへ、とは。大坂城だ。三木之助殿とともにいた」

「なんだと。三木之助もいたのか」

「そうだ。ともに大坂城へ入った」

「貴様、よくもぬけぬけと。三木之助はまだ元服もしておらぬのだぞ。人質のつもりか」

「待ってくれ。どういうことだ。志摩之助殿の命で、一緒に城へ潜入したのだぞ」

「虚言をろうするな」

とうとう拳が襲ってきた。腕をあげて受け止めたが、骨に響く衝撃が残る。

「元服していない息子を、大坂の城に送るわけがなかろう。三木之助は殿の小姓も務めているのだ。身辺に侍る大事な仕事がある」

「なんだ……と」

「三木之助につけた家臣を、貴様に同行させる手筈だったのだ。三木之助たちをどうした。まさか、斬り伏せたのか」

そんなはずはない。三木之助は一人だった。家臣など連れていなかった。

志摩之助がとうとう刀に手をかける。抜こうとした腕を制止したのは、喧嘩煙管だ。一尺ほどの長さがあり、厚い鉄でできたそれは小さな金棒とでもいうべきか。

「志摩之助、早まるな」

「殿」刀を握ったままの姿勢で、志摩之助の体が固まる。美しい陣羽織を着た水野勝成だった。

「久しいな、武蔵」

笑いかける表情は、悪童が喧嘩を挑むかのようだ。

「日向様もお変わりなく」

武蔵はこうべを垂れる。水野家で武術指南した際、武蔵も親しく声をかけられている。

「志摩之助との口論は聞いていた。三木之助とともに大坂城へ入っていたというが、にわかには信じられん。ならば、三木之助はどうした」

「途中で別れました。砲撃がはじまった夜です」

「やはり、貴様が殺したのか」

「待てといったろうが」

勝成の喧嘩煙管が、志摩之助の胸を叩く。

「三木之助は――三木之助殿は日向様の陣を目指すといいました」

「俺の陣を。なぜだ」

顔は笑っているが、勝成の目には油断ない光が宿っている。

「刀の持ち主がわかったからです」

志摩之助は目をむいて驚き、勝成も一瞬だが表情が固まった。

刀とは無論のこと、妖かし刀のことだ。

「日向様に報せるために、単身、大坂城を抜けました。止めることはできませんでした。己がいない間に書き置きを残し消えたからです」

だが、三木之助は勝成の陣を訪れていない。徳川勢の手によって射殺されたのか。

あるいは――

十指を切断され、額にむごい傷をうけた三木之助の姿がよぎり、武蔵は必死にかぶりを振った。

「色々と納得できかねることがある。なぜ、三木之助がひとりでお主と会ったのか。三木之助につけていた志摩之助の家臣がどうなったのか。が、刀の持ち主を見つけたとなれば、まずはそれを聞かねばなるまい」

ついてこいと、勝成が陣の中へと誘う。急造の長屋へと入っていく。板間に床机をいくつか据えており、そのひとつに勝成は腰を落とした。志摩之助も隣につづく。武蔵は、ふたりと対峙するように床に片膝をついた。

「妖かし刀の持ち主は、坂崎出羽守様です」

勝成の眉が激しく動いた。志摩之助は信じられぬという風情で、首を左右に振る。

「あの鬼左京が大御所様を呪詛したというのか。いや、その前に、どうやって左京が妖かし刀を持っているとわかった」

「今福の戦いで、左京様とまみえました。その時、左京様が抜いた刀が皆焼の村正です。この目で確かに見ました」

勝成は押し黙る。少なくない狼狽が表情に出ていた。

「いかがいたします」志摩之助が恐る恐るきく。

「左京が大御所様を呪詛する理由などない。が、奴ならば何をやってもおかしくないとも思える。あの男に手打ちにされた家臣の数は、千手観音の指があっても足りない」

「あまり、事を構えたくない相手でございますな」

志摩之助は低い声でいう。

「座視するわけにもいくまい。志摩之助、佐渡のもとに使いにいってくれ。武蔵のいったことを伝えろ。俺は今から左京の陣へいく。佐渡にも来てもらうようにいえ」

佐渡とは、家康の謀臣の本多正信のことだ。

勝成とともに向かった左京の陣には、異様な雰囲気が漂っていた。白い陣羽織を着た武者が何人もいる。武蔵たちが近づくと、勝成が「ぬう」とらしくない声を漏らした。陣羽織は紙でできており、背に異様な文言が墨書されていた。

——この人身さぐりの上手、家中にはいやな人。

逃げることばかり上手く、不要の人という意味だ。傾奇者は、羽織の背に勇ましい文言を書く。しかし、どうして自ら怯者だと誇示するのか。しかも、ひとりでなく何人も。

「日向守殿、待ったか」

志摩之助とともに、蛇を思わせる顔相の老人が近づいてきた。歳のころは七十ほどか。顔に入ったしわは深いが、細身の体軀の動きは若々しい。

「いや、今、来たところだ。佐渡も早いな」

勝成の言葉で、本多正信だとわかった。じろりと武蔵を睨めつけた。

「こ奴が見たというのか」

「そうだ。呪詛者探索の任をまかせている宮本武蔵だ」

「ほお、あの武蔵か」

「大坂城にもぐるのだ。尋常の腕の者には任せられぬからな」

「思い切ったことをしたな。腕は確かであろうが、知略はいかほどか。絵や工芸は玄人はだしと聞いているが」

「よく知っているな」勝成が感心の声をこぼす。

「すこし耳にした程度だ。林羅山殿からな」

林羅山は家康お抱えの儒学者で、武蔵も若いころに親しく交流を持った。

正信の背後から強い眼光を送る者がいる。きれいに月代を剃った武者だ。歳のころは四十代半ばか。さらにその背後には、若い剣士が大勢控えていた。

「武蔵殿、お初にお目にかかる。柳生〝又右衛門〟宗矩と申す」

柳生宗矩――父は新陰流の達人で、息子の宗矩は将軍家剣術指南役だ。どうやら、家康や秀忠の身辺警護のために在陣しているらしい。

「お主は、朋輩の弁護にきたのか。まさか、この狐親父の護衛ではあるまい」

茶化す勝成の口調から、柳生宗矩は左京と親交があるようだ。

「無論のこと佐渡様の護衛です。五霊鬼の呪詛から大御所様と将軍様を守るのが、わが柳生の使命。左京殿とは朋輩ですが、情は挟みませぬゆえご安心を」

硬い声で宗矩が返す。勝成の軽口に応じる気はないようだ。

「では、いこうか」

本多正信が促し、まず柳生の剣士たちが先導して左京の陣へと入っていく。

「本多佐渡守様によるご検視である。動くな。手にしているものは、全て地におけ」

柳生の剣士たちが一斉に叫ぶ。紙羽織の武者が、本陣らしき場所へと走ろうとする。

「動くなといったであろう」

一喝したのは、宗矩だ。紙羽織の武者の動きがそれだけで止まる。間隙をつくように、剣士たちが陣の中へと散っていく。

「よし、いくぞ」

舟帆の馬印を目指し、勝成は淀みのない足取りで進んだ。先行していた柳生の剣士が陣幕をあげて、中への道をつくった。果たして、鬼左京こと坂崎直盛はいた。両膝を地につけて、鎧櫃の上に置いた黒い南蛮胴に対峙していた。目を瞑る様子は、キリシタンが祈るかのようだ。

「左京殿、今より検めさせてもらう。陣内すべての刀や太刀を拝見する」

勝成の声に、左京がこちらへ顔を向けた。表情のない目が正信、宗矩、勝成、志摩之助ととらえ、つづいて武蔵をみる。左京のまぶたがかすかに震えた。

武蔵は左京へと強い眼光を送る。手が木刀を握りそうになるのを必死に自制した。

左京が一行に近づいてくる。

歩みが止まったのは、剣の間合いになってからだ。宗矩や正信、勝成、そして武蔵

——四人に等しく刀が届く間合いだ。

「一体、何事でございますか」

空にある文字を読むかのようにいう。

「大御所様、そして将軍様が五霊鬼によって呪詛されたのは知っていよう。お主が、妖かし刀を所持しているとの報せがあった」

「誰からですか」

「ここにおる宮本武蔵だ」

勝成がつづける。

「間者として大坂方に紛れこませていた。そして、今福で左京殿と対峙した。まさか、忘れてはおるまい」

「宮本武蔵」

左京の目差しが、武蔵の体をはう。頭頂から足先まで執拗に見る。

「立ち合ったのは覚えています。あの宮本武蔵とは」

武蔵は、左京の眼光を跳ね返すように一歩前に出る。

「是非なきこととはいえ、今福の戦いでは失礼しました。左京様も覚えておいでしょう。腰の刀は、皆焼の村正でした。五つのまだらも確かにありました」

左京は無言で腰の刀を手にとり、突き出す。検めろということか。柳生の剣士が、緊張した面持ちで受け取る。鞘を払った。刃長は二尺、まさしく妖かし刀と同じだ。が、皆焼の刃文はない。湾刃といって、波を思わせる文様である。そもそも村正でもない。

「見間違いであろう。戦場ではよくある」

確かに砂塵の舞う戦場で、左京が皆焼の村正を所持していたと証言する者はいないだろう。しかし、武蔵は至近で妖かし刀の一太刀を受けたのだ。見間違うはずがない。

「お借りしても」

武蔵は柳生の武者から刀を受け取る。鞘は、今福で対峙したときと同じだ。一度、納刀する。何度も鞘を払った。かすかに違和を感じる。

「後家鞘と疑っているのか」

左京が、武蔵の機先を制した。後家鞘とは、刀を失った鞘に別の刀をあてがうことだ。

「すこし違和があります。後家鞘ではない、とは言い切れませぬ」

「貸してもらおうか」

宗矩が武蔵から刀を受けとった。同じように、何度も鞘を払う。表情が曇っている。後家鞘とも、そうでないとも、宗矩も判じかねている。

「左京殿が持っている刀は妖かし刀ではない。まあ、そうであろう。妖かし刀の持ち主であれば、戦場で見られた刀をそのままにしておくはずはないからな」

正信が毅然といいはなつ。やがて、柳生の剣士たちが左京の陣から集めてきた刀を抱えてやってきた。莫蓙をしき、ずらりと並べる。

「刃長が二尺より短いものは捨ておきました。薙刀も一応、持って参りました」

地を覆うようにして並んだ刀を前に、柳生の剣士が説明する。

「では、今より刀を検める」

勝成の声に、柳生の剣士たちが一振り一振り鞘を払っていく。が、皆焼の刃文は現れない。村正の刀もほとんどなかった。正信と勝成の顔に疲れが浮かびはじめたころ、すべての刀を検分し終えた。一本たりとも皆焼の刃文はない。

「ひとまず、妖かし刀はないとわかったな」

勝成が、ため息まじりにいう。

「疑いが晴れたわけではないのですな」

訊くというより、確かめるかのような左京の声だった。

「そういうことになりますな」正信が老成した声でつづける。

「先ほど申し上げたように、今福の戦いの直後に妖かし刀を隠すことはできる。残念ながら、お疑いが晴れたわけではありません。とはいえ、ご協力には感謝いたします」

正信が、わざとらしいほど深く頭を下げた。

そろそろいくか、といったのは勝成だ。

「お待ちください。左京様に訊きたいことが今ひとつ」

　武蔵は、左京に顔を向けた。

　左京の重心が前がかりになっている。腰に残った短い脇差の鞘を、左手で握っていた。新しい刀だ。今福の戦いの時、腰にはなかった。刃長は一尺半（約四十五センチメートル）ほどか。

　いつでも抜ける体勢になってから「なにか」と左京が問い返す。

「佐野久遠という武者はご存知か」

「さて……かつていた宇喜多の家中に、何名か佐野姓はいたが」

「では、これは知っておられるか」

　武蔵は一気に腰を落とした。それだけで、獣に似た気が武蔵の真ん中で爆ぜる。

「やめろ」

　勝成が叫んだ時、武蔵は腰帯に挟んだ木刀に手をやっていた。そして、振り上げる。左肩への縦一文字の斬撃と思わせて、太刀筋を変化させた。左京の胴めがけて左手一本で薙ぐ。

　左京は、後ろへと跳んでいた。武蔵の一閃が空をきったのは、それゆえではない。武蔵の振った手には木刀が握られていない。空手で斬りつけるふりをしたのだ。それでもなお左京が跳んだのは、武蔵のまとう殺気ゆえだ。

「ぶ、無礼者が」

一喝したのは宗矩だ。さすが剣士だけあり、誰よりも早く行動していた。正信をかばうように背にしている。声に反応した柳生の剣士が、武蔵のもとに殺到する。鞘で足元を払われ地面に転がされる。刺叉のように、刀が何本も繰り出された。交叉した二本の刀が地面に刺さり、武蔵の両手首を、次に両足首の自由を奪った。

「待て、武蔵は水野家が雇っている。裁きはこちらでする」

勝成が駆け寄らんとしたが、別の柳生の剣士が壁をつくる。

「放してやれ」

命じたのは、柳生宗矩だった。

「し、しかし」

「こ奴はわざと捕まった。残念ながらお主らでは御しきれぬ剣客よ。どのような了見かは知らぬが、殺気はあれど害意はなかった。とはいえ、狂った所業なのは間違いないがな」

空手とはいえ、大名相手に斬りつけたのだから当然だろう。

柳生の剣士たちが刀を大地から抜く。

「左京様」

ゆっくりと起き上がり、武蔵は睨めつけた。殺気を過剰にこめる。

またしても、柳生の剣士たちがざわついた。

「今の体のさばき、横の斬撃がくるとわかっておられたな」

宗矩の体がぴくりと動いた。左京も顔を強張らせる。

「先ほどの技は、我が弟子の佐野久遠の得意とするものだ」

左肩を打つ縦の斬撃と思わせて、横によけさせてから太刀筋を変化させて水平に斬る。

左京は、背後に跳んでよけた。

「あなたは佐野久遠を知らぬといった。だが、体はちがう。あなたは佐野久遠と立ち合ったことがある。少なくとも久遠の太刀筋を知っている」

武蔵は己の毛髪が逆立たんとしていることを自覚した。身の内の衝動を抑えるのに、恐ろしいほどの気力を費やさねばならなかった。

「あなたは妖かし刀を持っていた。それを、己は確かに見た。そして、確信した」

左京と久遠は、間違いなく立ち合ったことがある。

「いずれ、全てを話してもらう。そして、あなたの行いに決着をつけさせてもらう」

またしても柳生の剣士が後ずさった。が、左京は不動だ。脇差の柄に手をやり、抜刀の姿勢で武蔵の気を静かに受け止めている。

武蔵が放りこまれたのは、竹矢来でできた急普請の牢屋だった。

「空手とはいえ、左京様に斬りつけるなど、正気の沙汰ではないわ」

竹矢来ごしに、志摩之助が罵倒する。

「やはり、貴様が三木之助をさらったのか」

左京を試すための行動だったが、志摩之助の心証をさらに悪くしたようだ。

「三木之助殿は自らの意思で大坂城へと入った」

「ふざけるな」

志摩之助が竹矢来を蹴りつけた。

「いいか、武蔵、よく聞け。わしはもののふだ。もはや、この期におよんで三木之助が生きているとは思ってはいない」

竹矢来に顔をすりつけて、志摩之助が荒い息を吐きつける。

「それはもう覚悟している。三木之助も武士の子だ。死に際が美しくあってくれと親として願うだけだ。が、それと貴様を許すかは別だ」

歯軋りさえ聞こえてきた。

「いいか、わしは貴様のことをかっていたのだぞ。呪詛者探索に推薦したのもわしだ。三木之助を出迎えの使者に抜擢したのも……。それを裏切るだけでなく、三木之助を」

「志摩之助、それくらいにしておけ」

声をかけたのは勝成だ。喧嘩煙管を手で弄びつつ近づいてくる。

「武蔵が本当に三木之助を殺したかどうかは、まだわからん。それよりも、お前は他にやることがあろう」

「しかし」

「今のお前じゃ、武蔵を尋問しても無駄だ。ただ痛めつけて終わりだ。下手をすれば殺しかねん。すこし頭を冷やしてこい」

肩を怒らせた志摩之助の姿が見えなくなってから、勝成がぽつりといった。

「志摩之助め、取り乱しおって。まあ、目をかけていたお主に裏切られたから仕方ないとはいえるがな」

「目をかけていた、とは」

「志摩之助はお主のことをかっていた。奴も昔は戦場を渡り歩いた豪傑だ。六年前のお主の武術指南も悪くは思っていなかった」

勝成は、空に白い輪っかを吐き出した。

「志摩之助は三木之助を、お主の養子にするつもりだった」

武蔵の目が見開かれる。

「だから、三木之助を出迎えの使者として兵庫の港で待たせていた。家臣とともにな。志摩之助は、三木之助にお主の剣を受け継いで欲しかったのさ」

思いもかけぬことだったが、ならば元服せぬ三木之助が出迎えたのもうなずける。

「それをお主は裏切った」

「ちがう。己は三木之助殿をかどわかしていない」

「悪いが、お主のいうことは信じられない。三木之助につけた部下もいなくなった。お主がやったと考えるのが自然だろう。とはいえ、だ。お主が大坂の城に潜入し、左京と戦場でまみえたのは事実のようだ。悪意があって三木之助をたぶらかしたのなら、なぜ俺の前にのこのこと現れたのかもわからん。そういう意味では、三木之助とふたりで大坂の城に入ったという話も、偽りだと断じかねている」

喧嘩煙管を叩いて、勝成は灰を地に落とした。

「左京に斬りつける真似をしたからには、相応の罰も必要だ。縄にかけなかったのは、武士の情けだ。沙汰がでるまで、そこで大人しくしておれ」

「二つ目の呪い首のことを教えてください。徳川宗家しか知らぬ文字が刻まれていたと耳にしました」

勝成は武蔵に教える気はないようで、薄い笑みを浮かべるだけだ。

「呪詛者の探索は諦めるのですか」

「お主じゃない誰かに任せるさ」

武蔵の胸がざわついた。それは、武蔵が久遠の仇をとれないということだ。

「己は、諦めるつもりはありません」

竹矢来をつかんだ。みしりと軋む。

「志摩之助め、とんでもない男を推挙したものだ。まあ、当分、俺たちは大坂にいる。

その間に、お主の疑いが晴れることを祈っているよ」

勝成の姿が見えなくなってから、武蔵は竹矢来の牢を殴りつけた。一度でなく何度も。拳の皮が破れたが、痛いとも思わない。

「おい、やめろ」

牢番に槍をつきつけられた。武蔵は荒い息を吐く。仇がすぐそばにいるのに、手が出せない。それがもどかしかった。


〈る〉


血をぬぐったのは、冬の雨だ。

番兵が板を立てかけて雨よけにしてくれたが、全てを遮れるわけでもない。何より尻をつける地面が冷たく濡れている。

武蔵は昏（くら）い雲を見上げた。

いつもは大坂城の堀の埋め立てで忙（せわ）しげな水野家の陣中だが、雨のせいで人の行き来はまばらだ。長屋から時折、博打に興じる歓声が聞こえてくる。尺八の音が混じっているのは、埋め立てが休止になった無聊を誰かが慰めているのだろう。

歌も聞こえてきた。女の声だ。

勇壮な詞章を、尺八にあわせ華やかな声で歌う。

——槍先に、まなこのつかばひるむべし
——むかふて敵の、手元見るべし

武蔵のまぶたが上ずる。

これは、戦場でまみえた左京が歌っていた兵法歌だ。

声のする方を見た。雨にくすむ長屋は、勝成のいる本陣だ。この歌が、なぜ聞こえるのだ。

「おい、こっちにこないか。雑炊があるぞ」

牢の番をする男に声がかかった。

「おお、助かるぜ」

番兵は庇の下までいって、湯気をたてる椀を受けとる。

長屋からの歌は別のものに変わっていた。

「武蔵様」

届いた声に、武蔵は不覚にも驚いた。

「み、三木之助か」

ずぶ濡れになった三木之助が、地面に這いつくばっている。雨よけで立てかけた板が、ちょうど番兵たちの死角になる場所だ。よほど長く潜んでいたのか、肌は青ざめていた。

「生きていたのか」

三木之助が上着の襟をずらした。さらしが巻かれ、赤く色づいている。

「徳川勢に撃たれました。そして、気を失いました。幸い、私は子供だったので運よく他の徳川勢に救ってもらい、今まで療養しておりました」

さらしがはらりとめくれる。白い肌に傷が刻まれており、化膿していた。

「馬鹿が。無理をするからだ」思わず大きな声がでた。

「それよりも、なぜ一緒に大坂の城に入った。つけられた家臣はどうした」

そしてなぜ、包囲を脱した後に水野家の陣を目指さなかったのか。今、隠れて武蔵に近づく理由はなんだ。

「そのことですが……」

三木之助が逡巡を見せた。

「志摩之助殿が心配しておられたぞ」

「心配ですか」歳に似合わぬ皮肉気な笑みをこぼす。

「そうでしょうね。大事な息子です。養子として、他家に下げわたせば恩を売れます」

言葉には、毒気が強く含まれていた。

「私は三男です。家は継げませぬ。きっと、養子に出されるでしょう」

「それが嫌なのか」

「三男の私は、せいぜいが足軽の養子です。それは御免蒙りたい。ですが、決めるのは私ではありませぬ。父や日向守様です。武蔵様、私は手柄が欲しいのです。呪詛者を見事に探しだせば、大きな手柄になります。家格の高い家から養子に請われるでしょう」

三木之助の瞳が不穏な輝きを放つ。

「だから、私は父からつけられた家臣をまいたのです。そして、兵庫の港であなたを騙し大坂城へと入った。全ては、私が手柄をあげるためです。そして、今、こうして隠れて近づいたのは、見つかれば父によって幽閉され、手柄をあげる機を逸するからです」

瞳に宿る光を野心というのかもしれない。

「私は、自分の才を世に問いたいのです」

しばらく考えてから、武蔵はいう。

「志摩之助殿は、お主を己の養子にするといっていたぞ」

三木之助の目が見開かれる。

しばらく、雨の音が辺りを満たした。

三木之助が口を開くのを、武蔵はじっと待った。

「私は馬鹿ですね。親の気持ちがわからなかった。まさか、天下一と名高い剣士の養子にすると、父が考えていたとは……」

　三木之助が唇をかんだ。

「悪いことはいわぬ。今すぐ父のもとへ戻れ」

「いえ、もう退けませぬ。武蔵様の養子になろうにも、こたびのしくじりで白紙になるでしょう」

　声は幼いが、強い意志が感じられた。

「武蔵様、手を組みましょう。共に呪詛者を探し成敗するのです。左京様は久遠様の仇なのでしょう」

　視界の隅で、番兵があくびをこぼしている。雑炊を平らげたようだ。

「私には武蔵様が必要です。あなたも私の知恵が必要なはず」

「そろそろ番に戻るか」

「半刻ほどすりゃ、交代だ。それまで我慢しな」

　番兵が雨の中、こちらへと戻ってこようとしている。

「武蔵様、半刻後に陣屋に火をつけます。牢を破って出てきてください。ここから東北にある一本松のところで落ちあいましょう」

　そういって、三木之助は竹矢来のすき間から短刀をねじこんだ。

〈を〉

雨は上がっていたが、一本松の根元はぬかるんで泥地のようだった。

「む、武蔵殿か」

驚きの声をあげたのは、僧体に鎧を着込んだ男だ。

「お久しぶりでございます」

武蔵は深く低頭する。

「心配しておったのだ。先日、水野家の陣で失火があり、武蔵殿の姿が消えたときいて」

男の歳は、武蔵よりひとつ年少の数えで三十二歳。身につけた鎧が、重たげである。

体の線も細い。名を林羅山といい、儒者として家康に仕えている。

「申し訳ありませぬ。やむをえぬ仕儀で牢を抜けました」

「半信半疑でこの小姓についてきてみたが……」

林羅山がちらりと見たのは、三木之助だった。武蔵は三木之助と一本松で落ちあい、
家康陣中にいる林羅山を呼んでくるように頼んだのだ。

「して、何用なのだ。尋常の一件ではあるまい」

「二つ目の呪い首の詳細を知っていれば教えてください。徳川宗家しか知らぬ、秘密の

文字が刻まれていたと聞きました」

林羅山の眉宇が硬くなった。

「呪詛者を追うつもりか。よせ、牢を破って追われる身になった今、もうお主にはかかわりのないことだ……」

羅山の語気が萎んだのは、武蔵の怒気に怯んだからだ。

「己は、久遠の仇をとらねばならぬのです」

「久遠……あの妙心寺で討たれたという、寺侍か……」

押し黙っていたのは、十を数えるほどの間だろうか。

「私も儒学の師として弟子を教える身だ。さぞ、ご無念であろうと察する。お主との仲だ。他言無用を誓うならば、わかっている限りのことはお教えしよう」

羅山が矢立と帳面を取り出した。

「ふたつ目の呪い首は、京の鷹峯に置かれていた。源光庵のほど近くだ」

京の北西にある禅寺である。

「大御所様でなく上様を呪詛する内容だ。一つ目と同じく左右の眼球を入れ替えて、諱が刻みつけられていた」

羅山は、ふたつの丸で眼球を表した。右の眼球には、横線をひく。秀忠という諱を書くかわりだろう。征夷大将軍の諱を軽々に記すことは憚られた。

「もうひとつの眼球にはこう書いてあった」

〝德川〟と記す。

「うん」とのぞきこんだのは、羅山を連れてきた三木之助だ。

「珍しいですね。德川でなく徳川ですか」

徳も德も同じ字だ。秀頼の〝賴〟を〝頼〟と表記するようなものである。

「徳の字には、尋常でないところがある。私なりに表してみた」

武蔵は字を凝視する。

「運筆ですな」

「さすがは武蔵殿だ。絵をよくするだけのことはある。一本多い横線は常なら、左から右に書く。が、呪い首の運筆は右から左だった」

呪い首の眼球に刻まれた傷の入り具合から、運筆が逆だとわかったという。

「これは徳川家にだけ伝わる秘密文字だ。徳でなく横線の多い〝德〟の字を使う。さらに、追加した横線の運筆を常とは逆にする。徳川宗家の数少ない者しか知らぬ書き方だ。起請文などに署名する時に使う。あえて普段と書き方を変えることで、名前を籠められた時に災いから逃れる。大御所様のお母上が発案されたらしい」

名前を籠めるとは、室町の世に行われた呪詛である。名前を書いた紙を隠すことで、相手に災いをもたらす。

重い声で羅山がつづける。

「私もこたびの騒動があって初めて知った。本多佐渡守様や天海（てんかい）殿、崇伝（すうでん）殿も知らなかった。それほどまでの秘密文字が、呪い首に刻まれていた」

羅山が額の脂汗をぬぐった。

「わかったであろう。世間では呪詛は豊臣方の仕業と言われているが、ちがう」

羅山は、辺りを警戒してから慎重に言葉を紡いだ。

「呪詛者は徳川方だ。それも譜代大名や外様大名ではない。徳川宗家の血を濃くひく、徳川一門の仕業だ。大御所様や上様と近しい誰かの手によるものだ。弟子の仇をとろうとする気持ちはわかるが、これはもう一介の剣士の手におえることではない」

武蔵はあえて無言を貫いた。

その意志は羅山に確かに伝わったようだ。

「くれぐれも用心されよ。武蔵殿の顔に凶相が出ている。以前、会った時のような……いや、それ以上に恐ろしい気をまとっておられる」

以前というのは、武蔵が命がけの立ち合いを繰り返していたころだ。

「凶をその身にはらめば、宿る技も穢（けが）される。深みにはまれば、もう二度と戻ってくることはできぬぞ」

羅山はこれを言わんがために、危険を冒してまで科人（とがにん）の武蔵に会ってくれたのかもしれない。

羅山が去った後、一本松の根元にしゃがむ三木之助は地に文字を刻んだ。〝徳川〟と書いて、じっと凝視している。表情は真剣というより、鬼気迫るものがあった。

「三木之助、どうしたのだ」

武蔵も声をかけざるをえない。地面から目を引き剝がし、三木之助が顔を向ける。

「武蔵様、私がなぜ日向守様に左京様が妖かし刀を持つことを報せなかったと思いますか」

確かにそうだ。傷を受けて動けなかったにしても、手紙を送ることは可能だ。

「鷹峯に新たな呪い首が置かれたと耳にしたからです。徳川宗家しか知らぬ秘密文字が刻まれたと知り、日向守様に報せるのを躊躇したのです」

「待て。まさか……お主、日向様を疑っているのか」

「日向守様も徳川一門といって差し支えないでしょう。その思いを、先ほどの羅山様の言葉を聞き、より強くしました。〝徳川〟の秘密文字を考案したのは、大御所様の母上だった。つまり日向守様にとって伯母にあたります」

武蔵はしばし絶句した。

「逆に問いますが、武蔵様は誰が呪詛者だとお考えですか」

「呪詛者は徳川宗家にごく近しい者だ。ならば、長安一派の越後少将様が怪しい。左京様は、越後少将様の走狗だと思う」

「ですが、越後少将様と左京様をつなぐ糸がありませぬ」

三木之助がいうには、左京は過去に長安派閥の富田信高を訴え、改易に追い込んでいる。この動きだけを見れば、反越後少将派閥だ。

「だからといって、日向様が呪詛者というのは……」

「実は、あの秘密文字を前に見たことがあるのです」

三木之助は、地面に名前を書きつける。

徳川家康
松平定勝（さだかつ）
徳川秀忠
徳川義直（よしなお）
徳川頼宣（よりのぶ）
徳川頼房（よりふさ）

六人の徳川一族衆の名だ。二人目は家康の異父弟、三人目は家康の後継者で現将軍、四人目から六人目は家康の息子だ。ちなみに家康の息子は十一人いるが、徳川姓は書きつけた四人しかいない。

「横線の多い〝徳川〟の文字で書いてあるのが珍しいと思ったのを、よく覚えております。並びもこの順番のはずです」

「どこで見たのだ」

「日向守様の手文庫です」

ぴくりと武蔵の指が動く。

「日向守様が、なぜ六人の徳川一族の名前を書いたのかが解せぬのです。それも〝徳川〟の文字を使ってです。何より名前の順番が奇妙だと思いました」

家康の異父弟の松平定勝が二番目にきている。秀忠より上位にくるのがおかしいという。連名で記す際、名前の順序は身分を表す。間違えれば非礼とされる。

「そして日向守様の手文庫にあった書きつけの、六名という数です」

三木之助が、指を地に書いた文字に突きつけた。

「これは、六つの呪い首が出るという意味やもしれませぬ」

武蔵の肌が総毛だつ。つまり、六人もの徳川一族を呪うということか。

「日向様が呪詛者だとしたら……わからぬことがある。ひとつは、どうして呪詛者の追跡を己に命じたのだ」

なぜ、自らの首をしめるようなことをしたのか。

「武蔵様を推薦したのは、日向守様ではありません。私の父です。きっと日向守様も埒外のことだったはず」

もし、勝成が呪詛の首謀者だとしたら——勝成は家康から呪詛者探索の任を与えられた。幸運にも、だ。探索者が呪詛者であれば、万に一つも見つからない。五霊鬼と水野家の因縁を考えれば、勝成もそうなると半ば以上予想していただろう。誤算だったのは、五霊鬼の呪詛の因縁を知らぬ新参家臣の中川志摩之助から武蔵を推薦されたことだ。これに押し切られて、武蔵に探索の任を与えねばならなかった。

無論、これも確証のある話ではない。

「もうひとつ、日向様が呪詛者だとしたら、なぜ左京様が妖かし刀を持っていたのだ」

「左京様と日向守様は、呪詛の一味だからではないでしょうか」

「あの二人は、親密な仲なのか」

三木之助は首を横にふった。

「ですが、二人は過去につながりがあった……かもしれません。美作という土地で、です。二十年以上前、殿は美作を放浪していました。ご存じのように、左京様が以前に仕えた宇喜多家は、美作を攻め、これを支配しています。殿が美作を放浪した折、殿と左京様に面識ができていてもおかしくありません」

宇喜多左京亮という名前だったころ、左京は美作の後藤家攻めの総大将を務めた。一方の勝成も美作の後藤家とつながっている。どこまで本当かはわからぬが、美作放浪中に後藤家の残党の娘と所帯を持っていたという。

「美作か」

武蔵は、奇妙な因縁を感じずにはいられない。武蔵の父の宮本無二も、後藤家に仕え、滅亡後に宇喜多家の禄を食んだ。美作と縁の深い者たちが、五霊鬼の呪いに引き寄せられているかのようだ。

ずきりと頭が痛んだ。

何かを思い出せそうで、出せない。

「武蔵様、どうされたのです」

三木之助の呼びかけは無視して、考えこむ。

強くまぶたを閉じた。

「そういえば、水野家の牢にいる時、兵法歌を聞いた」

ぽつりとそういった。

「兵法歌ですか」

武蔵は口ずさむ。

——槍先に、まなこのつかばひるむべし

――むかふて敵の、手元見るべし

三木之助が、はっと愁眉を開いた。

「武蔵様、それは日向守様が美作放浪のおりに覚えたものです。日向守様ご自身が尺八を吹き、女や小姓に歌わせるのがお好きでした」

では、あの時の尺八の音の主は勝成だったのか。

そして、左京もまた戦場で同じ兵法歌を歌っていた。なぜか、武蔵も下の句を唱和できた。

武蔵のなかで一つの決心が固まる。

「美作へ行こう」

「大坂を離れるのですか。確かに羅山様も周囲に間者の気配がするといっておられましたゆえ、身を隠すのも一つの手ですが……」

交際のある武蔵と羅山が接触すると、水野家は読んだのだろう。包囲の輪は、じりじりと狭まりつつあった。

「勘違いするな。身を隠すのではない」

美作へ行き、左京と勝成の繋がりを探すのだ。

三章　兵法歌

〈わ〉

吹きつける美作の風は、武蔵にいやでも過去のことを思い返させた。各地を転々とし、父の宮本無二による厳しい稽古を受けて育った。

最初に人を殺したのは、十三歳のころだ。新当流の有馬喜兵衛を屠った。場所は美作ではなかったが、国境をこえてすぐの播磨国平福村だ。

あのころは、常に血の香りが周囲に漂っていた。

美作の空気が、洗い流したと思った匂いを甦らせるかのようだ。

時折、街道をいく旅人とすれちがう。武蔵を見て、怯えるようにして道を譲るものが大半だった。

「ふう」と、大きく息をついたのは三木之助だ。額に汗をかいている。

美作国久米郡垪和郷は、山と谷と細々とした畑が入り組む土地だ。険路が多く、春の終わりだというのに体が汗ばむ。

「さて、収穫はあるでしょうか」

疲れのにじむ声で、三木之助はいう。備前から美作へ下って数ヶ月がすぎた。宇喜多家の元家臣や、かつて勝成が滞在した村を回ったが、収穫はない。

一方で、徳川と豊臣の関係は急速に悪化しつつあった。

家康が国替えか牢人追放かの二択を迫り、秀頼が拒んだのだ。開戦は、時間の問題だ。武蔵らも大坂へ戻らねばならない。これが最後の訪問になるだろう。

目指す場所はすぐにわかった。竹内流の稽古場は低い柵に囲まれた広場で、大勢が入り乱れて棒や木刀を振っている。奥には納屋のような建物が見えた。

竹内流——鬼左京こと坂崎直盛が免許皆伝した流派だ。剣棒槍短刀手裏剣柔術十手などあらゆる術を伝えている。中でも短刀と柔を組みあわせた技は精妙を極めると評判だ。

左京は、武蔵の体捌きに美作の匂いがあるといった。確かに、竹内流の体捌きは父の無二と似ている部分が多い。

見れば、竹内流の門弟は男だけでなく女も多い。よく日焼けしているので、ほとんどが百姓だろう。見るからに牢人姿の者や、高禄を食むと思しき侍姿も少数だがいる。百姓が、武士に短刀術の手ほどきをしていたりもする。身分でなく実力の差が、竹内流では重んじられていることがわかった。

訪いをつげる必要はなかった。武蔵が近づくだけで、棒や木刀が風を切る音が止んだ。何人かは露骨に身構えて警戒の気を発している。

「何かご用でしょうか」

それ以上、近づくなと言わんばかりの口ぶりだった。

「総師範の藤一郎（とういちろう）殿にお目にかかりたい」

「お名前は」

「宮本武蔵と申す」

門弟たちの間に、さらに強い緊張が走った。武蔵の父は、ここ美作の出だ。下手に偽名を使うくらいならば、正直に名乗った方がいいと判断したが、どうやら裏目に出てしまったようだ。

「あの武蔵殿が、わが竹内流に何用でございますか」

言葉は丁寧だが、いつ抜き放ってもおかしくない気を発している。

「坂崎出羽守殿が、こちらの門人と耳にした。人となりを教えていただければ、と」

門人たちが額を寄せ合い、話しこむ。男がひとり伝令に走り、息をきらせてすぐに戻ってきた。

「藤一郎先生がお会いになるそうです。道場でお待ちくださいとのことです」

指さしたのは、納屋と思しき建物だ。

敵陣の中にいるかのような気を浴びつつ、武蔵らは足を踏み入れる。

「ここが……道場ですか」

三木之助がこうべを巡らせた。納屋をそのまま道場に転用したもので、半農半武が多い美作では珍しくない。隅には、俵や農具も置かれている。大きな神棚があり、その両脇の壁に大小様々な棒や木刀が架けられていた。実際に農事に勤しんでいる男がひとりいる。一心不乱に縄を編んでいた。

「お客人、運がようございましたな。晩秋のおりは、収穫物であふれる有様ゆえ。まあ、座って、しばしお待ちを」

男が手を止めずにいう。歳のころは五十歳になったかならぬか。背は高くはなく、恐らく三木之助よりも小さい。

「失礼する」武蔵は浅く一礼して座した。

「藤一郎様はいつこられますか」と、三木之助もつづく。

「もう、来ている」

武蔵の答えに「え」と、三木之助が声をあげた。縄を編んでいた男がにやりと笑う。見れば、陽に焼けた腕には刀傷がいくつも走っていた。

「武蔵殿のご高名はかねがね伺っておる」

「藤一郎殿のご武名も」

竹内藤一郎――竹内流の二代目にあたる。廻国修行を八年経験し、負けることなしという豪傑だ。蒲生氏郷（がもううじさと）や賤（しず）ヶ岳七本槍の糟屋武則（かすやたけのり）なども門弟として教えを乞うた。

藤一郎は、縄を編む手を止めない。だが、隙は微塵もなかった。

壁の向こうから人の気配がする。いつのまにか、門弟たちに取り囲まれていた。

「悪く思われるな。用心は家訓のようなもの」

一方の藤一郎の声には気負いの色はない。竹内流の創流は天文元年（一五三二）、下克上が盛んだったころだ。梟雄の宇喜多直家、謀将の毛利元就、精強無比の尼子家らが次々と美作に兵をいれた。そのたびに美作の勢力地図は大きく変わった。

「父の時代は、裏切りなど時候の挨拶のようなもの。強者が来客の時は、殺す支度ができてからでないと怖くて会えなかった」

そして、竹内家は下克上の敗者だった。美作西部に地盤を持つ土豪だったが、天正八年（一五八〇）に宇喜多直家によって居城を攻め落とされ、竹内一族は散り散りになった。美作に戻り帰農したのは、本能寺の変の後だ。以来、武と農を極めることを家訓とし、代々の当主に仕官を禁じたのは有名である。

「ほお、怖い顔をする。天狗や化生さえも、武蔵殿には道を開けるであろうな」

言葉とは裏腹に、藤一郎に臆した風は見えない。武蔵の挙動に不審を抱けば、この男は躊躇なく囲み討ちにするだろう。

「編み終わるのを待ってもらおうと思っていたが、早々に用をすませてお帰り願うのが良さそうじゃ。さて、左京殿の何が知りたい」

「私がかわってお訊きします」緊張した面持ちで、三木之助がいう。

「三木之助と申します。三河国刈谷の水野日向守様に小姓として仕えております」

「ほう、あの鬼日向の」

「左京様と日向守様のことについて調べております。左京様の師匠である藤一郎様ならば、仔細をご存じかと思いまして。二十年ほど前、殿が美作を放浪した折、左京様と何らかの繋がりがあったのではないか、と」

「なぜ、そんなことを訊く。しかも、わざわざ美作の山奥まできて。主の命令とは思えぬが」

　声には警戒の色があった。

「日向守様は、隠し事が多いお方です。大坂との合戦を前にして、心配の種は潰しておきたいのです。特に、殿は西国を放浪されたころのことは口が重くありますれば」

「当然だろう。わしも八年の武者修行の旅に出ていた。人に言えぬ恥も多くかいた」

「おっしゃることはよくわかります。ですが、日向守様はもう一介の武者ではありませぬ。三万石の領主でございます。過去の因縁について、我ら家臣が知らぬでは通りませぬ。それが後に災いを呼び込むことになれば、改易の憂き目にあうやもしれませぬ」

　訪問先で何度も口にした口上なので、三木之助の弁は滑らかだった。

「なるほど、申すことは一理あるな」

　編み終わった縄を横へやり、また新たな藁を手にとる。

「では、教えていただけますか」

「残念ながら、わしは天正十七年（一五八九）より、八年の廻国修行の旅に出ておったでな。日向守様と左京殿の間に何があったかなど存じあげぬよ」

勝成が美作周辺を放浪していた時期だ。言葉は丁寧だが、それ以上話す意思がないことが如実に伝わってきた。

「そうですか」三木之助の声に無念さがにじむ。

藤一郎が床を拳で叩いた。納屋道場を囲っていた気配が遠くなる。武蔵たちに害意がないと判断したのか。三木之助が額の汗をぬぐった。

かわりに、場違いな歓声が聞こえてくる。見ると、小さな窓の向こうで、童たちが受け身の稽古をはじめていた。帯に木刀を差し、敷きつめた藁の上を転がっている。一線を退いたと思しき翁と老婆が、首や手の位置を丁寧に教えていた。

刀を差しての受け身は右手右足を同時に出さねばならず、歩行とはちがう体の使い方が要求されるが、実に上手く回っている。戦場で見た、左京の受け身と同じ動きだ。

無邪気な童たちの姿が、武蔵の脳裏で変化する。回転する小さな体が、ひとりの大人の武芸者へと変貌する。濃い髭と骨太の体軀を持った、男だ。地に足がついた時、夢想の中の左京が武蔵へ断頭の太刀を繰り出していた。

鼻腔に血の臭いがよみがえる。

武蔵は拳を握りしめた。

「武蔵殿よ、お主、左京殿と戦わんとしているのだろう」

藤一郎へゆっくりと目を戻す。

「なぜ、そのように」

「左京殿とそっくりの闘気を身にまとっているからだ」

「……同じ気をまとっている、だと」

己の剣が、あの殺人刀と同じだというのか。

「武蔵様」

三木之助が腰を浮かした。顔が青ざめている。

「やれやれ、わしも老いたものだ。かような不埒な気を放たれるとはな。こんなことなら、囲みを解くのではなかったわ」

藤一郎が武蔵の気をはね返す。

「確かに、己はかつて多くの者を殺めた」

だが、それは互いに約定した上での立ち合いだ。無慈悲に首をはねる左京とはちがう。

三木之助が割ってはいろうとしたが、途中で身をすくませた。

武蔵と藤一郎の闘気が、間合いの中央に集約されていく。最初は点だったそれが、急速に膨らみだす。

闘志が爆ぜた時が、互いの技を繰り出す刻だ。両者の距離は近い。短刀術を至芸とする竹内流の間合いであることは言うまでもない。
あと、半刹那で互いの闘気が限界を迎える――
――槍先に、まなこのつかばひるむべし
――むかふて敵の、手元見るべし

歌が聞こえてきた。

童の声だ。道場の外からである。

爆ぜるはずだった両者の気合いが萎んだ。

三木之助が息をついた。びっしょりと汗をかいている。

窓を見ると、童たちが兵法歌を口ずさみつつ受け身の稽古をしていた。武蔵は身の内に淀んでいた空気を吐き出した。まだ、殺気は肌にこびりついているが、内面を侵すほどではなくなっている。歌に耳を澄ました。左京が戦場で歌った詞章と同じだが、あの時とは全く別のものに聞こえる。

「気が逸れたな。童の歌に救われたわ」

そう苦笑したのは、藤一郎だ。

「無礼、許されよ」

武蔵は素直に頭を下げた。

「いや、よい。こちらも大人気なかった」

「あの歌は、己も知っています。そして、左京様も歌っていた」

「別に不思議ではない。あれは、美作に古くから伝わる兵法歌だ。竹内流の弟子はもちろん、お主の父も歌ったはずだ。美作の武人にとっては子守唄がわりよ」

「実は、日向様も同じ兵法歌を歌っていた」

「日向守様も美作に長く逗留していたならば、知っていても不思議はない」

竹内流だけに伝わる歌ではないのだ。ならば、武蔵、左京、勝成の三人が知っていてもおかしくない。

しばし、童たちの歌に聞き入る。知らず知らず、武蔵もいくつかの歌を口にのせていた。すっかり忘れていた歌がいくつもあった。己は、これを父から教えられたのだろうか。

藤一郎が立ち上がり、窓へと歩みよった。

「山女(やまめ)殿、よろしいか。こちらへ来てくれぬか」

童に稽古をつける老婆へと声をかけた。童の歌にあわせ、時折、手拍子をしている。灰色の髪を後ろでまとめ、まっすぐに伸びた背が上品な女人だ。

「かつて宇喜多家に仕え、左京殿の乳母もしておられた方だ」

「左京様の――」

三木之助の声が弾んだ。
「同じ兵法歌を子守唄がわりにしたよしみだ。山女殿から聞かれるがよかろう。左京殿がどういう人物か、わしよりもよく知っているゆえな」

〈か〉

懐かしい歌ですね。あの歌は、左京様がよく口ずさんでおりました。

——槍先に、まなこのつかばひるむべし
——むかふて敵の、手元見るべし

怯む心を材にしたもので、槍ではなく相手の手元を見れば怖くない。そんな意味ですね。左京様がこの歌に——恐怖に打ち勝つ詞章に惹かれたのは、何かの宿業のようなものを感じていたからでしょうか。
ああ、歌の調子が外れてますね。あの子たちが歌の意味を理解するのは、一体何年後になるのやら。
さて、左京様のことを話す前に、宇喜多の家についてお話しする方がよいでしょう。

あの左京様が、どうして今のような業を背負うようになったかは、宇喜多の家の歴史とも関係があるからです。

宇喜多家とわたしめのご縁は、父母の時代からはじまります。

直家公が乙子（おとご）という城の主になった時、わたしの父母がお仕えすることになりました。とはいえ、直家公が拝領した城はとても小さく、周りを敵や海賊たちに囲まれておりました。両親たちは月に何度も絶食し、いざという時のため兵糧を蓄えていたそうです。わたしが生まれた時も、城の曲輪の半分ほどは畑だったと聞いております。両親だけでなく、直家公やその奥方様も同様でした。貧しくはありましたが、暮らしは楽しいものでした。わたしも幼かったですが、百姓仕事で土まみれになる家老たちの姿をうっすらと覚えております。

あのころは、兵法歌よりも田植え歌や麦踏歌の方がずっと身近にありましたね。

そんな日々が一変したのが、わたしが十六歳のころでございます。

直家公に主家である浦上（うらがみ）家から、家臣の中山備中守（なかやまびっちゅうのかみ）様を討て、とご命令があったのです。酷い話です。というのも、直家公の奥方様は中山様の娘だったからです。しかし、浦上家に人質をとられている宇喜多家に否という答えはありません。

直家公は騙し討ちで、中山様を殺めました。

以来、宇喜多の家は変わりました。

所領も増え、以前のように食に困ることはなくなりました。かといって、幸せになったかといえばどうでしょうか。城内に溢れていた朗らかな笑い声はなくなり、家臣同士がいがみ合うことも多くなりました。

田植え歌や麦踏歌が聞こえることもなくなりました。

着ているものは上等なものになりましたが、不信と警戒をその身に濃くまとうようになりました。

何より、際限なき戦へと駆り出されていきました。

お気の毒だったのは、直家公のご家族です。父を失った奥方様は自害され、直家公との間には四人の息女がおられましたが、残された父子の仲が上手くいくはずもありません。

特に四女の於葉（およう）様は、直家公のことをひどく恨んでおりました。

ああ、すこし話が寄り道をしてしまいました。

ですが、左京様との思い出を語るにはどうしてもお伝えせねばなりません。

左京様は、直家公の甥にあたります。永禄六年（一五六三）のご誕生です。子を産んで間もないわたしが乳母となりました。確か、わたしが二十歳のころだったと記憶しております。

左京様はとても心の優しい童でした。すこし臆病なところもありましたね。体は小さいころから強く、武芸は同年代の童たちと比べて抜きんでていましたが、もとからある性質は変えられないのかもしれません。

だから、恐怖を克服する兵法歌に惹かれたのでしょう。

ああ、思い出しました。あの兵法歌は、たしか於葉様に教えてもらったのです。

於葉様は、左京様を本当に可愛がってくださいました。

於葉様は、左京様とはちがい気性の……なんといいますか、芯の強い方でした。左京様は、そんな於葉様に憧れたようです。たまにふたりで貝合わせをして遊んでおられました。貝の絵柄が一枚足りないとかで、左京様は港ではまぐりの殻を見つけ、自分で絵を描いたこともありました。川辺で貴族が歌を詠む絵でした。今思い出しても可笑しいですね。貝合わせは、ただ同じ絵であればいいというわけではありませぬ。はまぐりの殻は同じに見えて細かいところが違うのです。左京様の見つけた殻は、於葉様のものと合うことはありませんでした。左京様は大層、ご落胆の様子でした。きっと、於葉様の輿入れを前にして、一枚足りない貝をなんとしても揃えてあげたかったのでしょう。

もし、於葉様があんなことにならなければ、左京様もああまで苛烈な道を進まなかったと思うのですが。

ああ、すこし休ませてもらってよいですか。白湯をいただきます。

ふふふ、童たちはもう別の歌を歌っていますね。

一人前の兵法者になるまでに、一体どれだけの兵法歌を覚えるのでしょうか。

さて、あれは四十年ほど前のことでしょうか。於葉様の輿入れが迫ってきておりました。美作の後藤家です。左京様は十三歳になっておられました。輿入れの日は、涙を必死にこらえておられました。見送りには立ちませんでした。わたくしどもは行くべきだといいましたが、頑なでございました。泣き虫ではありましたが、強情なお方です。ただ、城の櫓の上で――そう、上でございます。櫓の屋根の上に登って、いつまでも外を見ておられました。

於葉様が嫁がれる美作のある北の方を、ずっとです。

翌年のことですが、左京様も備前を去ることになりました。直家公が毛利との同盟をさらに強めるため、左京様が人質として安芸国へ送られたのです。

思い出すのは、旅立ちの日の重い空気です。直家公は〝表裏定まらぬ悪将〟なる評判があり、宇喜多家中にもそう信じる者が多くありました。直家公がいつまで毛利に従ったままでいるのか、誰にもわかりません。毛利を裏切れば、安芸国に送られた左京様も毛利家傘下の後藤家に嫁いだ於葉様も無事であるはずはありません。

すでにおわかりのことなので、勿体ぶる必要もないでしょう。直家公は毛利と手切れして、織田に与したのです。左京様が安芸国に送られてから三年後のことでございます。

無論のこと、毛利が宇喜多家の行いを許すはずもありません。

特に人質である左京様のお命はないものとして、皆が覚悟を決めておりました。

毛利家が左京様になした所業は、慈悲あるものなのか、その真逆のものなのか。わたしには判じることができません。宇喜多家の裏切りがわかるや否や、毛利家は左京様の邸を手勢で囲ったのです。そして薪や藁を積み重ね、焼き殺す用意を見せつけたそうです。左京様がいかに恐怖されたか、考えるだに今も胸が痛みます。

七日七晩、邸の包囲をつづけた後、毛利家は左京様を解放しました。

「左京殿は大将になる器の持ち主ゆえ、命を助けて進ぜよう」

そんな美辞麗句とともに、一命をとりとめました。

備前に帰ってきた左京様は変わってしまいました。心が抜け落ちたかのような顔つきになり、ほとんど笑うことがなくなったのです。

ただ、あのころならばまだ元に戻れたかもしれません。

お顔に精気はなくなっても、今のように手打ちは多くありませんでしたから。

一方の於葉様の嫁いだ後藤家は、宇喜多家の大軍に包囲されておりました。於葉様は備前にもどることなく、婚家に殉じることを選ばれました。

その甲斐あってか美作での戦いは、一進一退がつづいておりました。戦況を打開するため、直家公は美作に援軍を送ることを決心されます。

その大将に抜擢されたのが、左京様でした。

左京様は直家公の甥です。援軍の大将にこれほどふさわしいお方はおりません。

ただ一点、於葉様の籠る城を攻めるという以外は。

左京様が指揮する軍は、戦場につくや三星城に攻めかかりました。後藤勝基公は、かなわぬとみて自害されました。

於葉様は城を出て落ち延びたとも、落城の際に火に巻かれて死んだとも。

その後、行方知らずとなってしまいました。

そして、左京様はこの戦で完全に変わってしまわれました。

わずかに残っていた慈悲の心は消え、傀儡のような顔つきに変貌しました。

以来、毛利の間者を処罰するために、罪もない小者もまとめて成敗するような、そんな無慈悲を繰り返すようになったのです。

ただ、言い訳をするようですが、わたしには酷薄ゆえの行いだけではないようにも感じました。恐怖に怯えるまなこには、枯れ木も幽霊に見えます。左京様の根っこは、於葉様をしたう臆病な童のころのままではないか。

ええ、もちろん、そう信じたいという願望にしかすぎないのは、わたしがよく知っております。


〈よ〉

山女は話し終えると、重い腰を上げた。深々と頭を下げて、道場から出ていく。稽古が終わったのか、窓の外に童たちの姿は見えなくなっていた。歌声も聞こえてこない。

「さて、話が一段落ついたところで、お主らにあらためて聞きたい。なぜ、左京殿を斬るつもりなのだ。そこに大義はあるのか」

三木之助が、武蔵に目で助けをこうた。藤一郎に、先ほどのような敵意はない。嘘をつくのは礼を失すると判断した。

「大御所様や上様が呪詛されたのは知っておられるか」

「ああ、ここ美作の山奥にも聞こえてきておる。村正にまつわる呪いだとか」

「我々は呪詛者を追っている。徳川に祟りつづけた村正を封印せねばなりませぬ」

「まさか、左京殿が呪詛に手を染めたというのか」

「これ以上は、申し上げることはできませぬ。お察しください」

苦しげな声で、三木之助が割ってはいる。

しばし、藤一郎は沈思する。

「村正を使った呪いか。土地が変われば、呪いの形も変わるものよな」

ため息を吐き出すような声だった。

「何の話をされているのですか」

「我ら竹内一族も呪われた」

「それは敵であった直家公によって、ですか」

三木之助の問いに、藤一郎は首を横に振る。

「呪いは、我が父の手によるものだ。宇喜多家によって我らの城が落とされた時、父は誓った。今後、俗世の栄達は望まぬと。子孫が仕官することも禁じた。おかげで、わしは八年の武者修行で名をあげながら、この美作の山奥の道場を離れることができぬ」

声に、かすかに鬱屈の気が混じっていた。

「それは……呪いと呼んでよいものでしょうか。一族を思っての掟では」

三木之助がいうように、落城や没落の悲劇を繰り返さぬための配慮であろう。

ふと、武蔵に思いつくことがあった。

「お父上の掟とは、鬼門のようなものでは」

「鬼門とはよい喩えだな」藤一郎が薄い笑みを口元にたたえる。

「父の掟は、災いを回避するために鬼門を忌むことと似ている。それがゆえに不自由も強いられる。公家の屋敷や禁裏では塀を回す時に、鬼門である北東の塀の角を必ず欠けさせるという。面倒なことこの上ない」

それに加えて、鬼門封じの猿の木彫りを置く邸も多い。

藤一郎は懐から短刀を取り出し、鞘から抜く。

「見られよ。これは竹内流の免許皆伝者に与える短刀だ」

「これは――」三木之助が短刀の異変に気づいた。

「刃がない。いや、ちがう。峰に刃がついているのか」

藤一郎の持つ短刀は逆刃刀だ。竹内流は人を斬るための武道ではない。そんな意味をこめているのだろう。

「仕官を禁ずる父の呪いは、この逆刃刀によってより強く我ら一族を縛る。きっと我が子孫は、未来永劫、仕官することはない。京の都が千年以上の長きにわたり、鬼門にあった比叡山を恐れたようにな」

藤一郎は短刀を鞘に戻した。

「父の呪いが竹内一族を幸に導くか、その逆になるかは神のみぞ知ることだがな」


〈た〉

黄昏時の広場で人を集めているのは、女傾奇の一団だ。武蔵らは、備前の港の外れにいた。大坂への船を待つ時間つぶしに傾奇女の芸を見ていた。女たちが様々な武者に扮し、男は囃子方として笛や鼓を鳴らしている。三木之助は食い入るように舞台を見ているが、武蔵は上の空だ。

女たちの詞章が、耳を通りすぎていく。

背の高い傾奇女が演じているのは名古屋山三郎(なごやさんざぶろう)――美少年の誉高く、秀吉の寵姫とも密通した噂を持つ傾奇者だ。十二年前に刃傷沙汰を起こし落命した。

それを舞台の上に蘇らせたのが、出雲の阿国(おくに)だ。

阿国演ずる妖艶な名古屋山三郎は評判となり、多くの傾奇女たちがその身に憑依させた。

舞台では、名古屋山三郎と秀次の美貌の小姓が雌雄を決せんとしていた。

「昔は、ああいうことが本当にあったのですか。まるでお伽話のようですね」

頬を上気させた三木之助がいう。武蔵の若いころは、芝居のような決闘がいたるところにあった。武蔵も何度も剣を交えた。

が、もう過去の話だ。今、真剣を持って決闘すれば罰せられる。

きっかけは、三十年ほど前に秀吉が発布した刀狩り令だ。刀狩りといっても、百姓や町人から武器を全て奪うものではない。そんなことをしてしまえば、自衛の手段がなくなる。夜盗に襲われるたびに、大名や領主が兵を集めていては民を守れない。

布告には、こんな内容が記されていた。

刀脇差槍鉄砲など武具の所持を禁じ、武器でもって一揆をおこし税を納めぬ者を厳罰に処す。

罰するのは、あくまで民が武器をもって決起することだ。逆にいえば、刀脇差槍鉄砲を持っているだけでは厳罰には処されない。どの程度、武器を没収するかは、領主の差配に任された。形式だけのものがほとんどだったが、それでも日ノ本の風景は一変した。

村同士の紛争で、武器を使うことはほとんどなくなった。刀や鉄砲を紛争の時に持っていると――たとえ非がなくても――罰せられるからだ。武芸の世界にも変化が起こる。命がけの立ち合いが厳しく取り締られた。武蔵が小次郎と戦った時も領主に届出をし、舟島での決闘の許しをもらったほどだ。

あるいは――とひとりごちる。

これもまた、呪いの一つなのかもしれない。太閤秀吉の刀狩りによって、日ノ本では刀槍を使っての争いが禁忌になった。惣村の百姓はもとより、剣で生きる者たちさえ縛られた。

きっと、この呪いは徳川の世になってもつづく。

武蔵の剣が、生き残る未来はない。

一縷(いちる)の望みが、佐野久遠だった。

久遠ならば、武蔵の剣を太平の世でも必要とされるものに変えてくれるはずだった。

歯を食いしばり、腹の底から溢れる激情をなんとか押しとどめる。

「どうされたのですか」

三木之助が覗きこんでくる。

「己は、太平の世で生きていく道がない」

円明流を乗っ取られそうになった屈辱を思い出す。

これほど自身を惨めに感じたことはない。

「武蔵様、あの傾奇女たちを見てください」

三木之助が指さす舞台では決闘の場面が終わり、傾奇女たちが優雅に踊っている。華やかな囃子方の音色が夕景に溶けこんでいく。

歌声が朗々と響いた。

——色は匂へど散りぬるを
——我が世誰ぞ常ならむ
——有為の奥山今日越えて
——浅き夢見し酔ひもせず

いろは歌だ。平安の時代に、弘法大師がつくったものとされる。

鎌倉室町戦国の世をこえ、次の徳川の時代へとつづかんとしている。

「いろは歌は、偈を表しているらしいですね」

偈とは、仏の功徳を詩にしたものだ。いろは歌が、仏教の諸行無常偈を下敷きにしているのは広く知られている。いろは歌の節のそれぞれが、

——諸行は無常なり
——是れ、生滅の法なり
——生滅、滅しおわりぬ
——寂滅をもって楽と為す

を表すといわれている。

万物は流転する。
生まれ滅ぶのが世の理である。
生滅の苦しみを滅せば、
煩悩を超克し涅槃にいたる。

滅ぶことが決まっているのに、人は何かを生み出さずにはいられない。滅んだときの哀しみは計り知れないのに、だ。

生滅の苦しみを慰める唯一の手段が、技や理念を伝えつづけることではないのか。

「武蔵様」と、三木之助が肩に手をおいた。

「女傾奇は、徳川の世では生きていけませぬ。ある意味で、古き剣術と同じです。大御所様が、京や駿河で禁制を出したのは知っておられましょう。煙草のような緩い禁制ではありません」

大きな罰則がないため、煙草を隠れて喫う者は多い。

「徳川家は、傾奇を男だけの芸能に変えようとしています。日向守様がそうおっしゃっていました。豊臣が滅べば、女傾奇の禁制は日ノ本全土に及びます」

実際に能がそうだ。秀吉の時代までは、女能が盛んに行われていた。が、今は下火だ。家康が、女を排除したからだ。

「いずれ、女たちは舞台に立てなくなります。傾奇という新しい芸能を生み出したのが、阿国という女役者であるにもかかわらずです」

これもまた、徳川による呪いなのかもしれない。傾奇者に愛される女傾奇は、家康にとっては風俗と人倫を乱す存在だ。

ならば、女傾奇に禁制という呪いをかけることで、民たちを縛ることができる。

「ですが」と、強い言葉で三木之助はつづける。

「女傾奇たちが客の心に描いてきた絵は、決して消えぬと私は信じております」

「心に絵を描く」

「そうです。阿国は、故人となった名古屋山三郎を舞台で演じました。客たちの心に死んだはずの名古屋山三郎を描くことに成功したのです」

熱のこもった声だった。

「女傾奇はいずれ滅びましょう。ですが、傾奇が男だけのものになっても女の生き様は残ります。阿国が育んだ舞台の上の情念は、きっと色褪せることはないでしょう」

見れば、女傾奇の周りに、若い男たちが何人も集まっていた。中には十に満たぬ幼い童もいる。女傾奇たちの一挙手一投足を見つめている。

「己の剣もそうだった」

思わず言葉が出た。

「え」と、三木之助が聞き返す。

「久遠が、円明流を受け継いでくれるはずだった。己の戦乱の剣を、太平の剣に変えてくれるはずだった」

拳を握りしめた。

「己は、剣を託すべき者を喪った」

遠くから潮騒(しおさい)が聞こえてくる。

女傾奇には芸を伝える者がいるが、己にはいない。久遠を斬った男への怒りは感じなかった。憎しみを失ったわけではない。悲しみも感じない。

欠落がはるかに大きかったからだ。あるいは、これを絶望というのかもしれない。

復讐にかられることで、武蔵は絶望から目をそらすことができていた。

しかし、今は無理だった。

「武蔵様、私に佐野久遠様のかわりはつとまりませんか」

思わず顔をあげる。

三木之助が目を細め、武蔵を見ていた。

「ふたりで呪詛者を探しだし成敗すれば、罪は許されるはずです。父も武蔵様の養子になることには反対しないでしょう」

三木之助が一歩近づいた。

「天下一と名高い武蔵様の剣を、私に託してくれませんか。徳川の世にも生き残るものにしてみせます」

三木之助が佐野久遠の代役をつとめる。

時代遅れになった己の剣を変えてくれる。

鼻がつんと痛くなった。

「己の修行は厳しいぞ」

「聞いております。ほとんどの弟子が逐電したそうですね」

なんとか苦笑いを浮かべることができた。

「退蔵院での修行ほどではない」

久遠の文に、退蔵院の厳しさは武蔵の道場以上だと冗談めかして書いてあった。

「そういえば、なぜ久遠様は退蔵院に」

「妙心寺に、亡父ゆかりの堂があるといっていた」

「久遠様の父上ですか」

「そうだ。久遠の一族は伏見城で全滅した佐野家だ。本家は、徳川家の旗本として仕えている」

刹那、三木之助の目が見開かれる。

わなわなと体を震わせはじめた。

「武蔵様、わかったかもしれません」

「わかっただと」

「呪い首は、あるものが安置された寺に置かれているのです。それも、日向守様の手文庫にあった順番の通りにです」

「ならば、次に呪い首が置かれる場所がわかるのか」

問いつめようとする武蔵を、三木之助は手で制した。

「お待ちください。そろそろ船が来ます。詳しい話は船の上で」

三木之助が武蔵に背を向けた。なぜか、指を唇にやり、指笛を高く奏でる。

自らの発した音に満足するように、ふふふと笑声を漏らす。

三木之助とふたりで歩く。港につづく海沿いの道は、切り立った崖になっていた。行く手に、長い影を引きずる牢人たちが現れる。

「宮本武蔵だな」

なぜ、己の名を知っている。

「何者ですか。無礼でしょう」

前へ出ようとする三木之助を、背後へと退けた。

「ひとつ、手合わせしてほしいんだが」

次々と刀や野太刀、長巻の刃をあらわにする。

「わしらは名をあげたいんだよ」

「あんたの首には、命をかけるだけの価値がある」

武蔵と三木之助を油断なく囲む。

「うせろ」

低い声で言い放った。

「ほお、命令する気かい」

「うせろ、といったはずだ」

突如、背中に熱が走る。

思わず前のめりになった。

片膝をつくと、血が地面に散っていた。カルサンが朱に染まっている。振りむくと、血濡れの刀を持って三木之助が笑んでいた。

「武蔵様、油断されましたな。初めてですよ。斬れると思ったのは。あなたが私に背中を見せる時は多くありましたが、隙は一度もなかったですから」

「どう……いうことだ」

問う武蔵の視界がぼやけてくる。それほどの出血ではないはずだ。

毒か。

「悪く思われますな。時代遅れの剣士の養子になるなど、私にとっては牢獄に閉じ込められるに等しいこと」

凄惨な笑みを浮かべて、三木之助が武蔵を嬲(なぶ)る。

「私は最初から知っていたのですよ。父が私をあなたの養子にせんとしていることを。あなたに聞かされた時は、ただ驚いたふりをしていただけです」

牢人たちは油断なく武蔵を囲っていた。三木之助に雇われたのか、あるいはもともと一味だったのか。波が崖に打ちつけ水しぶきがあがった。武蔵が大地にばらまいた血が、一時薄まる。

「呪詛者探索は諦めるのか」

「まさか。私ひとりでやってみせますよ。さっきもいったでしょう。呪い首を置く場所には理があります。武蔵様、気づかせてくれたことには感謝しますよ」

三木之助が目配せすると、囲む男たちが下品な笑みを浮かべる。

「この機を待ちかねたぜ」

「合図の指笛がなかなか鳴らねえからよ」

「なぜ、己を殺す」そうまでして、養子になりたくないのか。

「呪詛者は左京様と日向守様です。武蔵様を討ったといえば、きっと左京様の懐にもぐりこめるでしょう。油断させた上で、左京様が隠した妖かし刀のありかをあばきます」

三木之助は、武蔵を愛おしむような目で見た。

「それだけではありません。日向守様とのつながりの品も見つけてみせます。私の手で、呪詛者を一網打尽にします」

三木之助は酔っていた。自身の策と武蔵の血に。

「大きな功績をあげれば、私は大名の養子になれる。十万石だって夢じゃない。中川三木之助の名を、満天下にしらしめてやるんだ」

野心に輝く三木之助の目は、もう童のものではなかった。

「そうだ。最後にひとつ教えてあげますよ。呪い首は二つでなく、すでに三つ置かれています」

　指を三本見せて、三木之助が勝ち誇る。

「どういうことだ……」

「ひとつ目の正伝寺の大御所様の諱を刻んだ呪い首と同じ時に、ある場所に置かれていたのです。きっと〝松平定勝〟と眼球に刻まれていたはずです」

　なぜか、今まで感じたことのないほどの大きな悪寒に襲われた。

「もちろん、ただの推察です。が、私の考え通りであれば、日向守様の手文庫にあった徳川一族の一覧と符合します。なぜ、〝松平定勝〟の名が大御所様の次に書かれていたのか。あれは、呪い首の順番なんですよ。大御所様の異父弟であれば、同日にさらす呪い首としては最適です」

　武蔵の手足の感覚がなくなっていく。

「大御所様が呪詛された日、妙心寺に二つ目の呪い首は置かれていたのですよ。ただ、我らは気づかなかっただけです」

「嘘だ」

　叫んだつもりが、かすれた声しかでなかった。顔も痺れてきた。

　そんなはずはない。

　妙心寺に呪い首が置かれていたはずがない。もし、それが事実ならば……。

「呪い首にされたのは、佐野久遠。あなたの弟子ですよ」

全身を鞭打たれたような激痛に襲われた。胸が苦しい。息もできない。

「気づかなかったのは、眼球の裏側にでも名前が刻まれ――」

三木之助の弁を遮ったのは、武蔵の絶叫だった。慟哭は、己の鼓膜を破らんとするかのようだった。大地を拳で殴りつける。しかし、数度放ったところで拳が空転する。肩から地面に落ちた。体の自由が失われつつある。意識も混濁してきた。

「そろそろ、殺っちまうか」

なぜか、近くにいるはずの牢人の声が遠くに聞こえる。

「別にとどめを刺す必要はありませんよ。刀には毒を塗っています。熊をも殺す毒です。いかに武蔵様といえど、生きながらえることはできませぬ」

「それじゃあ、面白くねえだろう」

牢人のひとりが手槍を構える姿が、ぼんやりと見えた。白い靄がかかったかのようだ。

牢人が繰り出した槍を、武蔵は身をひねってかわす。木刀を握ろうとしたが無理だった。風景が急速に傾ぎだし、あっという間に一回転した。

武蔵は足を踏み外していた。

真っ逆さまに崖の下へと落ちていく。

四章　妖刀村正

〈れ〉


「武蔵さんよ、港が見えてきたぞ」

手庇で遠くを見ながら漁夫がいった。

甲板に波しぶきがかかり、船べりによりかかっていた武蔵の体を濡らす。潮が、三木之助に斬りつけられた傷にしみる。

「それにしても大したもんだ。海で拾った時は死にかけていたのにな」

別の漁夫が笑いかけた。目指す兵庫の港がうっすらと見える。海に没した後、たまま漁師の船に見つけられて助かった。数日ほど意識が朦朧としていたが、今はすこし手足が痺れる程度だ。

みしりと握る船べりが鳴った。三木之助を憎いという思いはある。久遠のかわりになると虚言したのは、許せない。と同時に、渦巻く怒りは自身へも向けられている。不覚にも、三木之助に斬られた。こんな様で、どうやって久遠の仇を討つのだ。

働く人足の姿がわかるほど、港が近づいてきた。

「礼をいう。いつか借りは返す」

「いいってことよ。あの宮本武蔵を乗っけたんだからな」

「脇差の目釘も整えてもらってるしな」

武蔵の手元には、鞘を払い柄を外した漁夫の脇差がある。ささやかな礼として、ゆるんでいた目釘をしめ直した。なかなかの業物だが、おしむらくは潮錆がういている。銘はすりへって読めないが、上下を逆にした折返銘であることはわかった。素早く組み立て、元の鞘に戻した。

船が港につくと、武蔵は飛びおりた。大小二本の木刀を腰に差す。

「武蔵さん、頑張れよ」

「大将首をとって、名をあげろよ」

大坂の陣に参戦すると思っている漁師たちは呑気だ。武蔵は人をかきわけて、兵庫の港町をつき切らんと歩きだす。牢人や商人たちが大勢ひしめいていた。

「知っているか、徳川勢が京についたらしい」

「噂では大和口と河内口から大坂を攻めるそうだな」

「河内口の街道に、徳川家を呪詛する首が転がっていたってよ」

その話は聞いたことがない。

新たな呪い首がまたしても出たのだ。

武蔵は声の主に鋭い目をむける。

「ひ、なんだよ」

「呪詛の首は、どこに出た」

一歩近づくと、それだけで男の顔が青ざめる。

「や、山城国の山崎だ」

西国街道が走る山崎は、桂川、宇治川、木津川が合流する水陸の交通の要衝である。

さらに眼球に刻まれた名前を聞き出す。

――徳川義直
家康の九男で、徳川姓を下賜された数少ない男児だ。こたびの陣にも加わっている。

勝成の陣に飛び込んで、三木之助の不法を訴えても相手にされないだろう。牢を破った武蔵は再び捕まるだけだ。

手がかりは呪い首しかない。三木之助は、呪い首は全部で六つと予言した。

徳川家康　正伝寺の門前
松平定勝　妙心寺、佐野久遠の首
徳川秀忠　源光庵のある鷹峯
徳川義直　石清水八幡宮のある山崎
徳川頼宣　未
徳川頼房　未

まだ、四つ。ならば、五つ目の首を探すだけだ。

大小ふたつの木刀を確かめ、駆けだした。

大坂から逃げてきた民たちと何度もすれちがった。途中で大坂への分かれ道があるが、構わずに直進する。淀川を遡るようにして走る。

夜、道端で目を閉じて体を横たえる。眠るつもりはなかった。体を休めるだけのはずだったが、夢を見た。

大坂の民たちが、武蔵の横をどんどんと通りすぎていく。気づいた何人かが、武蔵へ顔を向けた。目に、血文字が刻まれていた。男だけでなく、女や童、老人にも、だ。

ひとりの男が、武蔵に近づいてくる。

小袖に南蛮袴のカルサン、腰には木刀を帯びていた。

立ち止まり、こちらを見る。顔には、目がなかった。ぽっかりと空洞ができている。

誰だ、お前は。

眼窩（がんか）の中にある闇がじわじわと大きくなる。

大坂の民や武蔵を呑みこんでいく。

刹那、武蔵は夢から覚めた。びっしょりと汗をかいている。

東の空が明るくなっていた。武蔵は歯を食いしばり駆ける。日が完全に昇るころ、山崎の地へとついた。

川向こうに屹立するのは、男山だ。山全体が石清水八幡宮の境内になっている。京の裏鬼門を守る結界であり、征夷大将軍の氏神を祀る武の聖地だ。

どこからか歌が聞こえてくる。

石清水八幡宮の社家からだ。

――南無八幡大菩薩

――吾れ都近き男山の峯に移座して

――国家を鎮護せん

平安の世、ある僧侶のもとに八幡大菩薩の神託が降りた。神託に従い、京の裏鬼門の男山に社を建立し、今の石清水八幡宮になった。その故事を歌ったものだ。平将門や藤原純友の大乱は、八幡大菩薩の神威によって平定されたと信じられている。

三木之助はこういった。

――呪い首は、あるものが安置された寺に置かれているのです。

石清水八幡宮は仏教の影響は強いが、寺ではない。が、比叡山延暦寺が日吉神社を支配下においたように、石清水八幡宮の周囲には傘下の寺がいくつもある。

「手がかりが見つかるまで探すのみだ」

武蔵はそのうちの一つの寺の門をくぐるが、目ぼしいものは見つからない。次の寺も同様だった。三つ目の寺の門には、『神應寺』と彫られた扁額がかかっていた。すぐ背後には男山がそびえている。うなじに手をやると、皮膚が強張っていた。鼻腔がひくつく。この寺は、今までとはちがう。錆びた鉄に似た匂いが混じっている。本堂を通りすぎ、横の書院へといたる。

武蔵は確信した。血の匂いだ。

失礼する、と書院へと上がりこむ。濃い抹香の匂いの間に、かすかに血の気配が漂っている。武蔵は目を上へやった。

まぶたが見開かれる。

赤茶けた手形や足形が、天井板にいくつも散らばっている。

間違いない。血の跡だ。

血痕は乾いており、十年以上前についたものだと思われた。

「血天井か」武蔵はつぶやいた。

「左様でございます」

背後からの声に振り返ると、老いた僧侶が立っている。

「関ヶ原のおり、伏見城で討ち死にされた鳥居元忠公はじめ武者たちの血でございます。

大御所様より、菩提を弔うため当寺の天井にするよう命じられました」

　今から十五年前の慶長五年（一六〇〇）、反家康の兵を挙げた石田三成らは、まずは鳥居元忠が守る伏見城を攻めた。元忠は奮戦するも衆寡敵せず落城する。その際、降伏を拒んだ徳川勢は全員が討ち死にし、立て籠った館の床は血で真っ赤に染まった。関ヶ原で勝利した家康は、鳥居家の忠勇を悼み、血濡れの床板を京の各地の寺の天井板にして菩提を弔うよう命じた。

　それが、血天井である。

　固い唾を呑んだ。討ち死にした中には、久遠の佐野一族もいた。これは偶然ではない。

「武者様はどちらの家中でしょうか」

　血天井へ参拝する武士は少なくないようで、僧侶は武蔵を徳川縁の者だと思っている。

「もとは……佐野家にいた。今は牢人の身分です。御坊、一つ聞きたい。他に血天井の寺はどちらに」

「いくつかありますが、ひとつは正伝寺」

　心臓が大きく胸を叩く。正伝寺は、一つ目の呪い首が置かれた寺だ。

「鷹峯の源光庵、そして妙心寺にも確か――」

〈そ〉


「血天井の寺に呪い首が置かれているというのか」

武蔵の言葉をきいた林羅山が絶句する。武蔵は洛内に戻り、林羅山と再会していた。

昨冬と同じように、僧服の上に鎧を着込んでいる。着慣れたのか、以前よりも違和は感じない。場所は、羅山の親戚がいとなむ旅籠の一室である。陣借りして名をあげんとする牢人たちが大勢泊まっており、剣呑な空気が満ちていた。

「四つの呪い首が見つかったのは、いずれも血天井のある寺の近くです。一つ目は正伝寺の門前、二つ目は三木之助のいうことが正しければ妙心寺、三つ目は源光庵のある鷹峯、四つ目は神應寺のある山崎。偶然と考えるのは無理があるかと」

「もし、偶然でないとすれば……。これは恐るべきことだぞ」

羅山が額の汗をぬぐった。武蔵にはその姿が奇異に思えた。

〝徳川〟の秘密文字が刻まれたと知った時よりも驚きが大きい。

いや、狼狽しているというべきか。

「大御所様は、六つの寺に血濡れの床板を天井板として安置するよう命じられた」

羅山は矢立と帳面を取り出し、縦横の何本かの線で京の街区を表した。

正伝寺、妙心寺、源光庵、神應寺、養源院、宝泉院。

地図に、六つの寺を落としこんでいく。武蔵の肌が粟立つ。勝成の手文庫の紙には、徳川家康ら徳川一族六人の名前が書かれていたという。六人の名を刻んだ呪い首を、六つの血天井に捧げるという意味ではないのか。

「これを見て、何か気づかぬか」

武蔵の胸元に帳面を突き出した。

二つの寺だけが、飛び抜けて都から遠い。

武蔵が訪れた神應寺、そして大原にある宝泉院だ。

「神應寺のある石清水八幡宮は、都の裏鬼門」

ひとりごちる武蔵の目が、都の北東に吸いこまれた。都の鬼門の方角には、大原の宝泉院がある。

「鬼門と裏鬼門に、血天井が配置されています」

「そうだ。血天井とは、徳川が都にほどこした結界——いや呪いだ。京を支配するためのな」

にわかには信じられなかった。以前、中川志摩之助は、家康は呪詛を信じていない、と断言した。

「ひとつ、確かめさせてください。大御所様は、こたびの五霊鬼の呪詛を信じているのですか」

「大御所様は、怨霊が祟るなどとは信じていない。五霊鬼の呪詛で二年以内に死ぬなど、微塵も思っていない」

「ならば、なぜ血天井を使って京に呪いを」

「答え方が難しいな。大御所様は、呪いを信じてはいないが、同時に誰よりもその力の大きさを知っている。大御所様——正確には天海殿や崇伝殿を含めた徳川家は、呪いによって世を支配しようとしている。京だけではない。江戸もそうだ」

なぜ、徳川家は、北条(ほうじょう)家が繁栄させた小田原城でなく江戸城を拠点にしたか。それは、江戸が京と同じく四神相応の地相だからだ。東に南流する水、西に大道、南に湖沼、北に丘陵を持つ場所を四神相応といい、繁栄をもたらす地形とされている。

江戸城は東に大川、西に東海道、南に江戸湾、北には山の手の丘陵がある。さらに江戸城は七つの台地によって指で包むように囲まれており、これを「仙掌格」と呼び、大吉の地相とされている。

京の呪界を江戸へ移さんともしていた。京には鬼門と裏鬼門に結界というべき寺社がある。比叡山と石清水八幡宮だ。江戸の裏鬼門として、家康は十七年前に増上寺を芝の地へ移していた。さらに、鬼門には比叡山に匹敵する天台宗寺院の建立が予定されている。

「呪いは人の行動を支配する。そのことを大御所様は熟知している。半信半疑でも、人は鬼門を避ける。裏鬼門を敬う」

京の裏鬼門を守る石清水八幡宮は、源氏の氏神を祀っている。その源氏の棟梁が、征夷大将軍だ。将軍職が権威ある理由には、裏鬼門を守る石清水八幡宮の存在がある。

「都の鬼門に比叡山延暦寺をおくことで、京の民は千年以上の長きにわたり、鬼門を忌避するようになった。加えて、鬼門を守っていた比叡山が、帝や将軍家を凌駕する力を持った」

こきりと首を鳴らし、「つまり」と羅山はいう。

「大御所様は、呪いは信じていないし恐れてもいない。が、呪いの影響力には少なくない恐れを抱いている。五霊鬼の呪詛で大御所様が死ぬとは思っていないが、五霊鬼に踊らされた人々や呪詛者の執念によって、その身が危うくなることはありえると考えている。特に〝徳川〟の秘密文字が刻まれた呪い首が出てからは、その思いをさらに強くしている」

まあ、大御所様が襲われるなど万にひとつもないが、と羅山は付け加える。

「なるほど、血天井も徳川による呪いのひとつなのですね」

血天井のある寺に人々が参拝することで、自然と徳川への畏怖が育つ。

「が、そこに呪い首が出来すれば、血天井は逆に反徳川の呪いへと変貌しかねん」

苦いものを含んだ顔で羅山がつづける。

「こたびの合戦は、大坂や京の地に呪いをほどこすための戦いでもある」

そういえば、誰かが、過去に同じようなことをいっていなかったか。

『大御所様の狙いは、徳川百年の太平の流れをつくること』

武蔵の脳裏に蘇ったのは、冬の陣で聞いた三木之助の言葉だ。

「勝ち方によって、日ノ本に呪いや結界をほどこせる、と」

「そうだ。そのために大御所様らは入念に策をほどこした。呪詛者たちの恐るべきところは、それを知っていることだ。呪い首を血天井の周辺におき、徳川が創った結界を破壊せんとしている。徳川のやり方をこれほど熟知し、かつ呪詛返しのような芸当ができるのだ。相当な人物が、呪詛を差配している。武蔵殿、私が口添えする。水野家の陣に戻れ」

武蔵は首を横にふった。

「なぜだ」

「呪詛者は、徳川一門です」

「まさか、日向守様を疑っているのか」

驚いてはいたが、すぐに羅山は冷静さを取り戻す。

「確かに、万が一、日向守様が呪詛者であれば戻るのは危うい」

家康の母を伯母に持つ勝成の人脈は侮れない、と羅山は付け加えた。

「水野家の力は借りませぬ。手がかりは掴みました」

残された血天井は二つ。宝泉院と養源院だ。呪詛者は、次にこのどちらかに首を置く。

ふたりの目が帳面に吸いこまれる。結界の鬼門にあたる場所——大原の宝泉院だ。豊臣家の滅亡は近い。二つの呪い首を置く余裕はないだろう。

ならば、次は鬼門の血天井に呪い首を置くのではないか。


〈つ〉


柴売りの女たちと何度もすれ違いながら、武蔵は大原へと急いだ。山に囲まれた盆地である。見上げると、宝泉院は山の中腹に建てられている。他にも三千院や勝林院、実光院などの天台宗寺院が密集している。木々に囲まれた渓流沿いの道を登っていくと、白い人影が見えた。紙でできた陣羽織を着込んだ男たちだった。

十数人ほどはいようか。紙羽織には「この人身さぐりの上手、家中にはいやな人」と墨書されている。

左京の家臣たちだ。戦場にあるかのように黒い南蛮胴を着ているのは——

武蔵と目があった。無表情の左京の片眉がぴくりと動く。

「武蔵です。宮本武蔵です」

紙羽織を着た武者のひとりが叫ぶ。左京が、ゆっくりと間合いを詰めた。

髭の隙間から何かを口ずさんでいる。あるいは、兵法歌を歌うことで左京は今も恐怖を塗りつぶしているのか。

武蔵を見下ろす位置で、左京は止まった。

刀の間合いだ。下に位置する武蔵の木刀は届かない。

「なぜここにきた」「どうしてここにおられる」

左京と武蔵の発した問いは同時だった。

「我らは戦勝祈願で当地を訪れた」

紙羽織の武者のひとりがそういう。

「戦勝祈願だと」

「そうだ。七日におよぶ神聖な——」

腕をあげて声をさえぎったのは、左京だった。

「我は、次の呪い首がここだとあたりをつけた」

つまり、戦勝祈願は呪い首が当地に現れるまで待つための口実ということだ。

「己も同じく」

武蔵の答えに失笑が湧く。

「なぜ、呪い首が大原に置かれると思った」

左京が冷たい目差しで問う。

「こちらだけ答えるのは公平ではないかと」

武蔵はひかない。

「ならば同時に」左京が息を吸った。

「血天井」武蔵と左京の言葉が重なる。

武蔵は素早く左京一行の様子を探る。呪い首を持っている雰囲気はない。刀の長さを目で測るが、妖かし刀ではなさそうだ。左京の腰に、以前あらためた刀がある。さらには刃長一尺半ほどの脇差も差している。

一方の武蔵は、大小二本の木刀を腰にぶらさげているだけだ。

「己は、左京様が呪詛者の一味ではないかと疑っております」

否、確信している。妖かし刀を確かに持っていた。

そして、左京が久遠の首を断ち、呪い首にした。

憎しみが、武蔵を縁取る殺気を猛らせる。

「牢人風情が左京様を疑うか。貴様こそ呪詛者であろう。ここにいるのが、何よりの証」

紙羽織の武者たちが腰を落とした。

「互いに互いを呪詛者だと思っている。しかし、どちらも妖かし刀を持っている気配がない」

淡々とした左京の声は、現状を確かめるかのようだ。

「だが、お主にはひとつ罪状がある。水野家の牢を破った」

左京が目配せをする。紙羽織の武者たちが、武蔵を囲まんと動き出す。

「己を捕らえる気か」

「科人を前にして見逃せば、名折れになろう。日向守殿に顔向けができん」

とうとう武者たちが武蔵を完全に囲った。

「左京様、私にお任せください。この紙羽織の文字の汚名を雪ぎたくあります」

「いえ、私めにやらせてください」

懇願する武者たちの表情には、恐怖が過分にある。それは武蔵への恐れではない。左京へのものだ。働きが悪い武者に恥辱の紙羽織を渡す気性である。不手際があれば、容赦無く手打ちにするのだろう。

「ならぬ。武蔵は強い。向かっても、包囲の一角を欠くだけだ」

左京がゆっくりと刀を抜いた。

「お主らは、逃げられぬように油断なく囲っておれ」

武蔵も腰の木刀を帯から抜き、下段に構える。地の利は、坂の上にある左京だ。

耳をつんざく悲鳴が聞こえた。

左京が咆哮している。怖気が全身を抱きしめるかのような凄惨な気合いだ。

襲ってきた左京の斬撃は受け止めない。受ければ、木刀ごと刃で真っ二つにされる。

だが、よけられたのは最初の一太刀だけだ。二の太刀、三の太刀は木刀で受けざるをえなかった。それだけで、木刀が大きく削られる。

悲鳴と斬撃が交互に襲う。何度も肌をかすった。さらに悪い足場に追い詰められた時、左京の刺突が迫る。

右にも左にもよけなかった。かわりに左京の懐へと飛び込む。刃がかすり、左脇が熱をはらんだ。左京が驚愕の表情を浮かべる。なぜ、傷を負ってまで飛び込むのか、と。

「武蔵、その程度か」

紙羽織の武者の叫びは、戦況を正しく理解していた。間合いを失った武蔵に利はない。

左京の蹴りは、鉄の塊が腹にめり込んだかのようだった。間合いを潰した武蔵の勢いも相まって、大きく吹き飛ばされる。ひとつふたつと回転した。胃の中のものがせり上がり、口をこじ開ける。血のまじった嘔吐が広がる。

どっとわく紙羽織の武者たち。

一方の左京の顔は青ざめていた。武蔵の左手には、抜身の脇差が握られていた。左京の腰には、脇差の鞘だけが残っている。

武蔵の右手には木刀。間合いを潰したのは、左京の脇差を奪うためだ。

二刀流にするため――ではない。

武蔵は奪った脇差を高々と掲げた。

どよめきが立ち上がる。皆焼の刃文が、紙羽織の武者たちの目に映ったからだ。切っ先には、血飛沫のような五つのまだらが飛んでいる。

「な、なぜ、妖かし刀の刃文が左京様の脇差に」

「しかし、妖かし刀とは刃長がちがう。もっと長いはずだ」

武者たちが一歩、二歩と後退る。

「左京様」と、武蔵は叫びかけた。左京は、眉間に深いしわを刻んだ。

「この刀をみても、まだ呪詛者ではないと言い逃れするのか」

左の指の何本かを開く。すり替えたのではなく、間違いなく左京の佩刀であると周囲に誇示する。

「左京様、妖かし刀を磨上げたな」

さらに大きなどよめきが満ちた。

磨上げ――刀を短くすることだ。柄に隠れている茎(なかご)の部分を断ち、刃の根本を茎へと変える。珍しいことではない。織田信長が今川義元を討った時、その佩刀である左文字の名刀を磨上げた。義元左文字といわれ、磨上げたことで切れ味が増したのは有名な話だ。

武蔵が妖かし刀の磨上げを疑ったのは、助けられた船の上でだ。漁夫の脇差の目釘をしめ直すため柄を外すと、折返銘があった。普通、磨上げると銘が消える。それを防ぐために銘を折り返すと、銘が上下逆になる。漁夫の脇差は磨上げたものだったのだ。

「この妖かし刀を見ても、お主たちは左京様に従うのか」

紙羽織の武者たちに、再び皆焼の刃文を見せつける。

「それは我の刀ではない。呪詛者たちから奪ったものだ」

左京は用意していたかのようにいう。

「では、呪詛者とは何者か」

左京は答えない。

「答えられぬのは、左京様自身が呪詛者だからだ」

木の葉が一枚ふたりの間を流れる。右から左へ。かと思うと、また右へと戻った。

風向きが変わったのだ。

武蔵の鼻がひくついた。煙の匂いがかすかにする。火縄が焼ける匂いだ。風上に、火縄銃を持った誰かがいる。左京と同時にこうべを巡らす。うっそうとした木立が広がっていた。薄くだが、たしかに白く煙っている。何人もの射手が潜んでいるのだ。

紙羽織の武者たちも、誘われるようにして首を動かした。

草むらから黒覆面をした男たちが一斉に現れる。手には火縄銃を構えている。三連筒や五連筒を武蔵や左京らへ向ける。

筒先が火焔を噴き上げた。武蔵を囲む武者たちに、次々と銃弾がめりこむ。紙羽織がたちまち朱に染まった。

左京と武蔵にも銃弾がふり注ぐ。武蔵は必死に横へ跳んだ。

用意していた銃撃ではないはずだ。回転しつつ武蔵は考えた。風向きが変わり、潜んでいることがばれたゆえの咄嗟の発砲だ。にもかかわらず、狙いは正確だった。

「くそ」と吐き捨てた。銃撃が止む気配がない。刺客たちが持つ銃は、三連射、五連射できる。鉛の雨がやんだ時、武蔵の体をいくつもの銃弾がかすっていた。骨までは達していないが、肉は削られている。

紙羽織の武者は皆、物言わぬ骸に変わっていた。左京は、武蔵から離れた木の陰に隠れている。黒い鎧にはいくつも銃弾がめりこみ、足下が赤く濡れていた。

伏兵のひとりが前に一歩出て、武蔵に五連筒の火縄銃を突きつけた。この男は、まだ一発、弾を残しているはずだ。

よける自信はあった。

刺客が引き金を引くのを、目で捕えた。

武蔵は横に跳んだ。

刹那、爆音が響き、強烈な風が武蔵を襲う。火焔の壁が立ち上がった。蛇がはうかのように広がっていく。武蔵は誘いこまれたのだ。火薬を埋めた地面へ誘導され、最後の一弾は地中の火薬を爆ぜさせた。

地面が、黒く変色している。その横に落ちているのは、衝撃で武蔵が手放した妖かし刀だ。

左京が木陰から飛び出し、妖かし刀に手を伸ばさんとする。

一瞬速く、かぎ爪が妖かし刀を捕らえ、一気に引き戻す。

「ひくぞ」

妖かし刀を奪った黒覆面の男たちが木立の中へと消えていく。忍びとは違うようだが、山中行を得意としていることはすぐにわかった。武蔵の体が万全でも追いつくのは至難だ。左京も一旦は追おうとしたが、すぐに立ち尽くした。

「見たか」

黒覆面の男たちが消えた木立を見つめたまま左京がつづける。

「あれが呪詛者たちだ」


〈ね〉

武蔵は、刺客が隠れていた木立へと進む。火縄銃が何挺も落ちていた。襲撃の余韻を示すかのように、銃口から硝煙がたなびいている。三連筒や五連筒は、筒が複数あるため重い。逃げるには邪魔になると判断したのだろう。

「左京様、今一度問う。なぜ、妖かし刀を所持しておられた」

しばらく左京は無言だった。ゆっくりとこちらへと振りむく。やはり刀の間合いに武蔵をとらえてから、口を開いた。

「偶然、呪詛者たちが呪い首を置いているところに出くわした。昨年、妙心寺の近くで、だ。先ほどの刺客たちだ。ひとりを成敗したが、他は逃げられた。呪い首も、だ。できたのは、妖かし刀を奪うことだけ」

そして、妙心寺におかれるはずだった呪い首は正伝寺に置かれたという。

「ほお」と、武蔵は低い声でいう。やはり、呪詛者は妙心寺に呪い首を置こうとしたのだ。

「大御所様に知らせなかったのは、ひとりで決着をつけたかったからだ。妖かし刀を持っていれば、きっと刺客は我から奪おうとするはずだ」

先んじるように、左京はいう。

喧騒が近づいてきた。銃声を聞きつけた僧侶たちが、大挙して坂を降ってこようとしていた。何人かは棒や薙刀を持っている。

「もうひとつお聞きしたい。妙心寺で呪詛者と戦った時だ。佐野久遠という男と立ち合ったはず」

左京は無言だ。

武蔵は、足を前後に開く。極限まで前がかりになった。殺気が、木刀に集約されていく。

「あなたが殺したのか」

左京から反応はない。

「答えろっ」

武蔵の放った怒声は、駆け下りる僧侶たちを刺激した。

「いたぞ、曲者だ」

「その方ら逃げるな」

二人に気づいた僧侶たちが、どんどんと近づいてくる。

「もし我らが手合わせすれば、無事ではすむまいな」

左京が僧侶たちを見た。武蔵の奥歯が鳴った。悔しいが同じ思いだ。武蔵と左京が戦えば、間違いなく僧侶たちも巻き込まれる。

何より、左京が妖かし刀を持っていたことを証言してくれる者がいない。紙羽織の武者はみな、息絶えていた。

握る木刀が悲鳴をあげた。

「また、いずれ」

武蔵は、三連筒を一つ拾って山を駆け降りる。武蔵の記憶が確かであれば、これは真田信繁の手勢が昨冬の籠城の折につかっていた銃だ。

これを手がかりにして、呪詛者に迫る。


〈な〉


馬に乗る武蔵は、全力で大坂への道を駆けていた。

大原から戻ると、まずは羅山の報告を待った。念のため、残りの血天井がある養源院に羅山の弟子をやっていたのだ。呪詛者と思しき者は養源院に現れなかった。こたびの襲撃で、呪詛者は武蔵が血天井の法則に気づいたことを知ったはずだ。もう、呪い首を血天井の周りに置くとは考えにくい。

ならば——

武蔵は羅山のもとを辞して、馬を駆り、大坂城を目指した。鞍に、大原で奪った三連筒をくりつけている。

途中で大坂方の兵の行列が見えた。みな、傷ついている。聞けば、大和国郡山城を攻めた大野治房らの軍勢だという。郡山を攻め取ったはいいが、徳川方の水野勝成に敗れて大坂へと退却する途中だという。

大坂へ戻る行列は、どんどんと細くなっていく。何人もが離脱しているのだ。すでに、ほとんどの兵が大坂の命脈が尽きたと判断している。

馬を降り、武蔵も行列の中へと加わった。素肌武者であることは珍しがられたが、大原で負った手傷のおかげで怪しまれることはなかった。

墓標のようにたたずむ大坂城が見えてきた。外堀はおろか内堀もない城は、ひどく寒々しい。本当に、この城に籠って徳川と戦うのか。それが勝利の最善の策だと信じた男たちの知恵のなさを、武蔵は恐ろしく思った。どうして大坂の城を捨てないのか。戦を少しでも知っていれば、地の利のある山城に籠るはずだ。

これは本当に戦なのか。ただ、集団による自害ではないのか。

そんな思いが、武蔵の頭を痺れさせる。

埋められた外堀を踏みしめて、武蔵一行は大坂の城へと入った。

「村正だ。村正の刀があれば百金でも購うぞ」

「いや、こっちは千金で購う。短刀でもかまわん。槍や薙刀ならばもっと高く購う」

そんな声が聞こえてきた。

「なんだ、あれは」一緒に歩いていた傷だらけの男に問う。

「村正を探しているのさ。村正は徳川に祟りつづけた妖刀だからな」

いつのまにそんな風説が流れたのか。傷だらけの男は、家康の祖父の清康と息子の信康の死に村正の刀がかかわっていたことを正しく知っていた。しかも、家康の父の松平広忠が殺されたのも村正の刀によってだという。

「関ヶ原では、村正の槍が狸親父の指を傷つけたそうだ。愉快じゃないか」

初耳だった。広忠の話もだ。いつのまにか、村正の伝承に尾ひれがついている。

「で、あんたは真田の隊に戻るのか」

男は、武蔵が背に負う三連筒の火縄銃を見ていった。

「そうだ。そろそろ古巣に戻る」

「そうかい。肩をかしてくれて助かったぜ。お互い、いい死に花を咲かせようぜ」

そういって笑う男の目は、妖しい光をたたえていた。

いや、この男だけではない。城に籠る武者や足軽、民たちも同じ目をしている。

武蔵はこの目をどこかで見たことが……

歓声が湧きあがり、武蔵の想念が遮られる。見ると、三層の石垣を持つ本丸があり、その中央に鎮座する天守閣や櫓の屋根に大勢の人が登っていた。能や舞、踊り、女傾奇、白拍子、様々な芸能の徒が踊り舞っている。

「洒落た趣向だぜ」

「浮世の名残としては上々よな」

宣教師が奏でる風琴や南蛮琴の音が、屋根の上の舞踏と交わり、異様な興奮が城内に満ちていた。城に集う武者や牢人、女官、民たちに悲愴の色はない。

「見ろ、これが先ほど購った村正の刀だ。今より、打倒徳川の剣舞を披露する」

牢人のひとりが叫ぶと、たちまち黒山の人だかりができた。

悲鳴が聞こえてきた。天守閣の屋根からひとりの踊り手が足を踏み外したのだ。糸をひくように地面に落ち、ありえぬ形に四肢を折り曲げながらさらに石垣を転げ落ちていく。

どっと笑い声がおこった。それにつづくように、何人かが屋根から落ちる。先ほどとちがい、自らの意志でだ。遠目だが、その顔は笑っているように見えた。事実、喜声をあげて踊り手たちが大地へと身を投げていく。地面にぶつかり血飛沫をあげるたびに、大歓声が湧きあがる。

時折、水音が聞こえてくるのは、本丸を囲む堀に人々が身を投げているのだろう。重い音から甲冑を着たまま飛び込んでいるとわかった。埋められた外堀と内堀のさらに内側にあるもので、さすがの徳川もこの堀だけは手をつけることができなかった。それが、今や身投げに使われる有様だ。

武蔵の呼吸が荒くなる。熱狂に心身を乗っ取られるのではないか。

そんな危惧がよぎり、慌てて息を整える。

大坂の城へ来たのは、確かめることがあるからだ。ひとつは、三連筒の火縄銃の来歴だ。先ほどの男とのやり取りからも、真田勢のもので間違いないだろう。これを手がかりに、呪詛者の正体をつきとめる。

「おい、あそこで皆焼の村正が披露されるってよ」

そんな声が武蔵のもとに届いた。

「脇差だが、すげえ切れ味らしいな」

「剣相を見たやつがいうには、血飛沫のようなまだらもあるそうだ」

「一目見れば、打倒徳川の霊験もあらたかだって、人が押し寄せてるぜ」

目で追うと、群衆がひしめく場所がある。舞台の上にいるのは傾奇女たちではないか。皆、覆面をしている。金銀の刺繡をほどこした美しい小袖を、裸身の上にそのまま羽織っていた。踊る肌は火照り、その熱情が囲む男たちを狂わせるかのようだ。黒装束の男たちが舞台の後方におり、三味線や鼓などを奏でていた。早い旋律は、躍動する心臓の音を思わせた。

舞台の上に、一際目立つ傾奇女がいる。

般若の面頰をつけており、顔相はわからない。

黄金の甲冑に身を包んでいる。頭には烏帽子の形を模した兜、鎧は仏胴とよばれる南蛮胴に似た滑らかなものだ。金箔を美しく貼りつけている。それ以外は一糸もまとっていない。仏胴から伸びる細い腕と草摺を割る艶かしい足が、牢人や武者たちの嘆息を引き出している。

武蔵の目差しが、右手にもつ脇差に吸い込まれる。皆焼の刃文と血飛沫のような五つのまだらを持つ村正だった。

「おい、何をするんだ」

気づけば、武蔵は群衆を押しのけていた。

「どけ」

武蔵は、体を無理やりにねじこむ。しかし、人の壁は厚く、思うように進まない。

「隼人ぉ」

「はぁやぁとぉ」

黄金をまとう傾奇女に、男たちが必死に声を送っている。妖かし刀が円弧を描くたびに、仏胴がゆれる。隙間から形のいい乳房がちらりとのぞく。

「隼人ぉ、その村正の刀でわしを斬ってくれ」

ひとりの男が舞台へと上がってくる。衣を脱いで、胸板を誇示する。

「わしもだ。肌に村正の刀の傷を刻んでくれ」

「わしは腕だ」

次々と男たちが舞台へとあがる。傾奇女は妖かし刀で円弧を描く。蝶が切っ先に止まるのではないかと思うほどの動きだ。魅入られたように、男たちが近づいていく。刃先に自ら肌をふれさせて、赤い線を刻んだ。

「村正の力、確かにこの傷に宿りし」

「徳川への呪いを刻んだぞ」

胸や腕についた傷を、男たちが見せびらかす。

「誰だ。あの傾奇女は」

「知らねえのか、出来島隼人だよ」

武蔵の問いに、隣の牢人は酔ったかのような声で答える。

出来島隼人――どこかで聞いたことがある。

「まさか、日向様ご贔屓の女傾奇か」

「そうだよ。七年前、駿府と京で女傾奇の興行をやった、あの出来島隼人だ。見ろよ、あの甲冑、鬼日向が銀子七十貫かけて作ったものらしい。そりゃあ、狸じじいも怒るさ」

武蔵は舞台を見る。肌から血を流す男たちに囲まれて、黄金の甲冑を着た出来島隼人が踊っている。般若の面にも血飛沫が散り、まるで泣いているかのようだ。

武蔵はこめかみに手をやった。

水野勝成贔屓の傾奇女が妖かし刀を持っている。

頭の中の霧が晴れんとしている。

そういえば、かつて傾奇女たちを見なかったか。美作から大坂へと戻る途中の港の外れだ。

歌が聞こえてきた。傾奇女たちが朗々と歌っている。

――色は匂へど散りぬるを

――我が世誰ぞ常ならむ

――有為の奥山今日越えて

――浅き夢見し酔ひもせず

武蔵の全身に粟が生じる。間違いない。備前の港で、この歌を聞いた。

目の前の隼人たちは、あの時の女傾奇だ。

出来島隼人の踊りが止まる。あまりにも唐突だった。妖かし刀の切っ先は、武蔵に向けられていた。そのまま、動かない。

笛を吹いていた男が立ち上がる。武蔵に気づき、舞台を降りた。それに呼応して、牢人風の男たちが舞台裏から現れる。足の運びに覚えがある。大原で武蔵と左京を襲った刺客だ。さらに赤備えの武者たちも現れる。六文銭の小旗を腰にさしているので、真田家の者たちであろう。手に三連筒の火縄銃を持っている男もいる。

〈ら〉

奪った裸馬に乗る武蔵の背後から怒声が追いかけてくる。振りかえると、煌々と輝く大坂城から数十の騎馬の一団がやってきていた。手に持つ松明が、尾をひくようにして火の粉を撒き散らしている。

「追え、奴は徳川方の間者だ」

襲撃者の一人が叫んだ。空を見た。細い月があり、厚い雲がかかろうとしている。木の影を通りすぎる時に馬から飛び降りた。

「待てえ」

叫ぶ追手たちは藪に隠れる武蔵に気づかない。蹄音を響かせる裸馬を必死に追いかけている。すでに月は雲に隠れていた。武蔵は藪から出て、追手たちの持つ松明の後をたどる。

「くそう、逃げられたか」

「どこだ。まだ近くにいるはずだ」

松明が円をつくり、その中央に武蔵の乗っていた裸馬が見えた。身を低くして近づく。幸いにも周囲には葦原がある。風でざわつく葦の音に紛れつつ、追手たちの顔がわかる間合いに身を潜ませた。

「どうします、探しますか」

「この闇夜では危うい。ばらばらになれば武蔵に襲われる」

「くそ、大原で殺し損ねたことが悔やまれるわ」

男たちの声には、無念さがにじんでいた。

「今より大坂の城に戻るが、火縄の火は決して絶やすな。銃はいつでも射てるようにしておけ。はぐれれば命はないと思え。敵はあの宮本武蔵だ」

厳しい声が、夜の空気を震わせる。

「あれを見てください」

一団の武者たちが近づいてくる。皆、赤い甲冑を身にまとっている。翻る旗指物には、六文銭が染め抜かれていた。

「真田左衛門佐の手勢か」

葦原の中で武蔵はつぶやいた。赤備えの一団が、追手たちの前で止まる。

「わざわざ左衛門佐様がこられるとは」

長と思しき男の声に、小柄な武士が前に進みでた。口元に大きな傷があり、唇の動きが妙だ。どうやら歯が欠けているようだ。古兵というより、死に損ないの壮年武者という雰囲気がある。

「また、虎の子の鉄砲を無駄にされても困るゆえな」

そう笑った男の口は、歯黒(かね)をほどこしたかのように真っ黒だった。

この男が真田〝左衛門佐〟信繁か。さすがの武蔵の体にも緊張が走る。

「左京と武蔵を必ず仕留める。そう約定したから、三連筒と五連筒を託したのだ。が、戻ってきてみれば、ほとんどの鉄砲を捨ててくる始末」

「言葉もありませぬ」

「妖かし刀などという大層な刀を駆使して呪い首をつくり、徳川を追い詰めると申していたが、結果はどうだ。三木之助とかいう小童(こわつぱ)を捕まえただけではないか」

武蔵の心臓が大きく胸を打つ。

三木之助が捕まっていたのか。だが、それならば納得もいく。八幡の神應寺や大原の宝泉院にも姿がなかった。考えるに、神應寺を探索している時に隼人らに捕まったのか。

安堵している自分に驚いた。あるいは、三木之助は左京によって亡き者にされていると思っていた。殺されかけたのに、心配している己につくづく嫌気がさす。

「大坂の城に潜入していたのは武蔵なのだろう。追うのか」

「いえ、探すには何隊かに分かれねばなりませぬ」

「とても歯が立たぬということか。まあよいさ。知られて困ることは今やない。あとは戦い散るだけだ」

からからと信繁が笑う。歯のない口元とは違い、目は容易ならぬ光を湛えている。

「左衛門佐様、我らは散るつもりはありませぬ。見事に狸親父の首をあげ、徳川を滅ぼしてみせます」

「勇ましい言葉だな。それよりも、お主らの大将の隼人は信用してよいのだろうな。戦支度もせずに、踊り狂っているだけのようだが」

「支度は万全です。見事、徳川を内側から崩してご覧にいれます」

武蔵は、葦を強く握りしめた。内側から崩すとは、どういうことだ。

あるいは——

徳川方の誰かが裏切るのか。


〈む〉


「とても信じがたいことだ……傾奇女の一団が大御所様を呪殺せんとしているのか」

甲冑を着た林羅山が、青く剃り上げた頭をなでた。大坂城を脱した武蔵は、再び羅山と落ち合っていた。羅山の縁者がいとなむ旅籠である。窓からは、徳川の葵紋を染めた旗指物が林立する様子がよくわかった。

「とにかく、今一度、話をまとめよう」

羅山が、武蔵から聞いたことを整理する。

呪詛者は、水野勝成贔屓の傾奇女の出来島隼人たち。そして、出来島隼人らから、鬼左京こと坂崎直盛が妖かし刀を奪った。左京がいうには、偶然に呪詛する者たちを見つけ、それを防がんとして妖かし刀を奪ったという。無論、信用に足るかはわからない。

「なぜ、左京様は呪詛のことを大御所様に報らせなかったのだ。左京様が妖かし刀を密かに所持していた理由がわからない」

武蔵も同じ考えだ。左京は妖かし刀を餌にして、呪詛者を誘き出すためといっていたが、やはりこれも信用には足らない。何より、家康に通報しなかった理由にはならない。

「憶測が先走る考えだが、左京様は呪詛者の一団だった。そして、呪詛者と仲違いして、これを襲い妖かし刀を奪った」

理屈は通っているような気がする。左京が元一味ならば、家康への報告を躊躇するだろう。徳川への呪詛に加担したのだ。呪詛者を裏切ったとしても、重い罰はくだる。

「しかし、隼人らだけの企みとはとても思えぬ。徳川の創った結界を崩壊させんとしているのだ。傾奇女らだけでなせる謀ではない。裏で糸を引いている首謀者が必ずいる」

首謀者が、隼人たちに〝徳川〟の秘密文字を教えたと考えるのが自然だ。

「やはり、日向様が怪しいと思います」

羅山は腕を固く組み、しばし沈思した。

五霊鬼の呪詛のはじまりは、水野家に嫁いだ家康の母方の祖母の於満だ。松平清康と於満の因縁が、勝成に五霊鬼の呪詛に手を染めさせ、さらに豊臣家と手を組むに至らせた——のではないか。徳川によって傾奇に禁制を出された出来島隼人らも勝成に協力し、その実行部隊となった。水野家譜代でない中川志摩之助が武蔵に探索を任せるという誤算は生じたが、十分に徳川勢をかき乱すことには成功している。

「実はな、頭の痛いことが起こっているのだ。妖かし刀の偽物が、徳川方の陣のあちこちで見つかっている」

武蔵の眉宇が硬くなる。

「皆焼の村正というだけで、無論、偽物だ。が、おかげで陣内では裏切りの噂で持ちきりだ。浅野家や伊達家、水野家などが密かに妖かし刀を所持し、土壇場で徳川を裏切るつもりだ、とな。森山崩れの再現を企図している、と」

いやでも思い出すのは、大坂で聞いた呪詛者と真田信繁のやりとりだ。

徳川勢を内側から崩すといっていた。

「皆は、その噂を信じているのですか」

「偽物とはいえ、妖かし刀が発見されている。疑いはしないが警戒はするべきだ、と考える者もいれば、露骨に猜疑の目を向ける者も少なくない。大御所様も目は光らせておけと厳命はされた」

不穏な噂が徳川方を蚕食し、疑心暗鬼の卵を産みつけている。

「左京様には造反の噂はあるのですか」

「左京様の陣から妖かし刀の偽物が出たという話は聞いていない。が、冬の陣の一件もあるので、油断ならないという認識だな。ただ、大御所様の信任は厚い。先日などは、直々に呼ばれ親しく声をかけられたほどだ。大原で刺客に襲われた見舞いの言葉だ」

大原では、七日におよぶ戦勝祈願の最中に豊臣方に襲われたと、左京はいったようだ。間違ってはいないが、正確でもない。豊臣方である呪詛者に襲われたのだ。が、あの時の生き残りは武蔵しかいないので、今は反論のしようがない。

「それどころか、こたびの戦で千姫様を救ってくれ、と大御所様から託されたそうだ。よほどの信頼を寄せられていると見るべきだろう」

千姫は家康の孫で、豊臣秀頼に嫁ぎ今も大坂城にある。

身内の救出を託されるほどの左京が、どうして家康に妖かし刀のことを隠すのか。

重い沈黙が場を満たす。

羅山が息を吐き出した。

「出来島隼人が妖かし刀を持っているとわかった。大御所様に、日向守様が怪しいと伝えねばならない。それが私の責務だ」

羅山の顔は沈鬱だ。家康の信頼の厚い勝成を訴えるのだから、生半可な覚悟ではできない。

「己もいきます」

武蔵も証人として同席するのが筋だろうが、羅山は首をふった。

「手がかりはつかんだが、わからぬことがあまりにも多すぎる。容易に信じてもらえるとは思えぬ。武蔵殿を連れていって、捕らえられたら目も当てられん。武蔵殿、確かな証を見つけてほしい。首謀者が言い逃れできぬ証の品だ。それがなければことは進まん」

武蔵は羅山のもとを辞した。

旅籠を出ると、武蔵の首筋に暑さをはらんだ風が吹きぬける。

不快な汗もまとわりつく。

「もし、平田武蔵守様でしょうか」

変名で呼ぶ者がいた。垢がこびりついた顔に粗末な服を着た流民だ。

「三木之助様という童から、この文を渡すようにと言付かりました」

「なんだと」

大坂方に幽閉されている三木之助が、どうやって文を託したのだ。

「かわいそうに、ひどい傷を負っておりました。野盗か何かに襲われたのかもしれません。武蔵守様にお会いしたいと涙ながらに頼まれまして」

三木之助の容姿を訊くが、不審な点はない。男から文を受け取り、目を通す。

間違いなく、三木之助の字である。武蔵に会いたいという旨だけが書かれていた。場所は、高野川と鴨川があわさる河原だ。

立ち合いに赴くように、心を落ちつかせた。三木之助に対して恨みや警戒の念がないといえば嘘になる。だが、今はおいておく。それよりも、手がかりが欲しい。あるいは、隼人の罠かもしれないが、襲ってくるならば返り討ちにするだけだ。

文を懐にねじこみ、武蔵は徳川の武者や具足商人がひしめく道を進んだ。やがて鴨川が見えてきた。伏兵の気配はしない。河原には、流民たちの寝ぐらがぽつぽつとあった。

「武蔵様ですか」

破れた莫蓙と流木でできた寝ぐらから、三木之助が這い出てくる。武蔵は息を呑んだ。顔のあちこちに痣ができている。体には厚いさらしが巻かれていたがところどころはがれ、鞭打たれたと思しき痣も見えている。

「誰にやられた。隼人たちにか」

「そ、そうです。次の呪い首が、神應寺にあると当たりをつけて向かった先で、隼人らと鉢合わせしました」

そういうと、三木之助はうずくまった。傷が開いたのか、血が滴る。

「武蔵様、いい様だと笑いますか」

強がりだろうか、三木之助は笑んでみせる。が、すぐに顔をしかめた。口の中も切れているようだ。

「なぜ、このような目に」

「武蔵様の居場所を吐けといわれました」

襟の隙間から背中を見ると、さらしが赤く染まっていた。

「間抜けなものです。武蔵様を手にかけたと思っていたら、あなたは生きていた。それどころか、死んだと思っていた武蔵様の居場所を吐けと痛めつけられた」

顔を伏せて、ぶるぶると震えだす。自身を抱くようにしている手が、さらしに食い込む。それだけで、血がにじむ。

ぽたぽたと地面に落ちるのは、涙か。鼻水をすする音も聞こえた。

「今は傷を治すことを第一に考えろ。羅山様の縁者に頼めば手当てしてくれるはずだ」

「私を許してくれるのですか。あなたを斬りつけたのですよ」

「呪詛の真相を暴き、久遠の仇をとる。己にとってそれ以外は些事だ」

「久遠様の代わりになる、といって裏切ったこともですか」

武蔵のもっとも大切なものを冒瀆したのは事実だ。しかし、傷つく三木之助を見れば、今、詰ることは躊躇(ためら)われた。

「武蔵様、虫のいい願いは重々承知です。呪詛者を追い詰める手伝いをさせてください」

「まだ諦めていないのか」

「当然です。私は後戻りできません。帰る場所などありませぬ」

血まじりの言葉を吐き捨てる。確かに、水野勝成が呪詛の黒幕の疑いがある今、帰すのは危険だ。

ふと、武蔵は寝ぐらの一隅に不穏な気配が滞留していることに気づいた。目をやると、土に汚れた木桶が置いてある。

「あれはなんだ」

「墓を掘り返し、見つけたものです」

「まさか――」

三木之助の血の匂いに紛れているが、かすかに漂うのは死臭ではないか。

「そうです。佐野久遠様の首桶です。墓を漁りました」

しばし、武蔵は息をすることを忘れる。目が木桶に縫いつけられたかのように動かない。

三木之助が冷たい声でつづける。

「確かめたのですよ。本当に、久遠様が呪い首にされたのかを」

三木之助は立ち上がり、茶器でも持ってくるかのように武蔵の前に置いた。そっと蓋をとる。黒い鬱蒼としたものは、髪の毛か。

唾を呑もうとしたが、無理だった。

「土の中では腐敗は遅れます。ご覧ください。生きているようにとはいいませんが、何が首にほどこされたかは確かめることができました」

小さく念仏を唱えてから、三木之助は首桶の中のものを取り上げた。

〈う〉

武蔵が目指す陣は、京の郊外に配されていた。二枚笠の旗指物が風になびいている。軍勢は多くない。百に満たぬ程度か。そのせいか、舟帆を模した左京の馬印が一際大きく感じられる。

聞けば、情勢の急転で本隊がまだ到着していない大名が多いという。九州の細川家や黒田家、四国の加藤家などは、十万石以上の領地を持ちながら、数百の手勢しか率いていない。

堂々とした歩みで、武蔵は左京の陣へと近づいていく。入り口に目当ての人はいた。黒い南蛮胴に身を包んだ左京である。

背後からついてくる三木之助に目をやった。まだ顔や体のあちこちが腫れ、血にそまったさらしを体中に巻いている。片足も引きずっていた。

目を戻すと、左京は背の高い婦人と共にいた。歳は四十代の半ばほどか。柿色の袿をつぼめて着て、掛帯や掛守をつけた巡礼姿だ。緒太の草履は砂塵にまみれている。よほど急いで道を駆けたのだろう。

気高さを感じさせる風貌は、武家の出だと思われた。目元のほくろが印象を柔らかくしている。

婦人は深々と頭を下げ、左京の前を辞す。武蔵とは別の方向へと歩んでいくが、随分と急ぎ足であった。

追いかけようかと思った時だった。

「貴様、武蔵か」

「よくも、のこのこと顔を出せたな」

気づいた番兵たちが、武蔵へと駆け寄らんとする。女の背中はどんどんと小さくなる。

「三木之助、追ってくれるか」

「わかりました、この体でいかほど追えるかわかりませんが。武蔵様もくれぐれもしくじらぬように。また、寝ぐらで」

傷ついた体に鞭打って、三木之助が女のあとを追う。

「さて」と、迫る番兵たちを見た。果たして、三木之助の策通り上手くいくであろうか。

武蔵は自嘲した。上手くいかないならば、戦いしか道は残されていない。そちらの方が好都合ではないか。

とうとう、武蔵に槍が突きつけられた。

「己は、左京様に用がある。取り次ぎを願いたい」

語りかけた番兵ごしに、左京がゆっくりと近づいてくるのが見えた。

間近で見る左京の南蛮胴には、大原での襲撃でうけた弾痕がいくつもあった。厚い鎧のため、貫通はほとんどしていないようだ。

武蔵はしばし左京と睨みあう。

「い、いかがなさいます」番兵が左京にたずねる。

「本陣へ連れていけ」

「話をお聞きになるのですか」

左京は無言でうなずいた。

「ついてこい」

番兵があごをしゃくった。穂先に囲まれたまま、武蔵はついていく。舟帆の馬印の下へと誘われた。すこし遅れて、左京も入ってくる。

「人払いをお願いしたい」

予想していたのか、左京が合図を送る。陣幕の中にいるのは、武蔵と左京だけになった。刀が届く距離になってから左京は口を開いた。

「何用か」

「陣借りを所望したい」

「ほう」

かすかに左京のまぶたが動く。

「呪詛者どもに命を狙われている。己も左京様もです」

左京は無言だ。

「そういう意味では、我らは味方です」

髭の奥の唇が歪んだのは、失笑したのだろうか。

「つまり、力をあわせて呪詛者に対抗する、と」

武蔵は、浅くうなずいた。

「何を企んで、陣借りを所望する」

無論のこと、左京と呪詛者の繋がりを探すためだ。

呪詛者は、左京と武蔵の命を狙っている。恐らく左京は裏切り者として、武蔵は呪詛を阻む敵として。ならば、二人一緒にいれば必ずや現れるはずだ。

「水野家の牢を破った男を、我が雇うと思うか」

左京の体が前がかりになった。もう話し合いは終わりということか。

武蔵は、三木之助に教えてもらった言葉をそらんじた。

「千姫様のご救出を命じられたとか」

左京の体軀から今までの倍以上の警戒の気が煙る。

「千姫様を大坂の城から救うのは難事かと。ならば、己も力を貸しましょう」

三木之助の策は、千姫救出の助力を条件に陣借りして左京の周辺を探ることだった。

あまりにも荒唐無稽だが、三木之助は何日か前から左京の陣を探り、勝算があるという。左京が腕のたつ牢人を集めているというのだ。大原の襲撃を受けて、千姫救出のための人材にことかいているらしい。かなりの報酬を提示しているらしいが、左京の目にかなう者は今のところ皆無だ。それもそのはずで、左京と立ち合い満足いく実力でなかったら打ち据えて追い返しているという。そのため、左京の陣からは連日、多くの怪我人が出ている。

何より、もし左京が元呪詛者だとしたら、千姫救出は汚名返上の絶好機だ。呪詛に手を染めていた罪も帳消しにできる。

三木之助はそこにつけこめという。

しばし、無言で左京と睨みあった。

その間も、左京から発せられる殺気は苛烈さを増しつづける。いや、それは武蔵も同様だ。身の内の獣が、武蔵の肌を外側から傷つけるかのように暴れている。

これ以上沈黙がつづけば斬り合いになる。そう覚悟した時だった。

「確かに、千姫様を救うのは難事だ」

果たして、左京の殺気が勢いを弱める。

ため息とともに左京は言葉を継いだ。

「天下の宮本武蔵ならば、紙羽織の臆病者や半端な牢人どもとちがい遅れをとることもあるまい」

ここで左京は間をとった。刀に手をかけてから、口を開く。

「客分として迎えよう。かわりに何を望む」

「立ち合っていただく」

左京が目を引き絞る。

「我は呪詛者ではない」

「だが、久遠とは戦った。妙心寺で」

左京は、無言だ。否定しなかったのが、肯定の証のように思えた。

武蔵は、三木之助の寝ぐらで見た久遠の首を思い出す。明らかに呪詛の痕跡があった。眼球の破損は激しかったが、裏側に文字らしきものが刻まれていた。諱は読むことができなかったが、かろうじて松平の姓はわかった。そして、左京は妙心寺で呪詛者をひとり成敗したといった。左京が久遠を殺し、呪い首にした。そう考える他ない。

「仇と思っている我の下で働くというのか」

武蔵は無言でうなずいた。

久遠の仇をとるためには、いかな屈辱も甘んじてうける。

「いいだろう。見事に千姫様を救出せしめれば、お主の望み通りに立ち合ってやる。無論のこと生死無用でだ」


〈ゐ〉


上流で雨が降ったのか、鴨川は濁った水で溢れていた。時折、倒木も流れてくる。

「まさか、そんな無茶をするとは」

三木之助の寝ぐらにやってきた林羅山が絶句した。

「左京様に近づくには、それしか方法がありませんでした」

三木之助が冷ややかな声で返す。顔にあった痣はずいぶんと薄くなっている。だが、さらしは厚いままだ。足には、添え木も巻きつけられている。先日、左京の陣から出た女を三木之助は追っていたが、途中で引き離されてしまったという。正体は不明だ。

「あの左京様と同陣してただですむとは思えん。いったであろう、御身を大切にされよ、と。殺人刀の気をはらませるな、とあれほど忠告したのに」

悔しげに、羅山は自身の膝を殴りつけた。

失笑が聞こえた。見れば、三木之助が笑んでいる。腫れた頬をゆがめ、赤くなった目尻から涙さえ浮かべて嘲っている。

「その方、何がおかしい」

　珍しく、羅山が気色ばんだ。

「羅山様は、過去に面白いことをおっしゃられましたな。凶をその身にはらめば、宿る技も穢される、と。ならば、こたびの役の引き金となった鐘銘事件、羅山様の著した勘文はどう説明するおつもりですか」

　羅山の顔が歪む。

　三木之助はいう。方広寺の鐘に刻まれた鐘銘について、家康は五山の僧侶をはじめ名だたる高僧に問いただした。〝国家安康〟の文字が家康の呪詛にあたるかどうか。呪詛ではないといったのは、妙心寺の高僧ひとりだけであった。他の五山の高僧、家康側近の天海、崇伝も呪詛だと断定した。さらに、林羅山だ。勘文なる文章を起草し、学僧たちの論を整理し豊臣家に家康呪詛の心ありと断じた。

「私は日向守様の小姓です。なれば、こたびの顚末もよく知っています。鐘銘事件の半年ほど前、大御所様は駿河に五山の高僧を呼び寄せましたね」

　そこで家康は、高僧に漢文をつくらせた。そして、書き上げた漢文に評価の差をつけ、高僧の知行を増減した。五山の学僧たちは震えあがった。今後、家康の意にそぐわぬ行いをすれば、禄を減らされる。鐘銘事件のおりには、ほとんどの高僧が自ら進んで家康の意に沿う返答をした。

「国家も安康もごくごく普通の言葉。つなげることも珍しくはありませぬ。それをもって呪詛とは、儒学の僕と称する羅山様が、身に曲学阿世の気をまとったも同然。凶の気が宿れば剣が穢れるのであれば、羅山様が身につけた儒学も同様に穢れたことになります」

「ち、ちがう。清韓殿も認めたのだ。祝意として、大御所様の諱を国家安康にこめたと。諱を軽々に鐘銘に刻んだのだ。たとえ祝意であっても許しがたい」

「笑止とはこのことですな。清韓殿は多くの学僧や徳川家の家臣たちに囲まれて、そういえと無言の圧をかけられたのでしょう。大御所様の諱を分断したと申せと、目で脅された。さすがに呪詛とはいえぬゆえ、祝意とごまかした。あるいは、そう仕向けられた」

羅山がよろめいた。

「それは私ではない。天海殿と崇伝殿の謀だ」

家康の側に仕えるといっても、羅山はまだ若い。博識をかわれて家康の書庫番の長となってはいるが、天海や崇伝、本多正信ら助言者の域にはほど遠い。

「ですが、羅山様も勘文をしたため、豊臣家に呪詛の心ありと弾劾する片棒を担がれた。ご立派なことですな。身につけられた学問たちも喜んでおりましょう」

「この日ノ本のためにしたことだ。再び乱世に戻すわけにはいかぬ。豊臣が大坂にある限り、真の天下静謐には遠い。これも治国平天下の理想のためなのだ」

「そのために、罪をでっちあげてでも豊臣を滅ぼす、と。多くの血が流れた上での太平が、儒学者の理想ですか」

「黙れ」

とうとう羅山が立ち上がった。

「羅山様は、どこまで大御所様の謀を知っているのですか」

「なんのことだ」

「隼人どもに痛めつけられ、血にまみれて私は悟ったのです。大御所様は、大坂の地を血天井に変えんとしている。そうやって、大坂に呪いをかけんとしている。違いますか」

ぶるりと羅山が震えた。

意味がわからず、武蔵は三木之助を見る。ぞっとするほど美しい笑みを浮かべていた。

「知っていてなお、あなたは大御所様の謀に協力した。羅山様のいう治国平天下とは、ご立派な理想郷のようですね。あの大坂の城には、民たちもいます。無辜の民の血を流してしか実現せぬ、地獄のように素敵な楽土をつくらんとしている」

〈の〉

羅山のいなくなった寝ぐらの中で、三木之助は湯を沸かしていた。枯れ木を集めて火をたき、粗末な鍋に水を満たしている。少ない枯れ木ではなかなか沸き立たないようで、もう半分ほどが灰になっている。三木之助はぬるい湯を縁が欠けた器にいれ、武蔵へと差し出した。

「町の噂をお聞きですか。徳川勢が明日か明後日にも京をたち、大坂へ向かうそうです」

そういわれれば、陣借りをする左京の手勢が兵糧や武具を荷車に忙しげに積んでいたことを思い出す。あまりここに長居はすべきでないだろう。そろそろ戻らねばならない。

「郡山にいる日向守様も京へ上ってきたそうです」

水野勝成は大坂方の大和郡山の城を攻め落とし、その地に軍を置いていた。

「伏見城の上様のもとへ向かうためです。大和口の総大将を任されるとの噂です」

ふと武蔵は目を動かす。寝ぐらの外から人の気配がする。莫蓙を撥ね上げて、外へと出た。数十人の武者たちが寝ぐらを囲っている。

「とうとう、見つけたぞ、武蔵」

武者たちの輪から一歩踏み出したのは、灰髪の中川志摩之助だ。顔にある傷は、怒りのために歪んでいる。

「よくぞ、ここまで愚弄してくれたな」

「志摩之助殿、どうしてここがわかった」

「貴様が、羅山殿と繋がっているのは見当がついていた。間者を配して、羅山殿を探っていたのよ」

志摩之助が目をぎらつかせた。

強い殺気を感じた。武者たちの背後に、馬に乗った人物がいる。美しい陣羽織を着た、長身の男である。喧嘩煙管を肩に担ぐようにして携えていた。

「郡山に帰る前に会えて何よりだ、武蔵よ」

水野勝成が喧嘩煙管を突きつけた。

それは武蔵も同じ感慨だ。勝成拝領の鎧を着た出来島隼人が、妖かし刀を持ち大坂城で舞っていた。武蔵だけではなく、多くの大坂の民や武者、足軽たちもそれを目にしている。

とはいえ、それを馬鹿正直にいうわけにはいかない。囲む武者たちの多くは弓鉄砲を持っている。勝成にとって、武蔵の口を封じるのにこれ以上の機会はないはずだ。

「武蔵よ、今までよくも逃げおおせたな。それだけは褒めてやる」

勝ち誇っていた勝成の顔色が、なぜか曇った。武蔵の背後から、三木之助が出てきていた。手に木の棒を持っている。湯を沸かしていた薪のようだ。先端が赤く熱せられていた。

三木之助の姿を見て、武者たちがざわめきだす。

「なぜ、貴様らが一緒にいる」

志摩之助の言葉には、怒りよりも戸惑いが濃くでていた。

武蔵にとっての勝機は、三木之助と共にいることだ。囲む武者は弓鉄砲を持っているが、軽々に手を出せば三木之助を傷つけてしまう。

「日向様、話がしたい。手勢を遠ざけてくれませぬか」

「ほお、俺とふたりきりで話がしたいというのか」

勝成が笑んでみせる。強がっている風には見えなかった。

武蔵は、志摩之助に目差しを送った。

「阿呆が、狂犬を殿に近づけるわけがなかろうが。大人しく縛につけ」

志摩之助が、勝成を守るように前にでた。囲む兵たちの殺気も高まる。

「呪詛者の正体がわかった」

勝成の目が細く引き絞られる。賭けだが、勝成拝領の鎧を持っていた出来島隼人のことを明かす。勝成がどう言い逃れするか。あるいは尻尾を摑めるかもしれない。

「秘事ゆえに、人払いをお願いしたい」

「罠でないという証はない。貴様を信じることなどできようか」

志摩之助が手をあげると、囲む武者たちが弓と鉄砲を構えた。

「三木之助がいるのだぞ。射つもりか」

志摩之助の眉間に深いしわが刻まれた。馬の上の勝成も口を呆然と開けている。

武蔵は首をひねり、少し離れた場所にいる三木之助を見た。

「三木之助よ、志摩之助殿を説得してくれ」

が、どうしたことか、三木之助から返答がない。

「貴様、正気か」

志摩之助が叫んだ。

「今、三木之助といったのか」

志摩之助は、一体何を言っているのか。

「そうだ。三木之助殿だ。よく見ろ」

武蔵が三木之助を指さした。

「志摩之助殿の使者として、兵庫の港で会い、大坂の城に共に潜入した。そして、再会して今ここにいる。己を水野家の牢から出したのも三木之助だ」

志摩之助の顔から汗が一筋二筋と流れ出す。勝成は鋭い目で、武蔵を睨みつけた。もう口は堅く閉じられている。

「武蔵、呆けたか。それとも気が触れた芝居でもしているのか」

志摩之助が怒鳴る。

「芝居だと。どういうことだ」

「貴様の横にいるのは、三木之助ではない」

志摩之助の発した言葉の意味が、すぐには理解できなかった。

すこし遅れて、音が聞こえるほどに心臓が大きく鳴りはじめる。

慌てて、三木之助を見る。痣だらけの顔は人形のように無表情だ。唇の片側がゆっくりと吊り上がり、感情が徐々に現れてくる。

「そいつは三木之助ではない。わが息子ではない」

志摩之助が刀を抜いた。囲む武者の半数ほどが、三木之助へと銃口と矢尻を動かす。まだ武蔵へと向けたままの銃口とぶつかり、隊列が乱れた。

三木之助が——三木之助に扮していた者がはらりと小袖を落とし、片肌脱ぎになる。さらしを解くと、出てきたのは短刀の鞘を思わせる木の筒だった。木製の火縄銃だ。通常なら太い木筒に縄を巻くが、暗器とするために、細い木筒に針金を巻きつけている。

いや、それだけではない。

さらしを外し、現れたのは、膨らんだ乳房だ。

「そ奴は、出来島隼人だ」

志摩之助の叫びに、武蔵の思考が停止する。

混乱する武蔵をよそに、三木之助に扮していた者は、木筒を囲む武者たちに突きつけた。引き金はない。火皿と思しき場所に、焼けた棒を突きささんとしている。

「ひ、怯むな、銃口はこちらに向いていない。射ったとて一発だ」

志摩之助が猛然と前へと出ようとした。

確かに、銃口は志摩之助らの足元を狙っている。あれでは人を傷つけることはできない。

武蔵の全身に悪寒が走った。

もし、目の前の三木之助が出来島隼人なら――。

「火薬だ。離れろ。こ奴は、火薬を地に埋めた」

叫びつつ、武蔵は跳んだ。半瞬遅れて、大地が火を噴く。轟音が後につづいた。一ヶ所ではなく、あちこちで火柱が上がる。地中の火薬に引火したのだ。蛇がうねるように、火柱がつづいていく。次々と水野家の武者を呑みこみ、吹き飛ばしていく。志摩之助も爆風によって大地を転がる。勝成の馬の下からも火が噴き上がり、たちまち落馬した。無事だったのは、武蔵を含め五人ほどか。それでも煙にまかれ、咳き込んでいる。

「くそっ」

黒煙が立ち込め、視界もままならない。

三木之助——いや、出来島隼人はどこだ。

動く人影が見えた。火焔が行手を阻んでいる。寝ぐらに隠していたのか、隼人は小さな筏を川へと流し飛び乗った。

火焔を大きく迂回して、武蔵は走る。濁流へと飛び込んだ。両腕を必死に動かして、隼人の乗る筏へと泳がんとする。隼人は、口に火のついた木の棒をくわえている。しゃがみこみ、足に巻いているさらしをとった。針金をまいた木筒が脛にそえられていた。濁流を泳ぐ武蔵へと突きつける。咥えていた木の棒を握り、木筒の火皿へと近づけた。

「三木之助、騙したのか」

口の中に濁った水が浸入する。

「私は三木之助ではありませんよ。そう志摩之助殿がいったではないですか」

隼人は形のいい唇を歪めてみせた。

隼人の体にある傷を見た。血が流れている。本物だ。武蔵の視線に気づいたのか、隼人が笑みを深める。

「苦肉の策ですよ。あなたを信用させるために、あえて傷をつくりました。が、少々策に溺れすぎたようですね」

燃える木の棒を火皿へと突きさした。

武蔵は濁流の中へと潜る。銃弾が頭をかすり、泥の濁りの中に赤いものが混じる。

水中を転がるようにして泳ぐ。何度か倒木のようなものに当たった。筏めがけて、川底を蹴った。

水面に上がり、筏の上へと乗り込んだ時、すでに隼人はいなかった。後ろを向くと、橋がある。縄が一本垂れており、橋の上に隼人がいる。男たちを従えている。何人かに見覚えがあった。大坂城を脱した時、武蔵を追ってきた者たちだ。


〈お〉


「俺たちはまんまと隼人に騙されていたというわけか」

喧嘩煙管をくわえる水野勝成の顔は、怒りで朱に染まっていた。

「しかも、埋め火まで仕掛けおるとは」

勝成が唾を吐き捨てる。

埋め火――忍びの技で火薬を地中に埋めることだ。隼人の埋め火は勝成らが知る忍びの技の何倍も強力だという。

横では、濁流が音をたてていた。三木之助を騙って(かた)いた隼人の寝ぐらがひっそりと風に揺れている。

一方の武蔵は、呼びつけられた林羅山とともに静かに石の上に座していた。

顔に火傷をおった中川志摩之助が「申し訳ありませぬ」と額を地にすりつけた。

「わが息の三木之助と家臣を、兵庫の港まで武蔵殿の出迎えに行かせたのが全ての誤りでした。私めが、そのまま兵庫まで武蔵殿と同行すればよかった」

兵庫の港で出会った時、すでに本物の三木之助は拐かされていた。そして、三木之助に扮する隼人とともに武蔵は大坂の城へと入った。ずっと武蔵は騙されていたのだ。

「わからぬのは、なぜ、隼人が大御所様を呪詛するかです」

羅山の問いかけに、勝成が喧嘩煙管を石に打ちつけた。

「隼人は、大御所様を恨んでいた。女傾奇に禁制を出されたからな」

「たった、それだけのことで」

「あいつは芸に生きる女だ。だが、大御所様が禁制を出したことで、生きる場所を失った」

「それにしても女の身で、徳川家相手に呪詛をするでしょうか」

羅山は疑問を抱いていたが、武蔵は隼人の気持ちがわからなくはない。己の剣と同じだ。時代に取り残され、いずれ滅ぶ。もし、家康を殺すことで剣が生き永らえるならば、呪詛や暗殺に手を染める武芸者もいるだろう。

「いいでしょう。とりあえず、隼人めが芸のために大御所様を呪詛したとしましょう」

半ばやけになって羅山がいう。

「わからぬのは、どうして隼人は武蔵殿に呪詛者探索を命じられたことを知っていたのでしょうか」

「おそらくだが」志摩之助が顔の火傷に布をあてつつ、つづける。

「隼人は最初から水野家を利用するつもりだった」

ちらりと志摩之助が勝成を見た。

「別に隠すことはない。隼人は俺の女だった。芸と女伊達に惚れたのさ。だが、女傾奇の禁制が出されるまでだ。禁制に従った俺に、隼人は愛想をつかし離れていった」

勝成が憮然と言い放つ。そういえば、大坂城で隼人は黄金の甲冑を着ていた。あれは銀子七十貫で勝成が誂えたものだと見物のひとりがいっていた。

「隼人めは最初から水野家のことを探っていた。ゆえに、呪詛者探索を水野家が引き受け、武蔵殿に依頼したことをいち早く知ることができた。そして、出迎えの使者たちを攫(さら)い、その中のひとりの三木之助に扮して武蔵殿に近づいた」

志摩之助の言葉に、勝成がうなずいた。

「では、なぜ三木之助に扮したのか――」

「左京様を己に倒させるため、では」

思いついた言葉が、武蔵の口をつく。

「なるほど、理由はわからぬが隼人らは左京様に妖かし刀を奪われた。このままだと呪詛が行えない——だから武蔵殿をつかって左京様を襲わせようとした」

羅山が自らを納得させるようにいう。

「なぜ、そこまでして呪詛にこだわるのですか。そして、どうやって隼人は〝徳川〟の秘密文字を知ったのですか。なぜ、三連筒や五連筒、埋め火を使いこなせるのですか」

立て続けの羅山の問いかけに、みなが黙りこむ。武蔵は、勝成が呪詛の首謀者隼人を使役していると思っていた。が、実際はちがった。勝成が首謀者ならば、隼人の寝ぐらを囲む必要はないし、埋め火の爆発は勝成が馬に乗っていなかったら死んでいたかもしれない。

「羅山のいう通りだ」勝成が全員に目を配りつつ、つづける。「隼人は天下一の傾奇女だが、鉄砲や火薬の扱いに長じているわけではないし、ましてや俺も知らなかった〝徳川〟の秘密文字を知っているはずがない」

「真田左衛門佐が、首謀者ではないでしょうか」

志摩之助が恐る恐るいう。羅山が首を横にふった。

「確かに、真田めも間違いなく呪詛に関わっているでしょう。しかし、それは後になってからだと思います。少なくとも、ひとつ目の呪い首は別の者によってなされたはずです」

羅山がいうには、左衛門佐信繁は高野山で厳しい監視のもとにあった。使者を通じてやりとりするのも至難だという。信繁が脱出したのはひとつ目の呪い首が出来する十日前で、すぐに大坂に入城し、外堀に真田丸を築くなど多忙だった。三河国の大樹寺から妖かし刀を盗むなどの手間を考えると、信繁が最初の呪い首に関与する時間があったとは思えない。

とはいえ、その後、三連筒や五連筒を隼人らに貸し与えているので、どこかの段階で呪詛者と手を組んだのは間違いない。

武蔵と左京を襲った一団は三連筒や五連筒を持ってはいたが、真田の手勢らしき者はいなかった。信繁が呪詛に関わっているとしても、かなり限定された働きしかしていないのではないか。

羅山の語った見通しは納得のいくものだが、結局、呪詛の全貌は霧の中だと再認識させただけだった。

「頭が痛いな。これから俺は郡山へ戻らねばならん。先陣の大将を任されている。海千山千の外様大名も采配せねばならん。正直、左京や隼人のことにまで手が回らん」

すでに、大坂の豊臣勢は城を出撃したという。

「左京様には己がつきます。陣借りを所望して、受け入れてもらいました」

「それは、また、とんでもない話だな」

左京に随行することになるまでの経緯を話すと、勝成が目を丸くして呆れる。

「ですが、悪い策ではありません。隼人めが、武蔵殿と左京様を共倒れさせんとしているなら、尋常の執念ではありませぬ。ふたりが一緒にいれば、また現れるやも」

羅山が武蔵の策を後押ししてくれる。

「まあ、こちらの打てる策は限られている。やるべきことをやるだけだ。まずは、豊臣勢との戦だ」

勝成が志摩之助に目をやった。「わかっております」と、低い声で答える。心中の動揺を必死に抑えんとしているのが、志摩之助の言葉から読みとれた。

武蔵が大坂の葦原に身を隠している時、三木之助を捕らえていると真田信繁がいった。あれはきっと嘘ではない。つまり、本物の中川三木之助は生きているのだ。

「とにかく時がない。俺は伏見へ戻り戦支度だ」

立ち上がった勝成の目は鋭さを増していた。

五章　崩壊

〈く〉


戦場の喚声が、霧をかき消していく。武蔵の目にも激突する徳川勢と豊臣勢の様子が露わになった。

「藤堂勢が苦戦しているぞ」

「井伊様の方は逆に豊臣を押している」

失望と喜びの声が同時にあがる。

とうとう、徳川勢は京を出立した。軍をふたつに分け、大和口からは水野勝成を大将として、河内口からは家康や秀忠が進軍している。武蔵が陣借りする左京の手勢は、河内口を行軍していた。

徳川の河内方面軍を待ちうけていたのは、長宗我部盛親や木村重成らの軍勢だ。霧が晴れてわかったが、豊臣勢は川に築かれた堤防を巧みに利して戦っていた。特に長宗我部盛親の手勢が奮戦しており、藤堂高虎の軍を苦しめている。戦況に変化が起きたのは、徳川の右備えの軍が動きだしてからだ。榊原や丹羽の軍勢が襲いかかり、木村重成の手勢を次々と崩していく。

「敵は味方崩れを起こしたぞ」

徳川勢の間から歓声が湧き上がった。善戦していた長宗我部盛親の軍に木村勢の混乱が波及していく。

戦わずして軍勢が崩壊することを〝崩れ〟という。味方崩れと裏崩れの二種あり、味方崩れは敗走した味方に巻き込まれ崩壊すること。裏崩れは雑説や味方の裏切りなどにより内側から軍が瓦解すること。崩れが一度起こってしまうと友軍にも次々と連鎖し、いかな歴戦の大将でも統率を維持するのは難しい。かの関ヶ原の合戦も裏切りによって裏崩れが起き、その敗兵が味方に殺到し味方崩れが発生した。無事だったのは島津家だけで、殺到した味方に容赦なく矢玉を浴びせたからだといわれている。

左京の周りにいる諸将が次々と動きだす。勝ち戦に乗じ、手柄をとろうというのだ。

「押し出しますか」

近習が尋ねるが、左京は首をふる。ここで敵の首をとっても、小さな手柄にしかすぎないということか。あるいは、千姫救出のために体力を温存するつもりだろうか。

太陽が中天に昇るころになると、戦場に戦う敵はいなくなった。逃げる豊臣方を、徳川勢が一方的に狩っている。

鳴り響いた太鼓の音は、戦闘をやめる合図だ。つづいてほら貝の音が聞こえ、大坂城への進軍を再開する。左京の勢もそれに続いた。

ここから大坂城まで二里（約八キロメートル）あまり。いつもなら歩いて一刻（約二時間）もかからない。だが、今は道に徳川勢が溢れ、あちこちで行軍が滞っている。さらに、南から水野勝成ら大和口の徳川勢も合流せんとしている。

それでなくとも、大坂の周辺は川や堤が多い。大坂城につくのは、夜になるだろう。

左京たちも停滞を余儀なくされた。陽は傾き、武蔵の足元の影がのびる。

「左京様、ひとつお聞きしていいか」

じろりと左京が睨んだ。

「千姫様を救う策はおありか」

左京は逡巡するような間をとった後、口を開く。

「城内に協力者がいる」

意外だった。左京は豪傑だが、そんな工夫ができるとは思っていなかった。

「それは誰ですか。豊臣家に仕える者ということか」

返答はない。武蔵を信用できぬということか。

「もし、左京様とはぐれたら、協力者を敵と間違えるかもしれません」

左京の眉宇が硬くなる。

「お主が陣を訪れた時、婦人がいたであろう。あの方が、協力者だ。紫の狼煙(のろし)が上がる。そこにいけば、千姫様とお会いできるよう手筈をつけている」

「婦人のお名前は。豊臣家に仕える女官ですか」

左京は無言だった。何を聞いても答えない。行列の先をただ凝視している。

「武蔵、大坂城の様子を見てまいれ」

思わずという具合に、左京がいった。

協力者のことを詮索しすぎて、気分を害したのだろうか。

「豊臣家が城を捨て落ち延びることもある。そうなれば、千姫様も同行しよう。救うことができなくなる」

正論だった。

「行け、大坂城で落ち合えばいい。拒むならば、我もお主に陣借りを許さぬだけだ」

行列が埋める道を、武蔵はかきわけた。夕日を背にした大坂城を目指す。しばらくもしないうちに、城の南側の平野に、豊臣方の軍勢が布陣している様子が見えてきた。皮肉にも、冬の陣で家康が本拠にした茶臼山に、六文銭の真田家の旗指物が見える。赤い具足が、夕日に溶けるかのようだ。

城から粗末ななりをした一団が現れ、城兵によって棒で追い払われている。

百人ほどはいるだろうか。長く太陽に当たっていなかったとみえ、みな、顔色が悪い。

「どうして、城から出るのだ」

武蔵が先頭を歩く男に声をかけた。

「なんだ、あんたは大坂の兵か。もうほっといてくれ。わしらは牢を破ったわけじゃない」

何人かのこめかみには刺青がある。これは囚人の証だ。

「わしらは牢をおん出されたのさ。もうすぐ、城の足元で戦だ。徳川の間者たちが牢を破って、わしらを扇動するかもしれねえからだとよ。もっと別のことを心配しろってんだ」

別の男が吐き捨てた。豊臣家の懸念はもっともだ。戦っている最中、大坂城にはわずかな守兵しかいない。囚人たちが火をつけたら、目も当てられない。

武蔵の前を、ぞろぞろと囚人たちが歩いていく。男だけではない。女や子供もいる。きっと、徳川に内通した者の家族であろう。

武蔵の顔を見て、数人が立ち止まった。年のころは三十代の半ばほどか。十歳をすこしこえた程度の童も一緒だ。

「あ、あなた様は……」

ひとりが震える指を突きつける。目に涙がにじみはじめる。

「武蔵様ではございませんか」

「己のことを知っているのか」

「はい、我らは水野家の者です。兵庫の港で、武蔵様をお待ちするはずでしたが……」

「まさか、出来島隼人の一団に襲われたのか」

こくりと男はうなずいた。背後の童が嗚咽をもらしはじめる。

「若、お喜びください。武蔵様に会えました。これも神仏のお導きでしょう」

男が童によりそう。

「三木之助様、泣いてはなりませぬ。武士の子でしょう。あなたは槍猛者の渾名をもつ、中川志摩之助様の三男なのですぞ」

頭を殴られたかと思った。考えていたよりもずっと、三木之助は幼い。

「三木之助……殿、おいくつになられる」

「十二になります」

しばし、武蔵は呆然としていた。三木之助に扮する隼人の姿から、勝手に十代半ばだと思っていた。が、感傷に浸っている暇も浸らせている暇もない。

「こちらへ来られよ」

囚人たちの群れから、三木之助らを引き離した。

「安心してくれ。日向様の命を受けて動いている。捕まったのは、お主らだけか」

「いえ、もうひとり、我らの長がおりましたが、自害しました。主君の男児を遭難させた不始末の責任をとるためです。見事な最期でした」

武蔵はうなずくことしかできない。

「知っている限りのことを教えてほしい。隼人の一団以外に、誰かいたか」

「襲ってきた一団ですが、三十人ほどだったように思います。七年ほど前に水野家が隼人を呼びましたので、座員の顔はわかっております。知らぬ顔も大勢おりました」

「隼人たちの背後に首謀者がいるはずだ。心当たりはないか」

傾奇女が、どうして真田信繁から三連筒をもらいうけることができたのか。埋め火の技を誰に教えてもらったのか。〝徳川〟の秘密文字をなぜ知っていたのか。

男たちが目を見合わせてうなずいた。

「噂話の類でもよろしいでしょうか。牢の中でですが、我らもできうる限り情報を集めておりました。劣勢の大坂方ゆえ、何日かに一度は脱走をしくじった兵やその家族が牢にいれられておりましたので、外の話を聞くには苦労はありませんでした。新入りの囚人たちが不思議だと噂しあっていることがあります。どうして、左衛門佐様があれほどの銃を持っているのか、です」

真田家が鉄砲使いに長けていたなどとは聞いたことはない。関ヶ原後、信繁は長く高野山で徳川方の監視のもと逼塞していた。最新の銃術を学ぶ機会はない。しかし、大坂の陣で見せた三連筒をはじめとした火器は、武蔵でさえ未見のものだった。

「その中に容易ならぬ話がありまして……左衛門佐様は大久保長安の一派とつながっているのではないか、と。そんな噂があります」

ここで、大久保長安の名前が出てくるとは思わなかった。家康の寵臣で、鉱山開発で手腕を発揮し、天下の総代官とまでいわれた男だ。

が、二年前に急死し、不正蓄財が露見したことで、その遺児七人は処刑された。

「しかし、なぜ長安と鉄砲が結びつくのだ」

「長安が、鉱山開発に長けていたのは、なぜだと思います」

考えたこともなかった。

「長安は鉱山を掘る時に、火薬を用いたそうです。鑿で一年かかる巨石も、火薬の力ならばあっという間に砕くことができるそうです」

その技を、鉄砲に応用したというのか。が、武蔵は別のことも考えていた。埋め火だ。長安の残党ならば、穴掘り衆を配下に持っていてもおかしくない。鉱山採掘の技で、地下に長い横坑をつくり、そこに火薬を仕込み武蔵らを襲ったのだ。事実、爆発で生まれた火焔は、蛇がうねるかのようだった。

もし、こたびの呪詛騒動に大久保長安の残党が絡んでいたならば……。

家康に仕える前、長安は武田家で禄を食んでいた。信繁もしかりだ。長安の残党の火薬の技で三連筒を完成させ、信繁に託した。そして残党は、隼人率いる女傾奇の一団と行動を共にした。三木之助らを拐かした時だ。

さらに、長安の残党は三連筒と五連筒を使い、武蔵と左京を大原で襲撃した。

武蔵は額の汗をぬぐう。ばらばらだった鉄の輪が、徐々に一本の鎖になるかのようだ。

だが、全ての輪がつながったわけではない。

どうやって、隼人や長安の残党は〝徳川〟の秘密文字を知ったのだ。

そして、なぜ左京が妖かし刀を持っていたのか。


〈や〉


「三木之助、よくもおめおめと生きて帰ってきたな」

中川志摩之助が三木之助の頬を殴りつけた。十二歳の三木之助は為す術もなく倒れこむ。

「それでも武士の子か。敵に捕らえられ生き恥をさらすような育て方はしておらぬぞ」

篝火（かがりび）が煌々と照る水野家の陣が、しんと静まりかえる。

「志摩之助、そのぐらいにしておけ。明日の支度もあるだろう」

喧嘩煙管を口につけて、勝成が白い煙を吐き出す。陣羽織は硝煙で汚れていた。近習たちの鎧にも矢玉が食い込んだ跡があちこちにある。息子を殴りつけた志摩之助も同様だ。大和口の戦場で水野家は後藤又兵衛らと激戦を繰り広げ、これを討ち取っていた。

水野家の陣を、松明を持つ数百の軍勢が通りすぎていく。半刻前に平野の家康本陣で軍議があり、諸将の持ち口が決まった。勝成は、家康本陣近くの四番手を任されている。

「四番手とはいえ、遅れをとるわけにはいかぬのだ。三木之助のことは戦の後にしろ」

「わかりました」

荒々しく一礼して、志摩之助は勝成の前を辞す。しゃくりあげるようにして、三木之助は泣いていた。

「三木之助、親父の心の在り処を読みちがえるなよ。奴が本気で殴れば、お前の顎の骨は砕けていたぞ」

勝成らしい慰めの言葉だった。陣羽織を着た小姓が、三木之助の腕をとり下がらせる。

「さて、武蔵」勝成が渋い顔を向けてきた。

「このたびの呪詛騒動に大久保長安の残党が絡んでいるというのか」

「城内では、そんな噂が流れているようです」

勝成は唇をねじ曲げた。

「殿、そろそろ陣を移すときですが」

やってきた近習がつげる。

「伊達殿はどうした。次は伊達家の行軍のはずだ」

「それが……」

近習がいいよどんだ。

「我らの前を歩くのは遠慮する、と」

勝成が唾を吐き捨てた。

「何があったのですか」

問いかけたのは、武蔵だ。

「朝の合戦で騒動があったのよ。後藤勢を片付けてから、霧で遅れてきた真田を攻めることになったが、こともあろうに伊達めが拒否した。奥州の田舎侍どもめ、俺が真田と通じているとほざきおった」

「殿、通じているという噂があるゆえ、戦は自重する、と伊達様はいったのです」

「同じことだっ」

伊達家の言い分はこうだ。真田信繁が遅れたのは明らかに怪しい。信繁と勝成は裏でつながっており、互いに矛をあわせぬためにわざと遅れたのではないか。そして、伊達勢を挟み討ちにする計略ではないのか、と。

「だが、今となっては伊達と一緒に真田を攻めなくてよかったと思っている」

勝成の瞳には、疑念の色が濃くでていた。

「まさか、伊達様が呪詛に関わっているとお疑っているのですか」

「伊達家と越後少将様の婚姻は、長安の肝煎りだ。大御所様の六男の越後少将様なら〝徳川〟の秘密文字を知っていてもおかしくない」

勝成の口調は真剣そのものだった。

裏切りの雑説が、徳川勢のあちこちで飛び交っている。噂の的となっているのは、水野勝成、伊達政宗、松平忠輝、浅野長晟らだ。中には彼らの陣に、呪い首が供されているのを見たというものまである。互いに猜疑の目を向け合い、指揮の乱れを生むほどになっていた。

刺客が信繁にいった言葉が頭をよぎる。

——徳川の陣は内側から崩れる……。

疑心暗鬼が渦巻く今なら、何があってもおかしくない。

「で、武蔵はどうするのだ。このまま俺の下で働くか」

「いえ、左京様の陣へ戻ります」

「働きやすい大将とは思えぬが」

「左京様が妖かし刀を持っていたのは事実です」

左京は、何らかの形で呪詛者とつながっているはずだ。呪詛の場に居合わせたのは偶然だといっていたが、信じることはできない。

〈ま〉

上町台地に、豊臣方と徳川方の主力が展開していた。幅七町ほどの南北に長い台地は、巨大な獣の背骨を思わせる。

豊臣勢は、高台に壁をつくるように配されていた。西にある茶臼山を起点にして真田信繁、毛利勝永(かつなが)、そして大野治長の先備だ。すぐ背後には巨大な石鳥居のある四天王寺があり、総大将ともいうべき大野治長の本陣が鎮座している。

そこから一里(約四キロメートル)もいかぬ距離に、大坂城の天守閣がそびえていた。

一方の徳川勢は、上町台地の上に譜代大名を中心に六層の陣構えを作っていた。七町の幅いっぱいに兵を広げ、天王寺周辺に薄く布陣する豊臣勢と比べると、その分厚さは岩盤が横たわるかのようだ。さらに、後詰の徳川頼宣らも大軍で駆けつけんとしているという。

難があるとすれば、西端に松平忠直の軍勢が割り込んでいることか。聞けば、後方待機を命じられたにもかかわらず、それを無視し友軍を押しのけて最前線に位置したという。割り込んだゆえに、横長に布陣した第一陣から第六陣とちがい、縦に長い陣形になっている。

この主力以外にも、大坂城の南東で徳川秀忠率いる軍が豊臣勢と睨みあっていた。

足元の影がどんどんと小さくなっていく。すでに太陽は大地を離れ、中天を目指さんとしている。緊張がじりじりと満ちるのが、武蔵にもわかった。普通なら戦は早朝から始まるものだが、まだ一弾一矢さえ放たれていない。かといって気を緩めることもできず、心に疲労が積み重なっていく。

一騎の使番が、武蔵たちのもとへと近づいてきた。背に葵の旗指物を負っており、家康からの使いだとわかる。友軍たちの注視のもと、使番は左京の前で止まった。

「大御所様からのご下知です。坂崎勢は第一陣へ駒を進められるように、と」

どよめきが辺りに満ちる。

「承った」

左京の返答は至極短い。使者が来ることを予期していたかのようだ。

「では、先導いたす。ついてこられよ」

使番の後を、左京率いる百に満たぬ手勢がつづく。

「殿、これはいかなることでしょうか」

旗本のひとりが訝しげに訊く。

「我らの任は、千姫様を救うことだ」

紙羽織を着せられた武者たちが驚きの声をあげる。武蔵も左京が家康から千姫救出を託されたと聞いていたが、まさかそのための陣替えとは思いもしなかった。

左京が手勢たちとともに無言で緩い坂を上る。高台では鉄、火薬、そして汗の匂いが充満していた。踏みしめた草の香りと混じりあう。

「大御所様のご下知により、坂崎出羽守様がまかり通る。これは軍法にのっとった陣替えである。抜け駆けではない。行軍、妨げること能わず」

声を張り上げて、使番が馬を歩ませた。第二陣の兵たちが、不承不承ながら道を開ける。

武蔵たちの足が止まった。

目指す第一陣に異変が起こっている。

茶臼山に陣する真田勢に対して、割り込んだ松平忠直の軍が、数百の鉄砲隊を前へと押し出さんとしている。

茶臼山に対して、銃口の壁ができあがった。

「なぜ、陣を動かす。まだ、攻め太鼓は鳴っておらぬぞ。戦の流儀を知らぬのか」

使番の驚きの声をかき消したのは、銃声だ。数百の鉄砲が一斉に火を噴いた。銃煙は空の下辺を鈍色に染め、どよめきが風のように吹き抜けていく。

さらに、松平忠直勢から第二射が発せられた。茶臼山の旗指物が一本二本と倒れていく。砕けた盾と傷ついた兵が、山肌を転がるのが見えた。

「抜け駆けだ」

「越前勢め約定を破るのか」

第一陣から火のついたように怒号が湧き上がる。抜け駆けは、ある意味で敵よりも憎むべき存在だ。決して座視してはならない。それでなくとも、松平忠直勢は先陣に無理やりに割り込んだのだ。

本多忠朝が率いる第一陣が動きだす。

弓と鉄砲を構え、茶臼山横の毛利勢に狙いをつけた。

銃声と矢叫びが大坂の空を圧し、豊臣方の旗や陣幕が引き裂かれていく。間髪をいれずに、毛利勢も反撃の銃弾を放つ。狂風を受けたかのように、両軍の旗が掻き乱されていく。

武蔵の背後の第二陣がどよめいていた。見ると、何人かの侍大将が、槍を突き上げ軍勢を前へと押しだしている。忠直勢が軍令違反をした今、戦に加わらなければ手柄を盗られると判断したのだ。

「止めよ。大御所様は攻めろとは命じておらぬぞ」

使番は怒鳴りつけるが、声が届くはずもない。武蔵らの横を、第二陣の小笠原勢が喚声とともに通りすぎていく。

さらに大きな動きが、第一陣に生じていた。

「今より本多忠勝公が次男、出雲守忠朝、先手を仕る」

第一陣の巨軀の将の怒声は、武蔵たちのもとにも聞こえてきた。

「掛かれぇ。豊臣の逆賊どもを討ち果たせ」

徳川四天王を父にもつ若き剛将が、第一陣を飛び出した。毛利勢の銃弾をものともせず、自慢の槍で敵兵を次々と屠っていく。

「出雲守様に負けるな」

「我らも押し出せ」

第一陣の与力たちもつづく。銃煙を吹き飛ばし、毛利勢へと襲いかかった。最前列を守る足軽が散り散りになる。本陣の姿があらわになるかと思ったが、案に相違した。新たな銃隊が現れ、横列をつくったのだ。忠朝らに筒先を向ける。遠目でもわかるほどにいびつな形をした鉄砲だ。筒が五つ束ねられている。

「五連筒か」

思わず武蔵は叫んだ。毛利勢の五連筒が火を噴く。武者たちに鉛玉が容赦なく浴びせられた。剛槍をふるう忠朝の鎧にも火花が散ったが、その勢いは衰えない。はなから被弾するのは覚悟の上だったのか、逆に突進を強める。

だが、敵が持つのは五連筒だ。間髪をいれない二射目は、忠朝の鎧に先ほどよりも大きな火花を咲かせた。つづく三射目は忠朝の兜を朱の色に変える。四射目は忠朝には当たらなかった。馬から転げ落ちていたからだ。

「出雲守様、お討ち死にぃ」

「総大将、ご落命」

悲鳴が、第一陣から沸き上がる。

武蔵の五体が震えた。いや、空気が震撼し、武蔵の肌を無理やりに震わせるのか。

得体の知れぬ気が、徳川陣のあちこちを走り抜けていた。大将の討死は、麾下の兵の総崩れを引き起こす。しかも本多忠朝は、多くの与力大名を従える第一陣の大将だ。

五連筒を持った銃隊が左右に割れ、魚鱗の形に兵を集めた毛利勝永の騎馬隊が現れた。

「掛かれぇ」

馬上で長軀の将が槍を突き上げると、魚鱗の陣が突撃を開始する。毛利勝永麾下の浅井長房、竹田永翁ら五将も同様に魚鱗をしいており、戦場へとかけていく。

さながら、六つの巨大な矢が放たれたかのようだ。

だが、毛利軍の突貫よりも恐るべきことが起きつつあった。

「み、味方崩れが起きるぞ」

うめいたのは、武蔵のそばにいた旗本だ。着せられた不名誉な紙羽織が恐怖で揺れている。大将を失った本多忠朝の残兵が、味方の陣に逃げ込み次々と陣形を崩していく。真田勢と矢戦を展開していた松平忠直勢にも敗兵が雪崩れこんだ。

そこに、毛利勝永の手勢が突っ込む。

「な、なんということだ」

馬上で使番が苦しげにつぶやいた。第一陣は、完全に恐怖と混乱に乗っ取られている。人の群れというより、虫の大群に近い。あちこちでぶつかりあい、時に槍や刀を振り回し、味方を傷つけている。立ち込める砂煙のせいで、敵味方の区別がつかないのだ。

混乱は第一陣だけに収まらなかった。

いち早く動いていた第二陣の小笠原勢に、第一陣の敗兵たちが逃げ込む。小笠原勢は呆気なく味方崩れを起こした。逆流する味方の敗兵と衝突し、陣形が崩壊する。そこに大野治長の先備の銃撃を受け、足軽や侍大将の別なく斃されていく。

「小笠原信濃守、討ち取ったりぃ」

槍に刺さった兜首が、蒼天に突き上げられた。小笠原信濃守は、小笠原秀政の嫡男だ。母は家康の孫娘で、徳川一族衆に準ずる立場の武者である。見れば、小笠原秀政の馬印もない。父親の秀政も討ち取られたのか。

最悪の事態だった。今度は、大将を失った小笠原勢が散り散りになり、また味方崩れが伝播していく。

武蔵は戦場で初めて怖いと思った。

敵ではなく、混乱する味方がこれほどの脅威であるとは知らなかった。

「さ、左京様、どうしたらいい。敗兵どもが、来るぞ」

使番が左京にすがりつく。味方崩れをおこした敗兵が、前から押し寄せんとしていた。

その数は、左京の手勢よりもはるかに多い数百。

「軍法通りに対処するのみ」

左京が大身槍を旗本から奪いとる。

「そうだ。軍法だ。坂崎家では味方崩れにはいかな軍法で対応するのだ」

「薩摩島津と同じ」

関ヶ原の折、島津家は襲いかかる味方崩れに対し銃撃で応じたのは有名だ。だが、左京の手勢が持つ鉄砲は十ほどか。今、押し寄せんとする数百の味方崩れを阻む力はない。

「抜刀ぉ、槍構えぇ。味方であれ容赦するな。決して近づけるな」

左京の旗本が悲鳴混じりの声で命じた。

何事かを喚きつつ、味方崩れの兵が急速に近づいてくる。矢や弾が飛んできて、地面を削る。敵ではない。崩れる味方が放ったものだ。それは、左京の手勢にわずかに残っていた躊躇の気を霧散させた。

――殺らねば殺られる。

皆の心の声が、武蔵の耳朶に嫌でも流れこむ。

とうとう、勢いを増す敗兵の顔形がわかる間合いになった。

「来るなぁ」

左京の旗本が槍を繰り出した。敗兵の喉へと吸い込まれる。

貫く寸前で槍先を撥ね上げたのは、武蔵の木刀だった。

「じ、陣借りの牢人が何をする」

旗本の声を無視して、足軽から奪った長槍を頭上で回す。その勢いのまま地面すれすれで薙いだ。敗兵たちの足元を、武蔵の操る長槍が次々と払っていく。敗兵が転倒し、つづく後ろの兵も勢いあまって巻き込まれる。人が土嚢のごとく積み重なり、怒濤の接近が止まった。

武蔵は長槍を捨てた。すでに手元で折れており、木切れが掌に刺さり、肌を朱に染めている。

「味方同士の殺生は無用だ。己に任せろ」

武蔵は左京を睨む。殺気をたたえていた大身槍を、左京はだらりと下へやった。武蔵の言葉に従うということか。

だが――

悲鳴と剣戟の音が立ち込めていた。

見ると、すぐ横では徳川の第二陣が押し合っている。敵とではない。崩れた味方とだ。敗兵たちは命乞いを叫びつつ、刀槍の力で味方の陣に分けいろうとしている。

そこに、魚鱗の陣形を組む毛利勝永勢が突入した。旗指物が宙に舞い、折れた長槍が吹き飛んだ。その全てが徳川勢のものだった。

第二陣の大将、榊原康勝（やすかつ）の馬印が倒れた。すぐに起き上がったが、旗本の一団と共に後方へと走っていく。第二陣の大将が逃走したのだ。

その結果が何を引き起こすか——

またしても、味方崩れだ。

榊原康勝のいた場所から波紋が広がるように、第二陣が瓦解していく。

武蔵は強い耳鳴りに襲われた。頭がしめつけられる。先程の味方崩れの敗兵たちは、前方から襲ってきた。しかし、第二陣が崩れた今、左右や背後からもやってくる。四方から襲う味方崩れを、武蔵一人で阻むのは不可能だ。

「固まれ、円陣を組む」

左京の声が背を叩く。突き上げた大身槍からは、先ほどよりも濃い殺気が迸っていた。味方を殺す気だ。が、それしか手はない。

東から迫る大軍が見えた。手に弓を持ち、矢を番えている。紺地に白丸三つの旗指物は、藤堂高虎の軍だ。歴戦の藤堂高虎は、接近する味方崩れの敗兵に容赦なく矢を射込んでいた。その矢が、左京の手勢にも向けられている。

こちらを狙ったものではない。左京の手勢に四方から襲いかかる味方崩れに向けたものだ。が、放たれれば左京たちも無傷ではすまない。

「やめろ、坂崎家がいる」

舟帆の馬印を、左京の旗奉行が必死に振る。しかし、すでに矢は放たれていた。

黒い雨のようだった。武蔵はよけることを諦めた。両手で頭を守り、うずくまる。背中に何十本という矢が当たる。歯を食いしばって耐えた。

矢の雨がやんでから、痛む体をおこした。地にばらまかれた矢を見ると、矢尻がない。藤堂家の軍法では、味方崩れには矢尻のない矢で応ずるということか。あるいは、臨機に応変したのやもしれぬ。

が、先が尖っていないとはいえ、無傷ではいられない。事実、武蔵のこめかみや肩から生温かいものが流れていた。

左京の兵たちも手傷は負っているが、全員、命に別状はなさそうだ。厚い南蛮胴を着る左京は馬からは落ちたものの、立ち上がる様子から無傷に近いことがわかった。

「息をつけ」

左京が平坦な声で命じる。藤堂勢の矢のおかげで、味方崩れの敗兵たちも冷静さを取り戻したようだ。とはいえ、左京の手勢の周辺だけだ。いずれ、新手の味方崩れが殺到する。

第二陣を突破した毛利勝永勢は、第三陣に襲いかかっていた。武蔵は目をこらす。砂塵の向こうから、第四陣、第五陣が動くのが見える。さらに後方からは、家康本陣からと思しき騎馬隊が押し出してきていた。鶴翼の陣をしいているのは、突出した毛利勢を包まんとする策か。味方崩れで混乱しつつも、家康は冷静だ。

「抜刀し、槍を構えろ、鬨の声をあげろ」

左京が続けて下知をだす。見れば、味方崩れをおこしていない小勢がぽつぽつとあり、同様のことをしている。敗兵に威を加え、近づかせないための策だ。単純だが、効果は少なくないようで、躊躇する敗兵たちの姿があちこちで見られた。

流れが変わるかもしれない。味方崩れを、徳川勢は克服しつつあった。

しかし、誰かが裏切れば、次は裏崩れが起こるのではないか。

すでに、徳川陣には裏切りや内通の噂がはびこっている。

この戦場で、正気を保っている者はほとんどいない。武蔵を含め、みな何かしらの狂気や怖気に心を冒されている。正常な判断などできようはずもない。

突如として、南方に大量の旌旗（せいき）が出現した。家康の背後からだ。

後詰の徳川頼宣がくるならばわかる。だが、徳川家のものではない。鷹の羽が交差する家紋は、紀伊国を領する浅野長晟（ながあきら）のものだ。領国から軍を北上させてはいたが、秀頼の義理の従兄ゆえか士気は低く、戦には間に合わないという噂だった。

全く予期せぬ浅野家の登場は、疑心暗鬼の火に油を注いだ。

なぜ浅野家が、家康のすぐ後方にいるのか。

——浅野殿、ご謀反っ

そんな声があちこちから沸き上がる。

恐怖が、混乱する徳川勢へと伝染していく。

そこに爆音がかぶさった。武蔵は慌ててかぶりを振る。南東からは徳川秀忠の別働隊が、外様大名を率いて激しく豊臣勢とぶつかっていた。その秀忠の陣で、火柱が幾本も上がっている。埋め火が爆ぜたのだ。その混乱を利して、豊臣勢が一気に力押しに出る。数で勝るはずの徳川方の旗指物が次々と倒れていく。

——浅野公、ご謀反

——水野家、戦場離脱

——伊達様、味方討ち

——越前少将様、ご乱心

周囲では雑説が飛び交っていた。そのどれが正しく、どれが誤っているかなど、武蔵らにわかろうはずもない。

家康本陣の旗指物が崩れていく。背後から迫る浅野勢への恐怖のため、本陣が散り散りになっていく。とうとう、裏崩れが起こったのだ。

武蔵の首が見えぬ手でねじられた。左京やその手勢たちもだ。目差しが集中するのは、真田信繁が陣する茶臼山である。穴だらけになった六文銭の旗指物が風になびいていた。この大合戦にあって、真田勢だけは一弾一矢も応じていないことに今さらながら気づいた。

真田勢は、ただ静かに殺気を密集させている。大きくはないが、恐ろしく濃い殺気だ。

それが極限までに達した時、赤備えの軍団が山を降り始めた。その数は千に満たない。残る数千は、大坂城を守るためか茶臼山に残っている。

だが攻め降りる姿から、どれもが一騎当千であることは一目瞭然だ。

またしても大地が揺れ、火柱が上がる。埋め火が、真田勢の進路をつくるかのように爆ぜた。その先をたどると、見えるのは金扇の馬印——徳川家康の本陣だ。

毛利勢を囲まんとしていたのも裏目にでた。交戦できる徳川勢は、家康本隊を離れ敵に釘付けになっている。その横を、六文銭の旗指物をしならせる軍団が猛烈な勢いで通りすぎた。

「さ、左京様、何をされる」

振り返ると、左京が使番を鞍から引きずり落としていた。武蔵に鋭い目を向ける。それだけで、命ずるところを理解した。

「我は将軍様を救う」

左京は馬首を秀忠本陣へ向けた。勢いを倍にした豊臣勢が、秀忠本陣に槍をかけんとしている。今や、家康秀忠の両大将の本陣が危機に陥っていた。

「御免」とだけ地面に転がる使番にいいおいて、武蔵は馬に飛び乗った。目指すは家康の本陣——いや、家康の首を狙う真田信繁だ。

〈け〉


劣勢な時、一際呼吸が苦しくなるのは立ち合いも戦場も変わらない。味方の劣勢を負わねばならぬ分、戦場の時の方がより苦しいかもしれない。

馬を駆る武蔵の横腹が痛んだ。全力で駆けているのに、間合いがなかなか縮まらない。

に翳りは見えない。すでに馬は白い泡を吹いている。一方、真田勢の鋭気
家康本陣がどんどんと近づいてくる。

汗と血が目に入り、武蔵は腕で乱暴に拭った。

真田勢の中に、黄金の甲冑をまとった武者がいる。出来島隼人だ。その後ろには、黒ずくめの騎馬武者たちもつづく。

「隼人っ」

武蔵の叫びは、馬をかる隼人を振り向かせた。

返事のかわりだろうか、身をよじり三連筒を構える。筒先は地面に向けていた。

銃声につづいて大地が爆ぜ、火焔の壁が出現する。馬首を翻し、武蔵は炎をかするようにして走らせた。肩と頰が焼ける。髪が焦げる匂いもした。炎の壁の向こうでは、信繁の手勢と家康の本陣がぶつかっていた。

三連筒と五連筒の連撃が、次々と徳川の旗本を肉塊へと変えていく。

ひとり、床几に座しつづける将がいた。羊歯（しだ）の兜飾りが、大坂の日を照り返している。背後には金扇の馬印があった。

「大御所様、お下がりください」

旗本たちが隼人の前に立ち塞がった。蹴散らしたのは、信繁の十文字槍だ。小兵とは思えぬ豪快な槍捌きで、徳川兵の甲冑を朱に塗り替えていく。

「真田が大将、左衛門佐信繁なり。大御所、その首、置いていけば逃ぐるのは許してやるぞ」

喜色をたたえた信繁が、また一人徳川の旗本を屠る。

隼人の前に、家康への道が開けた。

一方の武蔵は、まだ火の壁に遮られている。

舌打ちを放つ。黒ずくめの武者たちが、真田勢から分かれ、迂回する武蔵の進路を防がんとする。見覚えがあった。大原での襲撃者たちだ。鴨川の橋の上からも武蔵を見下ろしていた。

二騎、今は覆面をしていない。

「我こそは、大久保長安公が血族の一人、大蔵梅善（ばいぜん）」

「長安様が旧臣、土屋伯耆守（つちやほうきのかみ）。武蔵、ここから先は通さん」

身を挺して武蔵を止めるつもりだと悟った。

大蔵梅善が後ろに向けて三連筒を放つ。巨大な炎の壁が現れる。敵にとっては背水の陣であり、武蔵にとっては進路を阻む壁だ。

ふたりは槍を手に取った。柄に鉄の筒が添えられている。

槍の間合いになる前に、鉄の筒が火を噴き、武蔵の肩を銃弾が削る。腰を鞍から外し、曲芸のように体をずらしていなかったら、致命傷を受けていただろう。

白煙をたなびかせる槍が襲ってくる。大蔵の槍を武蔵は木刀で弾き、土屋の槍に絡ませた。つづいて、土屋の胴を打ち吹き飛ばす。そのまま大蔵とぶつかり、両者が大地に叩きつけられた。

行手を睨む。炎の壁の向こうで、馬上の隼人が三連筒を構えていた。家康へ向けて、躊躇することなく撃つ。一発目は、家康の右脇を抱えようとする武士の眉間に命中した。その衝撃で羊歯の兜飾りの兜が持ち上がり、家康の相貌が露わになる。

その目は武将というより、僧侶のように穏やかだった。

何事かをしきりにつぶやいている。

隼人の二発目——武蔵に放ったものを含めると最後の弾丸が発射された。家康を背後から抱えようとした三河武士の喉を撃ち抜く。支えを失った家康が、床几にどさりと座りこんだ。

糸が切れた傀儡を思わせた。恐怖のあまり放心したのか。

隼人が腰の脇差を抜き放ち、皆焼の刃文と血飛沫を思わせるまだらを露わにした。

「大御所様、村正の刃文、忘れたとは言わせませぬぞ」

まさに芝居の口上だった。見せつけるように兜を脱ぎ、美しい髪を風に流す。

刹那、家康の背が伸びる。嚙みつくように、老いたまぶたが上がった。

家康は、床几から立ち上がっていた。

「夢で見た風景と同じだ」

家康が周囲を見回す。

「夢の中で、八十年前の森山崩れを幾度も経験した。あの時も、たった一頭の馬のいなきで松平の陣に裏崩れが生じていた」

森山崩れ――家康の祖父の清康が乱心した家臣によって討たれた戦場だ。

「余は幾度、村正の刃と対峙したことか」

家康が両腕を広げ、隼人と正対した。

「村正め、我が祖父を屠るだけではまだ足りぬか」

家康の一喝に、にやりと隼人が笑った。

「さすがは大御所様、良き侍大将は佳き役者に似ると申します。正気か否かは存じませんが、この土壇場で見事な口上。ならば――」

隼人の全身が激しく戦慄いた。死者を憑依させた巫女のように白目をむく。

「清康の孫よ」

隼人が漏らした声は、老人のようにしゃがれていた。

芝居なのか、それとも――

「八十年の呪いの決着、今ここにつけん」

隼人の低い声を受けて、今度は家康の体が震える番だった。こめかみに血管が浮くのもわかった。白い眉毛が針のように逆立つ。

家康は激怒しているのだ。

「駄刀の分際で、余に刃を向けるか。八幡大菩薩の神罰、その刃で受けるがいい」

憤る家康の姿は、神木で彫った像を思わせた。

絶叫とともに、隼人が馬の腹を蹴る。

家康は磔（はりつけ）にされたかのように動かない。これもまた夢と思っているのか。

「南無八幡大菩薩」

家康の叫びが武蔵の耳を打つ。

源氏の氏神、八幡大菩薩への祈禱（きとう）の声だ。

そうか、と悟る。家康もまた呪いの具なのだ。征夷大将軍となり八幡神の下僕となった時、家康はその身を徳川の世の呪いの具とした。ここで家康が引くことは、八幡神が逃げるに等しい。その権威が失墜すれば、自らが作った結界を崩壊させることになる。

火の手が低い場所で、武蔵は馬の腹を蹴った。いななきとともに、馬は炎の壁を飛び越える。鞍から勢いをつけて飛んだ。

妖かし刀の切っ先が線を引くように家康の首へと吸い込まれる。武蔵が飛びこんだのは、まさに妖かし刀が家康の首を薙がんとした時だ。背に鋭い痛みが走る。妖かし刀を、武蔵はその身で受けていた。

転がりつつ、隼人の乗る馬の蹄をよける。

武蔵の胸の下にいる老将は、苦悶の声をあげていた。飛び込んだ衝撃で地に体を強く打ちつけたが、大きな傷はないようだ。

安堵とともに、忘れていた背中の痛みが蘇る。焼けるような熱さも伴っていた。

こうべを巡らせると、駆け抜けた隼人が手綱を操っている。金扇の馬印に馬体をぶつけ、首をこちらへと向けた。何が起こったのか信じられぬのか、手に持つ妖かし刀を見た。武蔵の血が滴っている。

「大御所様を守れ」

旗本たちが、家康のもとへ殺到する。

「隼人、やめろ」

武蔵の制止の声を塗りつぶすように、隼人の乗る馬が蹄音を轟かせる。武蔵は身を低くして、木刀を構える。背後に家康と旗本たちをおき、隼人を待ち受ける。

咆哮とともに隼人が斬りかかる。太刀筋は恐ろしく鋭かったが、武蔵の敵ではない。

隼人の斬撃を木刀で弾き、返す一撃で籠手ごと腕を折らんとした。

軌道が変わった。十文字の穂先だ。馬に乗った小兵の武者——真田信繁が割り込んでくる。

「無粋な真似はするな」

そう叫ぶ顔は笑みで彩られていた。心底から戦うことを喜んでいるのは、槍筋からも伝わってくる。数合とはいえ、武蔵も守勢に回る。

さらに渾身の突きが繰り出される。反撃することはできたが、あえて受けた。駆けつける徳川勢の姿が見えたからだ。危険を冒して、敵を制する必要はない。

相討ち覚悟の窮鼠(きゅうそ)は、時に虎にさえ手傷を負わせる。

「惜しいな。一介の武者にしておくには、小憎らしいほどの戦いぶりよ」

武蔵の意図を察した信繁が、手綱を操って間合いをとった。汗と返り血で湿る顔は、喜びの色こそあれ疲れは感じられない。恐るべき体力だ。

「諦めろ。もう勝ち目はないぞ」

「もとより死は覚悟のうち。狸親父の本陣を襲い、その馬印を倒したのだ。これほどの愉悦があろうか」

見れば、家康の馬印が完全に倒れ、金扇は戦う敵味方によって踏みにじられていた。

信繁が隼人に目を送る。自我が半ば戻りつつあるのか、隼人の顔が怒りと悔恨で歪んでいた。

「隼人よ、ここで骸をさらすは無粋ぞ。われら真田が血路を開く。ついてこい」

信繁の馬が素早く反転する。真田の武者たちが、いれ違うように前に出た。武蔵へ槍や薙刀を繰り出してくる。武者を吹き飛ばした時には、すでに隼人らは木刀の間合いにいなかった。

武蔵は息をついた。豊臣勢に、かつての勢いはなくなっていた。

家康の陣する天王寺口は無論のこと、左京が助けに入った岡山口もだ。

大坂城へと逃げんとする者たちの背中に、徳川勢が矢と銃弾を浴びせていた。

「これが戦場か」

武蔵はつぶやく。人の気の恐ろしさを、まざまざと見せつけられた。一個の武勇など、けし粒ほどの意味もない。武蔵がどれだけ勇をふるっても、広がる混乱を抑えつけることは能わなかった。

かと思えば、一瞬で戦場の風景は変化している。

今がそうだ。武蔵が真田の鋭鋒を阻んだから——ではない。

豊臣勢が裏崩れを起こしたのだ。実質上の総大将ともいうべき大野治長の馬印が見えなくなっている。その理由はわからぬが、戦場には「大野様、ご逃亡」の声が多く満ちていた。

あるいは大坂城にいる秀頼のもとへ、進言のために動いたのかもしれない。

それを、味方は逃亡だと勘違いした。

血と汗をぬぐう。

もし、大野治長が天王寺から退かなかったら。いや、もし、秀頼が大軍でもって出馬していれば。唾を呑もうとしたが、喉は渇ききっていた。真田信繁と隼人の攻めは、必ず第二、第三とつづいたはずだ。その全てを武蔵は阻めただろうか。

六章　呪縛

〈ふ〉


左京が持つ大身槍は、血に濡れるたび重さを増すかのようだった。何度も血振りをするが、不思議と血の匂いはさらに濃くなる。

左京の喉から悲鳴がこぼれる。両腕が動き腰が旋回し、大身槍に魔性が吹き込まれる。襲わんとしていた豊臣勢の首が次々と刎ね飛ぶ。宙を飛ぶ首と目があった。断頭してもすぐには死なないのか、明らかに意思を持って瞳が動いている。呪詛と思しき言葉を唇がそらんじていた。

それでもなお首を刎ねるのは、死にゆく者たちの苦悶の時を限りなく少なくするためだ。

必然として、左京が対峙しなければならない負担も最小になる。

だから、左京は恐怖しながらも断頭の太刀を躊躇しない。

すでに、戦場は合戦の体をなしていなかった。茶臼山の真田勢は崩壊している。

左京が助けに入った徳川秀忠勢も勢いを盛り返していた。

豊臣方で唯一、奮闘しているのは毛利勝永勢で、撤退戦を巧みに展開していた。時折、埋め火の爆発が起き、それに合わせて徳川勢を押し戻す。

すでに左京の周りに家臣たちはおらず、いつのまにか孤立していた。

聖徳太子ゆかりの四天王寺が火にまかれ、石鳥居を焦がしている。逃げ込んだ豊臣の敗兵を炎で炙りだすため、上町台地にある家屋からはもうもうと煙が立ち上っていた。煙の下をかするようにして、左京の馬が駆ける。

冬の陣の時と同様、人の気配はほとんどない。民たちは、かつて外堀や内堀があったところの内側に避難させられている。

戦塵と火焔の向こうに、大坂城の天守閣が見えた。

あそこに、左京が救わねばならぬ人がいる。

どこからか歌が聞こえてきた。これは兵法歌か。こうべを巡らせるが、歌い手らしき人はいない。左京は自身が口ずさんでいることに気づいた。

十七年前、胸に抱いた赤子に歌い聞かせたことを嫌でも思い出す。

豊臣秀吉が危篤に陥った、慶長三年（一五九八）のことだ。

朝鮮の戦場にいた左京は、宇喜多秀家らとともに急遽、日本へ帰国した。

左京を待っていたのは、家康だった。

当時、宇喜多家は大きな火種を抱えていた。家中統制を強める秀家に、左京ら家臣たちが反発したのだ。家老の花房職秀（はなぶさもとひで）は、それがために追放の憂き目にあっていた。そんな花房職秀を救ったのが、徳川家康だ。常陸国の佐竹家に寄寓させ、将来取り立てると約束した。

秀吉が死ねば、家中の対立はさらに激しくなる。後ろ盾が必要だった。

花房職秀の紹介で、左京は家康と会った。

伏見城の一間で平伏する左京のもとに、背の高い婦人をひとり従えた家康が現れた。

『左京殿、顔を上げられよ』

家康が両手で持つものを突きだした。左京の顔が歪む。あまりにも不用意に間合いを踏み越えたからだ。家康ほどの武人がありえぬ無礼だった。

左京の本能が、両手を突き動かす。しみついた殺戮の業が抜刀させんとする。

だが、刀の柄を握ることはなかった。

家康が差し出した手の中に、赤子がいたからだ。左京の腕が止まる。隙をつくかのように、家康が赤子を胸に押しつけた。

あまりにも、それは柔らかかった。あまりにも、それは脆かった。

『さあ、左京殿、抱かれよ。わが孫の千姫じゃ』

家康が手を赤子から放す。胸からずり落ちんとした千姫を、左京があわてて抱きとめた。幸いにも寝ている。か細い寝息が左京の胸を湿らす。

心臓が高鳴った。鼓動が赤子を潰してしまうのでは、と半ば本気で思った。

『おお、千姫は左京殿によく懐いておるわ。安心して眠っておる。わしが抱けば、すぐ泣くのに』

『お、お戯れを』

今、斬りかかられたら左京には防ぐ術がない。竹内流では、たとえ主君であれ利き手は預けるなと教えられた。にもかかわらず、左京は両手を解放できなかった。千姫が小さな額を、左京の胸に押し当てる。寝ぼけているようだ。起きてしまうのではないか。

『左京殿、この子、誰かに似ていると思わぬか』

家康と答えるのが正解なのか、父の秀忠と答えるべきか。あるいは母の――

『わからぬのか、於葉殿だよ』

刹那、千姫を抱く手が強張った。なぜ、家康が従姉の於葉を知っているのだ。

首を後ろにひねると、花房職秀が座していた。左京と目があい、慌てて顔をそらす。

そういえば、美作後藤家攻めの副将が、花房職秀だったことを思い出した。常軌を逸した左京の城攻めの様子から、於葉に尋常でない執着を持っていることを花房職秀は見抜いたのだ。

『千姫は於葉殿に似ているであろう』

首を横にふる。あるいは成長すれば似ることもあるだろうが、赤子の今、どうしてそんなことが言えるのだ。

『姿形のことではない。境遇が於葉殿に似ているといっているのだ。於葉殿は後藤家に嫁ぎ、生家である宇喜多家に攻められたのだろう』

千姫が、豊臣秀頼に嫁ぐことは決まっている。

その千姫が於葉と境遇が似ているということは……

将来、家康が豊臣家を滅ぼすといったに等しい。

家康は、目を糸のように細めて笑いかけている。それが、左京には怖かった。

『わしも人質暮らしが長かったゆえ、左京殿の気持ちはよくわかる。どんな気持ちで、毛利の屋敷で耐えたか。そして宇喜多家に戻ってから、どんな苦しみとともに於葉殿の城を攻めねばならなかったのか』

憐れむかのような家康の言葉が、左京の心の脆弱な部分に次々と刺さる。

その時、千姫の小さな鼻が動いた。目を覚まさんとしている。まぶたを上げた千姫と目があった。小さな指が、左京の襟を摘む。いや、ただ引っかかっただけか。だが、左京にはそれは意思のある動きに思えた。

千姫が、笑ったように見えた。

『おお、千よ、お主は左京殿を気に入ったのか』

家康が大袈裟に喜ぶ。その声に千姫は反応した。顔にしわをいっぱいよせて、たちまち泣きはじめた。いつもなら赤子の泣き声には嫌悪しか感じないのに、なぜか今日はちがった。

左京の胸がしめつけられる。

『左京殿、大変だ。千をあやしてやってくれ。そうだ歌だ。歌を聞かせれば、きっと泣き止むぞ』

家康は無邪気に無理難題をいう。

赤子のための歌など知らない。ただ、歌うことで泣き止んでくれるならば――

左京は必死に歌った。

笑い声が湧き上がる。

家康が破顔していた。

『左京殿は本当に面白き御仁だ。こういう時は、子守唄を歌って寝かせるものぞ。刑部卿や、参れ。千が泣き止まん』

左京は、兵法歌を口ずさんでいた。

羞恥が体を熱くさせた時、腕の中の千姫に変化が起こる。

徐々に泣き声が小さくなっていく。左京の兵法歌にあわせて、両手を動かしてはしゃぎだす。

背の高い婦人が近づいてきていた。武家の女らしい気高さを持ち、目元のほくろが尖りがちな雰囲気を和らげている。左京は、押しつけるようにして千姫をあずけた。ほっと安堵の息をはく。

戸惑いの目差しを感じた。花房職秀が怪訝な顔でこちらを見ている。

左京の両目から涙が流れていた。

『左京殿、千姫を守ってくれぬか。豊臣の家に嫁ぐ千姫は、荊の道を歩まねばならん。かつての於葉殿のようにだ。敵も多かろう。左京殿が千姫の味方になってくれるならば、これほど心強いことはない』

家康が懇願する。いや、懇願の形をとりながら左京を支配せんとしている。

わかっていてなお、左京は諾としか答えられなかった。

その後、左京は家康の僕となった。秀吉死後に家中で内紛をおこして宇喜多秀家の力を削ぎ、関ヶ原ではかつての同胞たちを多く手にかけた。


吹きつける熱風が、左京の心を現へと引き戻す。

大坂城の天守閣はまだ遠い。合図の狼煙もまだ上がっていない。

埋められた外堀を越えると、苦悶の声が左京の喉から絞りだされた。

天守閣の窓に、女子供の姿がひしめいている。

なぜ、天守閣に逃げる。なぜ、自ら逃げ道を断つ。

もし、あそこに千姫がいれば。

最悪の想像が、左京を駆り立てる。

狂ったように、左京は馬を走らせた。

横では、紅蓮に包まれた寺の本堂が崩れていく。

まだ、大坂城の天守閣ははるか先だ。外堀をこえて、やっと埋められた内堀が見えてきたところだ。

泡を吹いて倒れた馬を捨てて、左京は自らの足で曲輪を走る。

櫓を攻める徳川勢は、死骸に群がる蟻を思わせた。

「まだ、櫓は焼くな」

「焼いたら首がとれん」

「ひとりずつ引きずりだせ」

矢を受けた兵が櫓から転げおち、わっと徳川の兵が殺到する。生きながら、八つ裂きにされる。手柄をめぐり、味方同士が戦う姿もあった。

白旗をかかげる豊臣勢にも容赦なく矢玉を浴びせている。

まだ、狼煙は上がらない。本丸から脱出できないのか。

ならば、大坂城の本丸に能う限り近づくのみだ。

二の丸では、惣金の旗指物を翻す豊臣秀頼の旗本が激戦を繰り広げていた。徳川勢が三の丸に何度も押し戻される。その間も三の丸の略奪や破壊は進み、灰煙が城に妖しくまとわりつく。

　左京の呼吸が荒くなる。

　これ以上、焼き討ちが進めば、合図の狼煙を見落とすかもしれない。

　徳川勢は、南西の大手門や南東の玉造口、南側の埋められた内堀からじわじわと二の丸を侵していた。南側の激戦は、押し返す豊臣勢の力が目に見えて弱まっている。

「なんだ、あれは」

「狼煙だ」

　味方の声に、左京はこうべを巡らした。紫がかった細い煙が上がっている。二の丸の奥、北東側からだ。

「あの下に名のある敵将がいるのではないか」

　牢人を多く率いる侍大将が、狼煙に向かって走りだした。

「見つけ次第、殺せ」

「他家に手柄を奪われるな」

　その声は、野盗となんら変わらない。

「いたぞ」

　白旗を掲げる一団がいた。御簾のかかった女輿を十人ほどの武者が守っている。その後ろにはほぼ同数の女官や侍女がおり、紫の狼煙をあげていた。

「おやめなさい。我らは千姫の——」

一際背の高い婦人の声は、徳川勢の放った銃声にかき消された。女は悲鳴をあげ、男は「やめろ」と叫ぶ。何人かが倒れ、御簾も引き裂かれる。

左京の中で怒りが爆ぜる。いつもの断頭の太刀ではない。唐竹割りで、銃を放った武者を脳天から一気に腹まで斬り下げる。

血と臓物が盛大に吹きこぼれ、武者はまっぷたつになった。

「ひいぃぃぃ」

徳川勢だけでなく、女官や侍女たちからも悲鳴があがった。徳川勢は散り散りになり、女輿を守る豊臣勢も半数ほどが逃げ出した。

やっとたどりついたのだ。落ち着け、と自らを叱りつける。柄が砕けた大身槍を捨てて、ゆっくりと近づく。

「大丈夫じゃ。左京様は——坂崎出羽守様はお味方ぞ。逃げる必要はありません」

婦人の必死の声で、輿を守っていた武者たちが踏みとどまる。

「坂崎出羽守、あの鬼左京か」

婦人はあわただしくうなずき、左京へと向きなおった。

「左京様、恩にきます」

「刑部卿殿こそ、よくぞ姫を連れだしてくれた」

刑部卿――千姫救出のために左京と内通していた侍女だ。千姫の乳母として仕え、千姫が秀頼に嫁いでからは、ともに大坂へと入っていた。

「信じておりました。左京様ならば、必ず姫を助けにきてくれると」

心臓に縛られたような痛みが走る。刑部卿と初めて会ったのは、赤子の千姫を抱いた時だ。乳母として同席し、左京が泣く所を見られた。あの日、家康がかけた呪いを、この女も利用しようとしている。わかっていてなお抗えない。

「千姫様は」

刑部卿が輿を見た。中にいるという意味か。

「確かめても」

「貴様、無礼であろう」

殺気立つ武者との間に割って入ったのは、刑部卿だった。

「非常の時なれば、姫のお顔をお見せするのもやむをえません。姫、よろしいか」

刑部卿の声に女官が走り、裏側にある御簾を持ち上げた。人影が現れ、ゆっくりと前にでる。二十歳手前の女人である。金雲を配した打掛が、肌の白さを一層引き立てる。長い髪が肩から流れ、切長の目が意志の強さを感じさせるが、細い体躯は武家というより公家の娘を思わせた。

「嗚呼……」

左京の喉から嗚咽が漏れた。両膝が大地を打つ。涙が、頬をとめどなく濡らす。厚い髭さえも湿らせた。何かを抱いたかのように、胸が温かくなる。

「姫、美しく成長された。覚えておいでですか」

千姫の眉間にしわが刻まれた。当然だ。赤子の時分のことを覚えているわけがない。

だが、左京にはわかった。

目の前にいる少女は、間違いなく十七年前に胸に抱いた赤子である。

南無阿弥陀仏の声が降ってくる。すぐ頭上からだ。天守閣に籠る女子供たちの声だとわかった。千姫が、睨むようにして見た。つづいて、激戦を展開する二の丸に目をうつす。惣金の豊臣家の旗指物と徳川勢の旗指物が入り乱れていた。

二の丸では、豊臣勢が敵を押し返すことができなくなっていた。徳川勢が突き上げる槍には首級がいくつもくくりつけられ、さながら首のなる樹木を思わせる。一方の三の丸では、手柄のためには同志討ちも辞さない徳川勢が狼藉の限りをつくしている。

「これ以上の戦い——殺戮は無益です」

凛とした声で、千姫がつづける。

「私は豊臣家の御台所として、大御所様と将軍様に和議を申しこむ」

「左京様、千姫様を無事に大御所様のもとまでお届けできるか」

刑部卿が厳しい声で問うた。

「この命にかえても」

不思議だった。体にまとわりついていた恐怖が薄らいでいる。

「大筒だ」

突如、そんな叫びが聞こえた。毅然とした千姫の顔色が変わる。本丸の石垣が爆ぜた。櫓の屋根も吹き飛ぶ。本丸を囲む水堀に、大きな水柱がいくつも上がる。石垣の破片がこちらへと降り注ぐ。

「お、大御所様は正気か。姫を撃ち殺す気か」

刑部卿が、灰煙と砂塵で曇る空に向かって叫んだ。

すぐ近くの地面が弾け、敵味方が吹き飛ぶ。

きっと家康は業を煮やしたのだ。徳川勢の攻めは苛烈だが、まだ本丸に侵入できていない。見ると、千姫が震えていた。凛としていても、まだ二十歳に満たぬ少女だ。あるいは、冬の陣で徳川の砲弾で死んだ侍女たちを思い出したのかもしれない。

「早く」

左京が叫ぶと、やっと刑部卿が動いた。

千姫の腕を引っ張り、輿へと押し込む。天守閣のすぐそばの地面が吹き飛び、木っ端微塵になった蔵の壁が転がってくる。

「愚図愚図するな。本丸から離れれば大筒の弾はこない」

左京が怒声をあげるが、まだ輿は動かない。
左京の体を襲ったのは、轟音と暴風だった。地上を激しく転がされる。
石垣が爆炎をあげていた。砲撃の余波か、亀裂が蜘蛛の巣のように走り、小屋ほども
ある岩が崩れだす。
背筋が凍る。千姫の輿が崩れ落ちそうな岩の下にある。担ぎ手たちが悲鳴とともに四
散した。雪崩を思わせる勢いで、石垣が崩壊する。そのうちのひとつが千姫の輿の屋根
を突き破り、あっという間に他の大岩がつづき輿を押しつぶした。
引きちぎられた御簾が、岩の隙間からのぞき、風に揺れている。
四つん這いになって、左京は輿へとにじりよる。岩をどけんとするが、左京の力をも
ってしても動かせる大きさではない。
「嘘だ」
左京は声をこぼす。そんなことがあるはずがない。
「姫っ」
ありったけの声で呼びかけた。返事をしたのは、積み上げられた岩だ。ぐらりと傾き、
形が崩れだす。大きな瓦礫が体に当たり、左京は地に叩きつけられた。
「嗚呼嗚呼嗚呼嗚呼」
刑部卿が悲鳴をあげている。その声は、左京の肌に粟を生じさせた。

耳を塞ぐ。しかし、止めどなく聞こえてくる。

己自身が叫んでいることに気づいた。身の内の叫喚が、全身の毛を逆立たせる。

――なぜだ。


――どうして。

――また、助けることができなかったのだ。


三味線の音が聞こえてくる。悲しげな旋律が耳を洗う。

黄金の甲冑を着た若武者が三味線を奏でていた。

呆然とする左京や刑部卿、女官たちのもとへと近づいてくる。

「左京様、千姫様といかな因縁があったかは存じませんが、先ほどの慟哭を見るに、あなた様の哀しみの深さはいかばかりかと斟酌しております」

憂いを帯びた声で、若武者がつづける。

「これが徳川のやることです。己の孫を大筒で殺す。畜生にも劣る所業」

その言葉は、炎に似た熱さを孕んでいた。掌で覆う左京の耳朶を容赦なく焼き、不穏な気が心を焦がした。今まで感じたことのない熱が、左京の身の内から発せられる。

「左京様」と、若武者が語りかけた。

黄金の甲冑は腰が細く、胸が膨らんでいる。女人用の鎧だとわかった。

「お気持ち痛いほどわかります」

言葉は、左京の傷口を癒やすかのようだ。

なぜ、この女は左京の心にこれほどまでに寄りそえるのか。

「守るべき人を守れない。そんな経験が私にもあります。さぞ、ご無念でしょう」

差し出されたのは、抜き身の脇差だ。

皆焼の刃文が踊っている。血がこびりついており、五つのまだらもうっすらと見えた。

「妖かし刀を差し上げます。もう、我慢する必要はないのです」

潤みを帯びる女の瞳に、泣きじゃくる左京の姿が映っている。

「千姫様が何を望んでいるか、あなた様ならわかるでしょう」

恐ろしい耳鳴りに襲われる。

千姫が望むこととは、何だ。

「復讐です。千姫様の無念を晴らすのに、これほどの得物はありますまい」

「ふくしゅう」

そうつぶやいたのが、左京自身だったことに遅れて気づく。血に濡れた手が、刀にゆっくりと伸びる。

――よせ。

誰かが叫ぶ。

――その刀を手にとるな。

あるいは、己の身の内が警句を発しているのか。この刀を手にすれば、片足しか踏み込んでいなかった魔性に、完全に身を浸すことになる。知っていてなお、止められない。全身を穢さねば、この哀しみを克服できない。

いや、哀しみではない。

名前のわからぬ感情が激しい熱をたたえて、腹の底で助けを叫んでいる。

この感情を解き放つ。封印しつづけてきた衝動に全身を委ねる。

そうすることでしか、千姫を喪った心は癒せない。

左京の手が妖かし刀を摑んだ。音がなるほどに柄を握る。

刃文を顔の前に近づけると、憎悪に煙る己の目が映った。

この瞳を、左京はどこかで見たことがあると思った。

そうだ、呪い首だ。血文字こそ刻まれていないが、左京は全く同じ目の色をしていた。


〈こ〉


もはや、左京は痛痒を感じなかった。

宙を飛ぶ首が、恨めしげに左京を見ているのにだ。背中を見せた豊臣の武者の首に、妖かし刀を吸い込ませる。線を引くように両断し、顔が胴体の上で回転した。

不思議だった。どうして、以前は殺すことを恐怖していたのか。屠った武者と目があうたびに、なぜ引き裂かれるような痛みが走ったのか。

今はそんなものは微塵も感じない。殺す時、必ず発していた悲鳴ももう出ない。思考は澱んでいるが、それが逆に心地よかった。五感から受けるあらゆる刺激が鈍麻し混じりあい、復讐という輪郭に集約されていく。

転がった首のなかから兜をかぶったものだけを、三つ腰にくりつけた。千姫を亡き者にした者たちを討ったといえば、家康への謁見もかなうであろう。

視界の隅に、刑部卿の姿を認める。返り血を浴びて、がたがたと震えている。

「な、何をされるつもりじゃ」

「今より千姫様の仇をとる」

「仇です……と」

刑部卿が目を彷徨わせる。千姫の輿を潰した砲弾が誰の命令によるものかに思い至ったのか、まぶたを吊り上げた。

家康に妖かし刀をふるい、その首を刎ねる。

「ま、まさか、お、大御所様を――」

左京は無言だが、意志は確かに伝わったようだ。刑部卿の震えが激しくなる。

「愚かなことはやめなさい。これも定めだったのです」

刑部卿がすがりついた。

「ひとつ目の呪い首を阻止できなかった時、すでにこうなることが決まっていたのです。千姫様が死んだのは、天罰だったのです。恐れ多くも大御所様を……」

無理矢理に刑部卿を振りはらう。

左京が吐きだした息は、炎をはらんだかのように熱い。

そうだ。あの時、妙心寺で呪詛者たちを討ち漏らした。

昨年の冬の陣、京に着陣する直前のことだ。


京の入り口で手勢に待機を命じ、左京は単騎、妙心寺へと向かっていた。呪詛者たちを全滅させるためにだ。

夜明けの一刻ほど前だった。左京は、大地蔵のある辻で呪詛者たちとまみえた。数は十人ほど、血が滴る袋と恐ろしい剣圧をはなつ刀を持っていた。確かめずとも、呪い首と妖かし刀であるとわかった。

全滅させるのに、何ら問題ないはずだった。佐野久遠が乱入してくるまでは、だ。

久遠は、妙心寺の寺領での諍いを止めたいだけだった。だが、左京はちがった。この場を見られたからには、誰であれ生かしておくことはできない。

久遠が恐るべき手練れなのは、すぐにわかった。何合かは受け止め損ねて、切っ先がこぼれた。だから、久遠から殺すことにした。

この時、久遠が繰り出したのが縦の斬撃だ。太刀を右によけた時、軌道が横に変化する。左京の腰に久遠の剣が吸いこまれる。

傷ついた呪詛者がふたりの間に倒れこまなければ、左京の胴体はまっぷたつになっていただろう。

完璧だった久遠の一刀が狂った。左京の胴体ではなく、腰にあった脇差を破壊した。

すかさず、左京は断頭の太刀を繰り出した。

久遠の首はあっけなく飛んだ。

一方の呪詛者たちは、馬に乗り逃げようとしていた。片腕を失った男も鞍にしがみついていた。地を見ると呪詛者の片腕があり、その手には妖かし刀が握られていた。

左京は、久遠の骸から刀をもぎとった。なまこ透かしの鍔のある業物だ。久遠との立ち合いで、左京の佩刀は使いものにならなくなっていた。久遠の一撃を受けた脇差もだ。

身元のわかる己の刀を置いていく訳にはいかない。妖かし刀、佩刀、そして久遠の刀を持って馬を走らせる。脇差もあわせ四振りもの刀を身に携えた。

呪詛者たちの姿は見失ったが、血の臭いと死臭はただよっていた。馬を歩ませると、正伝寺の門前に出た。床几のような台の上に、家康を呪詛する呪い首が置かれていた。

街道から人の声が近づいてきており、早急に去る必要があった。

左京は久遠の刀を捨てた。妖かし刀を捨てるわけにはいかないし、己の刀を置いていくわけにもいかなかった。

あの時、生じた齟齬が、大きな狂いとなり千姫の死へとつながった。

「奴さえ邪魔せねば――」

心中だけで呟いたつもりが声にでていた。

熱でゆがむ大気に、うっすらと人影が浮かぶ。足の運びに覚えがあった。斬り殺したと思ったが、またしても邪魔をせんとするのか。

「佐野久遠――性懲りも無くまた我が道を阻むか」

左京が語りかけた時、強風のように殺気が吹きつけた。

左京は己が勘違いしていたことに気づいた。近づかんとする男の背格好は、佐野久遠と似ているが、顔形はちがう。歩みがそっくりだったのは、円明流の足運びだからだ。

左京は首を何度もふる。返り血と汗が飛び散った。

「やはり、あなたが久遠を殺したのだな」

男は、戦場にいるにもかかわらず、鎧はおろか籠手や脛当てさえつけていなかった。

大小二本の木刀だけを持った剣士。着衣は汗に濡れ、下肢を包むカルサンは血と泥で汚れている。

宮本武蔵が、怒りの滲む足取りで左京への間合いを縮めんとしていた。

「だからどうした」

否定はおろか、とぼけることさえ億劫だった。

それほどまでに、左京は復讐を決意できたことに心を奪われていた。

「お主も久遠とかいう男同様に、その首を刎ねてやろうか」

左京は妖かし刀を武蔵へと向けた。


〈え〉


大坂の城のあちこちから火が噴き上がっていた。左京のもとにも阿鼻叫喚が届くが、なぜか遠く離れた出来事のように思えた。本丸にも徳川勢が侵入し、天守閣のそばから何本も黒い煙が立ち上っている。炎上も時間の問題に思われた。

城を焼く炎よりも大きな圧を放つ男がいる。宮本武蔵だ。大小二本の木刀を構えている。

「参る」

武蔵の木刀が猛烈な勢いで左右から迫ってくる。

一方の左京が手に持つのは、妖かし刀だ。

これほどまでに凶暴な男だったのか。

妖かし刀で打撃を受け止めつつ、左京は一歩二歩と後退を強いられた。今福の戦いでも、苛烈な打ち込みで徳川の武者たちをねじ伏せていたが、その時の比ではない。もし、左京のもつ得物が短い妖かし刀でなかったならば、とっくの昔に頭蓋を割られていた。

これを帯せば小具足なり——

竹内流に伝わる言葉だ。愛宕の神が創始者竹内久盛（ひさもり）に、木刀を折って渡した時に言いそえた。短刀や脇差の術を身につけることは、小具足を身につけるに等しい。

竹内流の防御の術が、瀑布のような攻めをかろうじて受け止めさせた。

だが、無傷ではない。頭を襲う打撃は受け止めた妖かし刀ごと額を強打し、返しの短い木刀の一撃は払い損ねて、腕の骨に異音を響かせた。

並の武者ならとっくの昔に息切れしている攻撃を、武蔵は五月雨のごとく連ねてくる。

あと十数回、同じ攻撃が続けば、間違いなく左京の両腕は使いものにならなくなる。

それでも、左京は攻勢に転じなかった。立ち合う前、遠くに紙羽織を着た武者たちの姿を認めていたからだ。

左京は冷静だった。染みついた竹内流の本能ゆえだ。竹内流は他者に勝つための武道ではない。弱者が下克上を生き抜くための武道だ。そのためには、手段を選ばない。

武蔵を排除するための答えを、左京はすでに導いていた。生きて家康のもとへたどりつき、千姫の仇を討つために最も危険の少ない戦い方だ。

燃える櫓がある場所に追い込まれていた。

武蔵の一撃で、降りかかる火の粉が左右に割れる。

「左京様」

やっと気づいた家臣たちが走ってくる。手には火縄銃を持っていた。

左京はこの時を待っていた。無造作に、あまりに無造作に間合いを詰める。

それゆえに、武蔵は反応が遅れた。

もはや武道ではなかった。

武蔵を両腕で抱き、地面から浮かす。左京に次の一手はない。ただし、一対一ならば、だ。

「放て」

左京は、家臣たちに叫んだ。紙羽織を着た武者たちの体が大きく震える。

「我ごと、鉄砲で撃ち抜け」

「しかし――」

左京の意図に勘づいた武蔵がもがく。抱く左京の腕がほどけそうになった。

「構わん。我には鎧がある」

頭にさえ当たらねば、火縄銃の弾丸は左京の急所には達しない。

銃声が響いた。いくつもの衝撃が左京を襲う。両腕から武蔵の体がこぼれ落ちた。腕と足に痛みが走る。南蛮胴が熱いのは、ほとんどの弾丸を受け止めたからだと悟る。紙羽織を着た武者たちがガタガタと震えていた。左京はゆっくりと近づく。鎧にめりこんだ鉛玉が落ち、地面を転がった。

「お許しを」

叫んだ武者が持つ火縄銃からは煙が立ち上っていなかった。左京の命令にしたがわなかったのだ。

命乞いした武者の首が、ごとりと落ちた。つづけて首がふたつ落ちる。このふたりは鉄砲を放ちはしたが、武蔵と左京には当たらぬように撃っていた。

火の粉が、首を失った武者の紙羽織に燃え移る。

視線を感じ、ゆっくりと振り向いた。

武蔵が――血だらけの体で立ち上がらんとする。右目には復讐の色がたぎっていたが、左目は意識を失ったかのように光が澱んでいる。

短い木刀を捨て、長い木刀を構える姿は、妙心寺で立ち合った久遠とそっくりだった。

武蔵の口から獣を思わせる咆哮が迸る。縦一文字の打撃が左京の左肩を襲う。

「愚か也」

その太刀筋は知っている。空手ではあったが、武蔵自身からも見舞われている。左肩を縦に狙うと見せかけての横への変化。

そうか、と呻いた。背後に熱を感じる。左京は燃える櫓を背負っていた。これでは、後ろに跳べない。

意識を半ば失いつつも、武蔵は最善の攻めを繰り出しているのだ。左肩への一撃を横によけさせられた。

武蔵の木刀が変化する。片手持ちにかえ、大きな筆で字を書くかのように、縦から横へ。

左京のもつ妖かし刀が動いた。竹内流の短刀術は、武蔵の左手首を刈らんとしていた。いや、妖かし刀が意志をもち、左京の殺戮の本能に応えていた。

武蔵の左手首が切断される——はずだった。

横の変化の一撃が繰り出されていない。武蔵の左手が握る木刀を右手が掴んでいた。組み討ちに、弓蹴りという技があるのは知っていた。蹴ろうとする足を手で掴み、一拍遅れて手をはなし、止めた反動を使って放つ。

武蔵は、木刀の一撃を弓蹴りのごとく押し留めたのだ。

武蔵の攻撃を止めていた右手が開く。

反動を使い、鋭さを増して木刀に命が吹きこまれる。

木刀が、左京の肩を粉砕した。

口から声が漏れる。敵を殺める時に悲鳴を放ったことはあれど、苦痛の声を発したのは初めてだった。

首筋に木刀がめり込み、顎をはねあげられ、膝を割られた。右膝なのか左膝なのかはわからない。つづく武蔵の木刀が、左京の体のあちこちの骨を砕く。鎧ごしに鎖骨や肋骨が何本も折れたのがわかった。

いつのまにか鼻で息ができない。鼻梁が砕かれたのだ。

人の形をした獣が、木刀という牙を左京の体に幾度もめりこませる。

見れば、武蔵の背後にある天守閣が燃えていた。本丸に徳川勢の旗指物は侵入しているが、天守閣にはまだ遠い。内通者が火を放ったのか。

紅蓮の中に、人影が踊っていた。女子供の影だ。

燃えた灰が、ふたりの間を埋めるように吹き抜けた。

助けて

殺さないで

熱い

水を——

この子だけは……

武蔵の連撃が止まり、驚いたように背後を見た。

初めて、隙ができた。

二度とこない好機だった。

左京は行動した。武蔵でさえ、対応できなかった。

なぜならば、左京は背後に跳んだからだ。燃えさかる櫓へと。武蔵の攻めから逃れるにはこれしかなかった。


〈て〉


炎の前で、武蔵は立ち尽くすことしかできなかった。火に巻かれる左京の影はすぐに見えなくなり、かわりに肉が焼ける不快な臭いが鼻を刺激する。

何度も深く呼吸して、猛る気を落ちつかせた。

己の手で始末できなかったことを、武蔵は激しく後悔していた。

天守閣は完全に崩れてしまい、今は巨大な火柱を立ち上げている。悲鳴と轟音が渦巻いていた。徳川勢はさらに激しく攻め立て、本丸を圧倒せんとしていた。

未練を引きはがし、炎の壁に背を向ける。

武蔵は、千姫を押しつぶした瓦礫の山へと戻ってきた。周囲にあった石垣や蔵が滅茶苦茶に崩れたおかげで、戦場の死角になっている。揺れる御簾を呆然と見つめる女がいた。

武蔵はゆっくりと歩みよった。

左京と内通していた婦人だ。目元のほくろは、血で汚れて見えない。

「聞きたいことがある」

怯える目を武蔵へ向けた。

「さ、左京様は……」

「火中に身を投じた」

婦人の震えが大きくなる。

「自害されたのですか」

「そうとしか思えぬ。名前を教えてくれるか」

「刑部卿と申します」

聞いたことがある。確か、千姫付きの侍女のはずだ。

「左京様と話していたのを聞いていた。ひとつ目の呪い首を阻止できなかった、といっていたな。そして、千姫様が死んだのは、天罰とも」

びくりと刑部卿の肩がはねた。

「なぜ、天罰なのだ」

刑部卿は答えない。

「千姫様は大御所様をどうしようとしたのだ」

観念したように、刑部卿が顔を上げた。

「千姫様は……大御所様を呪詛したのです」

予想はしていたが、武蔵の衝撃は大きかった。呼吸を深くして、暴れる心臓を平静に保つ。

「五霊鬼の呪詛の首謀者は、千姫様なのだな」

刑部卿がこくりとうなずく。家康の孫の千姫ならば、〝徳川〟の秘密文字を知っていてもおかしくない。

「呪詛の全貌を教えてくれ」

「私も全て知っているわけではありません。気づいたのは、姫の火鉢の中に燃え残った紙片を見つけた時です」

そこには、千姫の筆跡で〝五霊鬼〟〝妖かし刀〟〝徳川家康〟〝妙心寺〟などの文字があったという。刑部卿は千姫の乳母だったので、五霊鬼の呪いのことはよく知っていた。千姫は、徳川家が方広寺の鐘銘に難癖をつけ、戦の気配が濃くなりはじめていたころだ。千姫は、豊臣家の御台所として秀頼を深く慕っていた。自然、千姫は家康や秀忠に悪感情を持つようになっていた。

火鉢の中の紙片を見つけた日、千姫は多くの客を呼び寄せていた。能役者や傾奇女、狂言師たちだ。何人かは、人払いをして親しく声をかけた。無論、その時、武者隠しで護衛の侍女たちは話を聞いていた。不審な点はなかったという。

それも当然だ。筆談で五霊鬼の呪詛の談合をしていたのだ。

「千姫様が呼んだ傾奇女の中に、出来島隼人がいたのではないか」

「はい、おりました。出来島隼人は徳川家から禁制の罰をもらってから、豊臣家の贔屓として大坂で興行をしておりましたゆえ」

やはりか、と武蔵はひとりごちた。

五霊鬼の呪詛の首謀者は、千姫だった。

その手先として働いたのが、出来島隼人と大久保長安の残党。

千姫と隼人との繫がりはわかった。あとは、長安の残党と千姫がいかに接触したかだ。

「刑部卿殿、大久保長安の残党が呪詛に絡んでいることは知っているか」

「長安とは……あの天下の総代官といわれた男ですか」

「そうだ」

「私が知る限りでは、姫の周囲に長安の残党と思しき者はおりませぬ」

落胆している暇はなかった。周囲では、豊臣方と徳川方が激しく矛を交えている。櫓がひとつふたつと焼け落ちていくのが、瓦礫ごしにもわかった。

刑部卿が知る全てを、早急に聞き出す必要があった。

「あなたは、呪詛を止めようとしたのだな」

「そうです。徳川に知られぬように、呪詛を阻止する必要がありました。大御所様は、実の子でさえも死に追いやった過去があります。千姫様が呪詛に手を染めていたとわかれば、必ず酷い罰をくだします。だから、私は千姫様を守るために左京様を頼ったのです」

「左京様は、呪詛者の一味ではなかったのか」

刑部卿は無言でうなずく。

すでに徳川家は陣触れを発し、京には大軍が集っていた。巡礼姿に身をやつし、刑部卿は密かに間道を伝い、左京に接触したのだという。そして、左京は単騎、妙心寺へと急行し、そこで深夜、呪詛者たちの一団と鉢合わせした。

「翌朝、左京様から報告を聞きました。思わぬ邪魔が入り――妙心寺の寺侍が乱入してきたそうです。そのせいで、呪詛者たちに逃げられ、正伝寺に呪い首を置かれてしまいました」

妙心寺の寺侍とは、佐野久遠のことだ。

「あと、私が知っているのは、左京様が妙心寺で妖かし刀を呪詛者たちから奪ったことだけです」

そして、呪詛者を誘き寄せるために、左京は妖かし刀をあえて持ちつづけた。結果、冬の陣で武蔵とあい見えた。

語りつかれたのか、刑部卿はぐったりと瓦礫に身を横たえる。

「そこで待っていろ。徳川家の者を探してくる」

瓦礫をよけて、武蔵は再び戦場へと戻る。ふと足を止めた。燃え盛る一角を見た。左京が飛び込んだ火焔は、さらに大きくなっている。

嫌な予感がした。

左京は、本当に焼け死んだのだろうか。

七章　大坂炎上

〈あ〉


途切れそうになる意識を懸命につなぎとめつつ、左京は炎の中を歩く。

腰にくくりつけた兜首が太腿にしきりにあたる。焼かれた肌は激痛をはらんでいた。肉の焦げた匂いは、己が発するものか。それとも兜首のものか。

炎の隙間から、天守閣がかしいでいるのが見えた。阿鼻叫喚も届く。柱が折れたのか、急速に崩壊せんとしている。金箔瓦が、雨のように落ちてきた。

砂塵が大きく渦を巻き、左京を焼く炎を吹き飛ばした。

道を拓くかのように、赤い壁が割れる。

炎熱を脱すると大坂の平野が広がっていた。徳川の軍がぽつぽつと布陣している。太陽は西の空に大きく傾き、徳川勢の旗を橙色に染めていた。家康の馬印の金扇はここからは見えないが、秀忠の本陣はすぐにわかった。〝厭離穢土欣求浄土（おんりえどごんぐじょうど）〟の大旗が翻っている。

腰にある妖かし刀を確かめる。鞘は半ば焦げていたが無事だ。柄を握りしめた。

千姫の仇をとる。

千姫の無念を晴らす。

何度も呟きつつ、歩をすすめる。大切な人を瓦礫の下敷きにした一族を、皆殺しにする。

嫌な味のする唾を呑みこんだ。それだけで喉が激しく痛んだ。

陣幕が張り巡らされた秀忠の陣が見えてきた。左京の姿を見て、近習のひとりが小さな悲鳴をあげる。とっさに旗本たちが壁をつくるが、左京が一歩踏み出すと、たちまち人垣が割れた。

向こうにいるのは、秀忠だ。筋肉質の中背、三十代半ばの精悍な征夷大将軍が床几に座している。

「お待ちあれ、左京殿。そのお姿で上様に面会するおつもりか」

旗本のひとりが立ち塞がる。

「無礼もはなはだしいですぞ。一旦、お退きになって身なりを整えられよ」

「戦は身なりでするものではない」

あともう少しで、刀の間合いに秀忠をとらえられる。

一歩、問答無用で前へと進む。

「う、上……様」

背後へと足を踏みつつ、旗本が秀忠に助けを求めた。

「左京、いや、坂崎出羽守よ」

男にしては高い声で、秀忠が呼びかける。顔がかすかに強張っている。こめかみから汗も流れていた。きっと、秀忠は逃げ出したいのだ。左京を怖いと思っている。だが、体は微動だにしない。征夷大将軍としての矜持が、秀忠を踏みとどまらせている。

「その姿を見れば、徳川のためにいかに粉骨したかがわかる。して、その首は」

「恐れおおくも、千姫様を手にかけた豊臣の武者でございます」

あと、三歩で妖かし刀の間合いにはいる。

「千姫を——」

「左様です。この左京、なんとか姫を助けんとしましたが……」

巨大な岩が崩落した様子が嫌でも頭によぎる。

なぜか、みなの目差しが左京から外れた。秀忠もだ。左京の背後を見ている。

「千姫様、ご帰還っ」

叫び声が左京の耳朶を打った。最初は、言葉の意味がわからなかった。

どよめきと歓声も波のように押し寄せる。

「千、生きておったか」

秀忠が床几から立ち上がった。左京も首をねじる。

金雲を配した打掛は肩ではなく、腰に巻きつけられていた。地をする裾の部分はもちろん、あちこちが泥に汚れていた。白い頰にも土がついている。涙の跡かそれとも汗なのか、目尻や頬が湿っていた。

左京は、驚きでしばし微動だにできなかった。

圧死したはずの千姫が、どうして目の前にいるのだ。

「おお、千姫様、よくぞご無事で」

「これは慶事でございますぞ」

熱狂する旗本たちを無視するように、千姫は歩みを進める。左京の横も通りすぎた。

細い足が震えているのは、ここまで歩いてきたからだろうか。

「千や、よくぞ帰って――」

「父上」と、千姫が秀忠の前で跪いた。

「豊臣の御台所としてお願いがあります」

「豊臣の」

つぶやいた秀忠の顔から表情が消えた。

「今すぐに戦いをやめてください。これ以上の殺戮は無益です」

秀忠の眉が吊り上がる。

「何卒、和平を。できうる限りの豊臣の家臣の命を救ってください。何よりは民の――」

千姫の体ががくりと傾ぐ。ぜえぜえと肩で息をしはじめる。

「ご無理はされるな。今は、体を休められよ」

「そうじゃ。上様への言上は休まれた後からでもよいでしょう」

旗本たちが駆け寄ってくる。

秀忠も顔を後ろへやり、「典医を呼べ」と叫んだ。

誰かの体が左京の胸に当たった。

押しのける剣士がいる。

「左京殿、聞きたいことがある」

柳生宗矩だった。刀に手をかけている。

「その首は、千姫様を手にかけた武者といっていたが」

千姫と左京に目差しを往復させる。なぜ、生きている千姫を手にかけた武者の首がある、と無言で問いかけられた。

「千、この者がそなたを手にかけんとした一味の首を刎ねたと申しておる」

宗矩の背の向こうから甲高い声でいったのは、秀忠だった。

「まことか」

千姫は、形のよい唇を固く一文字に結んだ。

左京を見る。秀忠へと目を戻した。

「左京殿が私を救わんとしたのは確かです」

おおお、と旗本たちがどよめいた。

左京の視界が白く濁りだす。周囲の声がどんどん遠くなる。何かが背中にあたった。いつのまにか、左京は仰向けに倒れていた。

「さ、左京殿」

「出羽守殿、気を確かに」

必死に呼びかける声が届くが、それもすぐに聞こえなくなった。

〈さ〉

刑部卿を徳川の武者に保護させた武蔵の耳に届いたのは、三味線の音色だった。歌声もそえられている。旋律に覚えがある。傾奇女たちのいろは歌だ。武蔵は必死になって音の在り処を探した。

夕焼けの空が黒く塗り潰されんとしていた。星が瞬きはじめている。

天守閣を焼いた火は、今はその勢いを弱めていた。だからだろうか、大坂城内には奇妙な静寂が流れている。

冷や水を浴びせられた狂乱だが、完全に鎮まったわけではない。殺意や悪意、あらゆる凶々しいものが息を潜めている。本丸には、まだ秀頼がいるそうだ。攻め殺すか否かの判断は、家康か秀忠にしかできない。

崩れた石垣が見えた。千姫の乗る輿を潰した岩が散らばっている。また、同じ場所に武蔵は戻ってきていた。岩の上で、三味線を奏でる女がいる。音色にあわせ、御簾がゆれている。

もう黄金の鎧は着ていない。大きな水車の柄の入った黒小袖に赤い帯をしめている。炎でできた陰影が、顔立ちの美しさを引き立てる。

「遅かったですね。武蔵様」

三味線を弾く手を止めずに隼人はつづける。

「刑部卿は無事でしたか」

「ああ、運良く顔見知りの徳川の武者がいたので、託した」

「ご苦労様です」

家族を労うようにいう。なぜか、隼人の奏でる旋律が心地いい。汗をぬぐい、頬を叩く。まだ、呪詛騒動の決着はついていない。確かめねばならぬことがある。

「こたびの呪詛騒動の首謀者は、千姫様だったのだな」

「そうです。しかし、千姫様つきの刑部卿がそれに気づいたようですね。そして、左京様に助けを乞うた。迂闊でした。武蔵様が左京様に陣借りをしに行った時、刑部卿を見つけて私もやっと気づく有様です」

隼人は自嘲してみせた。

「どうします。千姫様を首謀者として捕らえますか」

「無理だ。千姫様は身罷られた」

崩れた瓦礫に目をやる。

「千姫様は死んでおりませんよ」

「どういうことだ」

「抜け穴ですよ。今ごろは、お父上のもとに帰っているのではないでしょうか」

「いつ、誰がそんなものを掘ったのだ」

城外へとつづくほどのものなど、どう考えても不可能だ。

「掘ったのはわずかです。もともと、冬の陣で城外から徳川が掘った坑がありましたゆえ、それを城内からつなげたまでです。それほど大変ではありません。内堀のすぐ近くまで、徳川の坑が続いておりましたから」

「つなげるなどと容易くいうが」

「徳川が呼んだのは甲斐や佐渡の坑夫です。かつて長安が支配した鉱山にいた男たちです。いってみれば長安の弟子のようなもの。彼らがどこからどのように掘るかは、たやすくわかります」

隼人は誇るでもなくつづける。

「冬の陣が終わった後、坑の入り口を探しました。その上で、城内から城外の坑につなげるだけ。真田様らに協力してもらい、秘密裏に普請いたしました。幸いなことに、徳川が外堀と内堀を埋めておりましたので、出た土は堀に捨てることで気取られずにすみました」

武蔵はため息をついた。

「この真下まで横坑をつくりました。あとは千姫様が乗った輿を誘い、石垣に配した火薬で落石を生じさせ、死んだように見せかけました」

刑部卿の周辺を探り、輿の担ぎ手や護衛の武者を買収し抜け穴の上まで誘導したという。

武蔵は周囲を見た。地面がいくつもえぐられている。砲撃によるものだと思っていたが、ちがう。弾丸らしき破片がないからだ。これは火薬でえぐられたものだ。

「徳川からの砲撃と思わせるため、あちこちに火薬を配しました。徳川からは、一弾たりとも大筒は放たれておりませぬ」

「輿に千姫様が乗った時には、すでに坑へと降りていたのか」

「きっと驚いたことでしょう。輿の床が抜けて、地中に一気に落とされたのですから」

「なぜ、そんなことをした」

「千姫様を無事に逃がすには、死んだと思わせて敵味方の目を欺くのが最善と判断したのです。護衛の武者が裏切ることがないとは言い切れませせぬゆえ」

隼人は血溜まりに目をやった。左京によって唐竹割りにされた徳川方の武者が倒れている。

「もうひとつは、左京様の執着を利用するためです。千姫様が徳川の砲撃によって死んだと思いこませれば、左京様は大御所様か将軍様に必ず復讐をしようと思うはず」

千姫救出を家康から依頼された後の左京の様子から、命令によるもの以上の執着を感じたという。刑部卿と左京が接触するのを見て、隼人はその確信を強めた。千姫への執着を利用すれば左京も操れる、と。

ここで、武蔵は遅まきながら気づいた。

千姫が抜け穴で徳川の陣に戻り、家康や秀忠と面会しているのならば——

「大御所様や将軍様が危うい」

「ご安心ください。千姫様はもう暗殺を諦めております。女の身では、大御所様か将軍様のどちらかの命を奪うのが精一杯です。野戦の最中ならばともかく、今の状況では虐殺は止まりません。逆により酷くなるだけ。ならば呪詛や暗殺は諦め、できるだけ多くの者を助命する。そのための使者として赴いたのです」

「では、呪詛騒動は」

「妖かし刀があれば、それでもって千姫様を弑すれば解決するでしょう。武蔵様の仕事もそれで終わりですが……」

しかし、妖かし刀は左京とともに紅蓮の中へと消えた。

「それにしても、どうやって千姫様は大久保長安の残党とつながったのだ」

元武田家の真田信繁がつなげたのかとも思ったが、信繁は開戦の直前まで高野山で厳しい監視のもとにあった。

「首謀者の千姫様を支える軍師がおりました。その軍師が、大久保長安の残党を率いて血天井に呪い首を置いたのです」

隼人はいう。いかに千姫が首謀者とはいえ、できることには限りがある。豊臣の御台所として身動きもとれない。千姫の頭脳や手足となる軍師が必要だった。

その軍師が、呪詛騒動を主導していたという。

「誰なのだ。そ奴は」

問うた武蔵の息が乱れる。なぜか、呼吸が苦しい。

「この私です」

「虚言を弄するな。お前では大久保長安の残党は使えない」

天下の総代官と呼ばれた男の家臣たちが、どうして一介の傾奇女の指示に従うのだ。

「長安は元能役者です。その時の姓は、大蔵といいました」

金春流の分派に、大蔵流という能の一派がある。きっと長安もその出であろう。

ふと、異和を感じた。大蔵——どこかで聞いたことがある。

家康を助ける時、武蔵を阻んだ長安の残党のひとりが、大蔵姓を名乗っていなかったか。

いや、ちがう。もっと前に聞いたことがあるはずだ。

「武蔵様に身分を偽ったことは謝ります。ですが、私はずっと前からその出自を明かしていたのですよ」

思い出した。三木之助の名を騙る隼人と出会ってすぐのことだ。大坂城に潜入する直前、互いの変名を決めた。武蔵は父方の親戚の姓をとり、平田武蔵守と名乗った。一方の隼人は、大蔵三木之助だった。

なぜ、隼人は長安の旧姓の大蔵を名乗ったのだ。

「まさか、お前は長安の一族なのか」

「長安は、私の父です」

武蔵は首を横にふった。到底、信じることなどできない。

額に、汗が大量に滲んでいることに気づいた。

「信じられぬのも無理はありません。長安の遺児は皆、処刑されましたから。しかし、長安が歩き巫女に生ませた隠し子まで処刑することは、さすがの徳川家にもできませんでした」

呼吸を無理やりに落ち着ける。だが、心臓は、己の意に反して早鐘を打つのを止めない。

「では……己はずっと黒幕と一緒に旅していたのか」

「ええ、とても楽しい旅でした」

隼人がわざとらしく頭を下げた。

「武蔵様、呪詛騒動の真相を教えてあげましょうか。なぜ、長安の隠し子の私が、こんな大それたことをしたのか」

撥で三味線を優しく撫でた。美しい音色がつむがれる。

武蔵は無言でうなずく。

「では、少々、長くなりますが、まずは私の身の上話から物語らせてもらいます。大久保長安の隠し子として生きてきた、傾奇女の半生です」

〈き〉

時折、岩を砕く火薬の音が響いていた。開け放たれた障子戸から見える山には数多の横坑があり、坑夫たちが忙しげに出入りしている。また、火薬の音が響いた。厚い岩盤を砕いたのか、喝采の声も届く。

三味線の音色が濁ったが、構わずに出来島隼人は舞った。

囃子方が奏でる音曲にのせて、手足を動かす。いつもの芝居舞台ではない。座敷での余興だ。男装ではなく、白拍子の巫女姿で舞う。

瘦せた老人が、上座にいた。目元に濃い隈が浮かんでいる。脇息がわりだろうか、左右にはべらせた美妓に体をだらしなくあずけている。今にも痴態がはじまりかねない雰囲気だった。

大久保長安——天下の総代官といわれる家康の謀臣にして、隼人の実の父である。

やがて音曲がおわり、隼人は長安の前で膝を折った。

「見事だ、隼人」

長安が満足気にうなずく。

「お褒めにあずかり、恐縮するばかりです」

あえて他人行儀に接した。当然だ。隼人にとっては初めての対面であり、多くの政敵を持つ長安が隠し子の存在を認めるはずもない。知っているのは、大蔵梅善、土屋伯耆守ら長安の数少ない腹心だけだ。

「さすがはわが血をひく娘といったところか」

隼人は思わず顔を上げた。まさか、人前で公言するとは思っていなかった。

はたして、左右の美妓も驚愕している。その様子を、さも嬉しそうに長安が愛でている。

「傾奇女の私めを娘と認めてくれるのですか。捨てられた母も泣いて喜びましょう」

皮肉をたっぷりとこめると、さらに長安の笑みが深まった。

「その勝ち気な目差し、お前の母によう似ておるわ。何よりは舞い方だ。わしが能役者だったころの血を騒がせる。ある意味では、母親以上に妖艶な舞い方ぞ」

長安は、膝の前の三方から無造作に砂金を握る。左右の美妓をうながし両手で椀をつくらせ、その上に落とした。

「お主ら、先ほど聞いたこと、そして今から聞くことは忘れよ。さて、隼人よ」

長安が杯を突き出した。隼人は、注がれた酒を一息で呑みほす。

「懐かしい足捌きであった。すこし右足を内にひねる癖があるな」

内心で驚いた。よほどの芸達者にも、この癖を見抜かれたことはない。

「ふふふ、わしの若きころもそうだった。右の足先がどうしても内を向く。よう父に叱られたものよ」

隼人の胸に、いまだかつてない感情がよぎる。胸が苦しいのはどういうわけか。

「安心しろ。今日、初めてあったお前に、親子の情などは訴えん。ただ、すこし骨を折ってもらいたいことがあってな」

長安が手を叩いた。入ってきたのは、十代半ばの少年だ。前髪は落としているが、まだ顔のつくりはあどけない。

「七男の東七郎（とうしちろう）だ」

「東七郎と申します」

少年は深々と頭をさげた。

「こやつに舞を教えてくれぬか」

隼人の眉宇が固くなる。

「なぜ私に」

「天下の出来島隼人であろう」

「大御所様の怒りをかい、禁制の罰を頂戴した傾奇女ですが」

「だからこそだ。その技を絶えさせるのは惜しい。わしには七人の息子がおる。ひとりくらいは芸の道に進ませるのも一興だ。こ奴が一番、見込みがある。能は、大蔵流を七歳から仕込んだ。徳川の息のかかった場所では、もうお前は舞えまい。後進を育てることを覚えるのも生きる道ではないか」

不快な物言いだったが、あえて反論はしなかった。

「母はちがっても東七郎はお前の弟だ。舞のひとつやふたつ教えてもばちは当たるまい」

東七郎が目を丸くする。どうやら、隼人の出自のことは聞かされていなかったようだ。

「わかりました。ただし、お代はしっかりといただきます。無論のこと、教授には手心は一切加えません」

〈ゆ〉

隼人は、東七郎と対峙していた。背は、齢十五になる東七郎の方がすこし高い。大きな水車の柄が入った女物の黒小袖が、よく似合っていた。残念なのは、丈がすこし短くなっていることだ。二月前、初めて着せた時にはぴったりだった。

隼人は左手に持った舞扇を上へと流す。

鏡に映されたように、東七郎も右手に持つ舞扇を上へと流す。

囃子方の三味線の音がいつになく弾んでいる。鏡映しのように、ふたりの息がぴたりとあっているからだ。

鏡稽古といわれるもので、師匠である隼人が左右逆の動きで手本を見せつつ一緒に舞う。今まで何人もの舞手に鏡稽古をつけたが、たった二月で隼人の動きについてこられるようになったのは東七郎が初めてだ。

囃子方に目で合図を送った。あえて拍子を早くさせる。一瞬だけ、東七郎の顔が強張る。少年らしい狼狽を隠しきれていない。

唇をゆるめて笑うと、東七郎の目に強い光が宿る。

素早く、隼人は体を回転させた。

隼人が前へ向きなおった時、ほお、と嘆息をつく。東七郎も必死についてきている。脇がすこし甘くなっているが、体幹はぶれていない。

不敵にも、唇に笑みをたたえていた。目には誇る色もある。

さらに難しい型がつづくが、東七郎は食らいついてくる。

隼人は舞を止めた。

だが、囃子は止めない。

三味線の音にあわせて、東七郎がひとり舞う。汗をびっしょりとかいているが、息は切れていないことに気づいた。

一方の隼人は、呼吸がすこしだが乱れている。まさか、鏡稽古で先に息が上がるとは思っていなかった。

突然だった。

鉱山の火薬の音が大きく爆ぜた。柱が揺れるほどの振動だった。

三味線の撥さばきも乱れる。

「あ」と、隼人が声を出す。東七郎の舞が変化する。切るように鋭く、左右の手を交差させた。舞扇は宙に浮き、それを左の手に素早く持ち替える。

こんな所作はない。何をするつもりだ。

平静を取り戻した囃子方の音色が追いつく。

いつのまにか——東七郎が左右反対の舞を演じていた。まるで、目の前の弟子に教えるかのように。

こちらを見て、にやりと笑う。あどけなさに不敵さが過分に混じり合っていた。

「どうです」

とうとう声にだして聞いてきた。

「右のつま先を内にひねりすぎだよ」

太ももを、隼人は舞扇で強く叩いた。拍子に、東七郎の体の均衡が崩れる。余裕のあるふりをしていたが、体はもう限界だったのだろう。右手が床についた。

「左右反対の舞なんだ。大目に見てくださいよ」

「人前でやるからには命懸けだと思いな。所作を間違えたら切腹という神楽も、九州にはあるんだからね」

「厳しいなぁ」

甘えるように、東七郎が尻餅をついた。

「今日はここまでだね。ゆっくり休むといいさ」

「あれ、もう疲れたんですか」

見上げる東七郎が茶化す。

「馬鹿、もうすぐ長安様が帰ってくるのは知っているだろう」

大久保長安は、駿河の家康のもとにいる。一月以上滞在していたので、東七郎がどれだけ上達したかを知らない。この舞を見れば、きっと驚くだろう。

「生意気な口がきけるのは、稽古が足りない証だね。山桜の舞と詞章を、明日の朝までに覚えておきな」

「意地が悪いなあ。昨日も一曲覚えさせたじゃないですか。体はともかく、頭はもう限界ですよ」

すねる東七郎の足を見ると、いっぱいにまめができていた。いくつかは潰れて血がにじんでいる。

囃子方が障子を開け、新鮮な風を招きいれる。

ふと、歌が聞こえた。

いろは歌だ。

足をだらしなく伸ばした東七郎が、全身で風を浴びつつ口ずさんでいる。

「好きなのかい。童の歌だろう」

「けど、深い意味のある歌ですよ。仏教の諸行無常の考えを、詩にするなんてなかなかできないでしょう。何より、すべての仮名をひとつずつだけ使って意味のある歌をつくるなんて、とんでもないことですよ」

そういって、白い歯を見せて笑いかける。

〈め〉

「東七郎の稽古の様子はどうだ」

大久保長安が酒を飲みつつ聞いてきた。部屋には隼人とふたりきりだ。

「おっしゃっていた通り、なかなか筋がいいようです」

「鏡稽古の様子は人伝に聞いている。もう、お前に後れはとらないそうだな」

「明日になればわかりますよ」

くつくつと長安が笑う。

「隼人にまかせて、正解だったようだ。教えているのは舞だけか」

「傾奇も少々」

「男がやる傾奇とはどんなものだろうな」

「能とはまたちがう味わいがあるように思います」

「ふむ、狂言の方が近いやもしれぬな」

はっと隼人は顔をあげる。面白いと思った。狂言の台詞回しを交えて、東七郎に傾奇をやらせてみたらどうだろうか。

悔しいが、長安と話すのは楽しい。芸事への視点が似ているせいかもしれない。

「京で猿若なる者が、男だけの傾奇を創らんとしているそうです」

「そこに、わが東七郎が加われば愉快であろうな」

目を細め子の成長を想像する様は、権柄を肥えさせる謀臣とは思えない。

「なぜ、東七郎様を芸能の道へ進ませるのですか」

大久保長安の息子ならば、数々の大名家から養子として求められるはずだ。

長安が酒杯を床に置いた。懐に手をやり、小さな茶入れほどの壺を取り出す。

「大御所様からいただいた。わしの顔色をみて、処方してくださった薬だ」

隼人は、長安の手元を見た。家康は自ら調合した薬を、大名や家臣たちに下賜することも度々だという。

ここ数ヶ月、長安を見てきたが、どこかが悪いようには見えない。年齢相応の衰えはあるが、美妓をはべらせ美食と銘酒を嗜む姿は健康そのものだ。

「実はな、近年、金銀の採掘が減ってきておる。調子にのって掘りすぎたようだ」

自嘲の笑みをうかべる。

「狡兎(こうと)死して走狗(そうく)烹(に)らる、とはよくいったものよ。もう、わしは用無しだ」

「まさか、毒を賜ったのですか」

「仕方あるまいて。ここまで昇りつめるために、幾人をも地獄に叩き落とした。自業自得よ」

長安はこきりと首を鳴らした。

「十分に生きた。日ノ本の誰よりも多くの傾城を抱き、銘酒を浴び、美食に舌鼓を打った。誰よりも多くの金銀をこの目で愛でた。あらゆる快楽を貪りつくし、齢七十を目前にして死を賜る。これほどの人生があろうか」

「抱いた傾城の中にわが母もいたのですね」

「湿っぽくならぬところが、ますます母に似ているな」

掌の上で、毒のはいった壺を弄ぶ。

「心残りがあるとすれば、芸能への未練だけだ。隼人よ、これからも東七郎を育ててくれぬか」

真剣な表情で、隼人を見る。

「いや、言葉を変えよう。お前の手で、男傾奇の役者をひとり育ててあげてほしいのだ。役者だけではない。男傾奇そのものを創りあげてみんか」

隼人の胸が大きく鳴った。

同時に、強い憤りも感じた。

長安の言い草は、もう舞台から退けといっているようにも聞こえる。

「私はまだ舞台に立ちとうございます。後進を育てるほど、老成しておりませぬ」

万客の喝采を浴びたい。阿国でさえ取り入れることができなかった三味線も駆使したい。南蛮のあらゆる楽器音曲を取り入れて、誰も創れなかった舞台を生み出し、女傾奇に新しい色を加えたい。

「だが、徳川は女傾奇に禁制を出した」

「まだ、大坂の地がございます」

淀殿や千姫は、女傾奇を愛好していた。隼人も贔屓のひとりだ。

「豊臣家の命脈は長くはない」

隼人のまぶたが震えた。

「大坂にもいずれ女傾奇の禁制がしかれる。徳川の手によってな」

「まさか、徳川が大坂を攻め……」

「近々、騒動がおこる。豊臣家は方広寺を再建し、新しい鐘を造らんとしている。その鐘銘に、大御所様を呪詛する文言がある。それがきっかけで戦になる」

「鐘銘の文言が、なぜわかるのです。もう鐘はできているのですか」

長安は首を横にふる。

「銘文を考えているのは文英清韓という禅僧だが、すでに徳川の手の内だ」

隼人は絶句した。

平静を取り戻してから口を開いたが、唇の震えは御せなかった。

「つまり、鐘銘に不吉な文言を刻ませる、と。文英清韓という和尚を脅して」

「国家安康の文字だ。大御所様の諱の家と康が分断されているだろう。我ながら下らぬ言いがかりを考えたものだと褒めてやりたいわ」

「我ながらですと」

「金銀を思うように掘れなくなった狗に、大御所様は情けをかけた。豊臣を攻める口実を考えよ、とな」

老いた口からため息がこぼれる。

「思いつかねば、死を賜るのは目に見えていた」

長安が壺を目の高さに持ってくる。

「ですが、鐘銘は刻まれるのでしょう」

ならば、長安は毒を賜る必要はないはずだ。

「ああ、十中八九、うまくいく。そして、間もなく豊臣を滅ぼす戦が始まる」

「ならば、なぜ」

「大御所様は、呪詛だけでは満足されなかった。もっと大きな大義名分を欲された。徳川だけでなく、外様の将も豊臣を憎むほどの大義名分だ」

長安が顔を伏せた。影になって、どんな表情をしているかはわからない。

「千姫様を豊臣家に殺させろ。そう、おっしゃった」

隼人の全身に雷のようなものが走る。

「難しいことではない。豊臣は一枚岩ではない。跳ね返りも多い。そ奴らを操ればいい。いや、女官のひとりを脅し毒をもらせるだけでいい。あとは、豊臣家がやったと因縁をつけるだけだ」

「それを……断ったのですか」

長安が弄んでいた壺が掌からこぼれた。老いた手でとろうとするが、指に弾かれた壺はさらに遠くへといく。

「わしは悪党を極めたと思っておった。だが、まだまだ甘かった。祖父の孫殺しなどには加担できん」

長安は家康の命令を拒んだ。すると翌日には暇を出された。去りゆく長安に、家康は病気療養のためと薬の入った壺を手渡したという。

「わしは毒を呑む。それが一族のためだ。呑まねば、謀反の罪をきせられる。そうなれば三族が皆殺しになる」

壺が、隼人の膝へと転がってきた。

「わしが死ねば、息子たちには累が及ばないはずだ」

隼人の胸がしめつけられる。

「武士として生きる限り、いつか手を汚さねばならぬ時がくる。わしのようにな。ならば……一人くらいはちがう道を歩ませてやりたい」

長安が顔を上げた。目の下の隈が濃くなっている。

「わしは死ぬ。ただ半分死人となった己でも夢がみたい」

穏やかな笑みを浮かべながら、顔を老いた掌でなでた。

「隼人と東七郎が生みだす芸能を見てみたい。冥土で、お前たち姉弟の創った傾奇を心ゆくまで味わわせてくれんか」

今度は隼人がうつむく番だった。

「わかりました」

顔をあげるが、長安を直視できなかった。

「父の悲願、この隼人が確かに引き受けました」

「そうか。そういってくれるか」

天井に顔をむけて、長安は息をついた。

しばし静寂を味わうような間があった。

「隼人や」

長安はしわだらけの腕を隼人に差し出し、たまらなく優しい声で語りかける。

「その壺を拾ってくれぬか」

〈み〉

能舞台を前にして、隼人は立ちすくんでいた。舞台の向こうには、鉱山が化け物のように鎮座している。

大久保長安は死んだ。毒を呑むと容体が急変し、血を吐きその日のうちに没した。葬儀は粛々と行われている。いつもは火薬の音でうるさい鉱山も、今日ばかりは静かだ。

東七郎がこちらへとやってくるのが見えた。

「なんて格好をしているんだい」

水車の柄の黒小袖と赤い帯をしめている。これは傾奇の姿だ。葬祭にはふさわしくない。

東七郎は、舞台へと上がった。

「父上に、私の考えた舞を見てほしくてね。弔いの舞ですよ。武士でなく芸能者になれといわれた末の息子なりの手向けの儀式です」

東七郎は、勢いをつけて舞扇を開く。朗々と歌いはじめた。

これは、いろは歌だ。詞章にあわせ、ゆっくりと舞う。悪くはない。だが、中途半端だ。なにより、歌はすぐに終わる。そう思った時、歌と舞が変化した。

仏法を歌う偈を高らかに唱える。

——諸行は無常なるも
——これ、生滅の法なり
——生と滅を……

諸行無常偈を、東七郎は歌っている。見れば、扇を左手に持ち替えていた。舞の所作も、いつのまにか左右反転している。

確かに、いろは歌と諸行無常偈は陰陽の関係にある。それを左右対称の舞で表現した。試みは面白い。しかし、急造ゆえか、舞も歌も荒削りすぎる。

隼人は東七郎の前へと進みでた。

舞は二周目に入り、東七郎は再びいろは歌を口ずさんでいる。

所作は初見で全て憶えた。詞章もだ。

鏡稽古をつけんとした時、拍子が変わった。東七郎の所作に急に艶がのる。

騙されたと悟った。東七郎は、隼人を舞台にあげるためにあえて質の劣る舞を披露したのだ。

ここで止めては、負けたことになる。

隼人と東七郎は舞台の中央で、鍔迫り合いをするように歌と偈を交互にぶつけあう。

諸行無常偈といろは歌が混じりあい、男と女の鏡映しの舞が入り乱れた。

――色は匂へど散りぬるを

――諸行は無常なるも

――我が世誰ぞ常ならむ

――これ、生滅の法なり

――有為の奥山今日越えて

――生と滅を超越せば

――浅き夢見し酔ひもせず

――寂滅、これ涅槃なり

いつのまにか、舞台を多くの人々が囲っていた。侍女や小姓、家僕たちが、ふたりの舞に見入っている。

名人の小鼓の音は梅の香がするというが、東七郎と舞っていると、ないはずの音さえ聞こえてくる。これは、南蛮の音階ではないか。

吹く風が冷たくなったころ、ふたりの舞はやっと終わった。隼人は肩で息をする。疲れてはいたが、心地よかった。

汗をびっしょりとかいた東七郎が笑いかける。

「姉さん、私の初舞台の番組はこれで決まったよ。今、完成したんだ」

いつのまにか、舞台を囲っていた人々が手を叩いている。何人かは涙ぐんでいた。

「舞台の上に男女ふたりの舞手。いろは歌と諸行無常偈、鏡映しのような男舞と女舞が交錯する傾奇だよ。音曲は、三味線だけじゃない。風琴や南蛮琴、異国の楽器も取り入れる」

ぞくりと隼人の体が震えた。そんな見たこともない舞台を演じるのは、怖い。と同時に、歓喜もした。この世のあらゆる楽器を駆使し、いろは歌と諸行無常偈を東七郎と交互に歌う。鏡の中の自分と入れ替わるように、陰陽の境界を舞で超越する。

目頭が熱くなった。

「姉さん、一緒に傾奇を創ろう。ふたりで舞台を極めるんだ」

火がついたように耳が熱いのは、東七郎の吐息のせいだろうか。

「女は舞台に立てないんだよ」

「大坂があるじゃないか」

どこまでも東七郎は純粋だ。無論、大坂がどうなるかを長安から知らされていないからだ。

「大坂の民に、まったく新しい傾奇を見せるんだ」

「東七郎――」

無理だよ、といおうとして口をつぐむ。徳川の世で生き残っていくためには、ふたりで同じ舞台に立ってはいけない。稽古の相手はできても、女である隼人は表に出られない。

だが、同刻、どこかの尼寺の小さな舞台で、同じ囃子を奏でつつ、舞うことはできる。万客の前で、汗をながし喝采を浴びる東七郎と同じ舞を――

正確には鏡映しにした、陰陽の舞を。

東七郎がいろは歌を口ずさめば、隼人は遠くで諸行無常偈を唱えよう。

東七郎が諸行無常偈を唱えれば、隼人はいろは歌に願いを託そう。

弟が舞扇を右にもてば、隼人は左に。

見たこともない南蛮の楽器を合図に、弟が左に持ち替えれば、姉は右に。

たとえ遠く離れていたとしても、できるはずだ。

〈し〉


死臭を濃く含む風が、強く吹いていた。

河原には、磔にかけられた死体がある。

父の死の約三月後、急遽、長安の蓄財の多さが問題になった。結果、長安の墓は暴かれ、死体が磔にされた。

それだけでは終わらなかった。

磔の横には獄門台があり、そこに七つの首が並んでいる。長安の息子たちのものだ。徳川家は長安の遺児も許さなかった。罪に連座させ、七人の男児をみな斬首にした。

隼人はゆっくりと近づいていく。土の中にあったせいか、父の骸は思ったほどは腐敗していない。ただ目玉は萎み、土色になりつつあった。父の骸の下を通り、言葉も交わしたことのない長兄や次兄の前を歩く。一番端で足が止まった。あどけない顔をした首は、七男の東七郎のものだ。目をきつく閉じている。

「東七郎」と語りかけるが、無論のこと返事はない。

父は、隼人に女として生きることを望んでいたはずだ。男傾奇を産み育てる母になってくれと。あるいは、本当に狂言か能の役者の子を産んで欲しいとも思っていたかもしれない。

復讐の道を歩むことは決して望んでいない。それはわかる。

だが――

ぎりと唇をかむ。血の味が口の中に満ちる。

なぜ、東七郎まで殺したのだ。

私の芸を受け継いでくれるはずだった弟をどうして殺したのだ。なぜ、父の罪に連座しなければならないのか。なぜ、あの才能をむざむざ獄門台にかけるのだ。

南蛮の楽曲を奏でる男傾奇の舞台を、どうして私と東七郎が夢みたらいけないのだ。

「東七郎、教えて……私はどうすれば」

家康に復讐するべきなのか。それとも、市井の人として屈辱に耐えるべきなのか。

両手を東七郎の首へと添える。髪を優しく撫でつけた。

ふと、思い出す。家康の逸話だ。天正九年（一五八一）の高天神城の戦いで、とった首が女首ではないかという疑いがでた。その時、家康は首占いで決めた。まぶたを開き瞳が正面にあれば男首、白目を剝いていたら女首と。

結果、瞳があり男首となった。

「東七郎、教えて」

そっと、まぶたに指をやった。もし、瞳がこちらを向いていれば――復讐は諦める。

傾奇女としての生も捨てよう。能か狂言の役者の妻となり、子を産み育てる。あるいは男傾奇を創始せんとする猿若なる者の妻になるのもいいかもしれない。

だが——

もし、白目を剝いていたら……

隼人の呼吸が止まる。心臓が早鐘を打つ。指先が、氷につけたように冷たくなっていた。

そっとまぶたを押し上げた。

かちかちと奥歯が鳴った。

東七郎は——

隼人に復讐を命じていた。

〈忍〉

語り終わった隼人が、撥をもつ手をだらりとさげた。

「いかがですか、武蔵様。これが、首謀者である千姫様を支えた軍師の正体です。兄や弟たちの死後、私は長安の残党を引き継ぎました」

「そして、千姫様とつながったのか」

こくりと隼人がうなずく。

「淀殿や千姫様は女傾奇を愛好しておりますれば、近づくのは難しいことではありませんでした。ある夜、人払いを頼み、千姫様に大御所様の謀略のすべてを明かしました。壁の後ろで侍女が聞き耳をたてているのはわかっておりましたので、筆談でですが。父から聞いた徳川の謀について詳らかにしました」

千姫は、最初は信じなかったという。だが、実際に徳川が鐘銘に難癖をつけ、その内容がすべて隼人のいった通りに進んだことで、千姫の気持ちも変わった。

「千姫様の力が、どうしても必要でした。父の残党だけでは復讐は果たせませぬ。大坂方の名のある大将の助力も不可欠でした」

長安の残党ならば真田信繁とつながることはできるが、あのころは高野山を抜け出せる見通しはなかったという。これは林羅山の読み通りだ。

「あとは、父のためでしょうか。父は千姫様を守るために毒を呑みました。千姫様を守り生かすのも、私にとっての徳川への復讐でした」

隼人と手を組んだ千姫は、五霊鬼の呪詛で徳川家に対抗しようと考えた。家康の祖父の松平清康は、過去に織田家を滅亡寸前まで追い詰めながら、妖かし刀によって落命した。その故事と、滅びの淵にある豊臣家を重ねたのだ。妖かし刀でもって、森山崩れを大坂の地で再現しようと試みた。

「最初、私は気乗りがしませんでした。呪いなど迷信です。敵に勝てるわけがありません。ですが、呪い首と妖かし刀のことを聞き、面白いと思ったのです。これを上手く駆使すれば、徳川勢を混乱に陥れることができる。水野家と因縁がある呪いということも、日向守様贔屓の私には好都合でした」

そして、大樹寺から妖かし刀を盗み、病死した男の骸を買い、呪い首をつくり、血天井のある妙心寺に置こうとした。その時、乱入してきたのが、刑部卿から千姫の謀を密告された左京だった。たまたま亡父ゆかりの血天井のある妙心寺で修行をしていた佐野久遠が止めに入ったことで、隼人らは逃げることはできたが、妖かし刀を失ってしまう。

そして、妙心寺のかわりに正伝寺に呪い首を置いた。

「私たちを襲った武者が左京様であることは、後をつけたのですぐにわかりました。最初は裏切り者が出て、徳川方にばれたのかと思いましたが、そうであればもっと大勢で囲むはずです。そこで、かねての手筈通り過去の伝手を使って、水野家を探ったのです」

過去に五霊鬼にかかわっていた水野家に、呪詛者探索の任がおりていたのは予想通りだった。水野家が武蔵を呼びよせたことも把握した。

「水野家で傾奇興行をしていたので、そのころ武術指南に来られた武蔵様の気性はよく知っておりました。鬼左京に妖かし刀を奪われ、あの武蔵が我らの追跡者となったのです。まさに、前門の虎、後門の狼です。が、そこで閃いたのです。武蔵様と左京様を戦わせればよい、と」

「左京様が妖かし刀を持っていると噂を流せばよかったのではないか」

左京が呪詛者と勘違いされれば、徳川の手によって成敗されたかもしれない。

「徳川が左京様を取り調べて、妖かし刀を奪われることが怖かったのです。第二、第三の呪い首をつくっても、妖かし刀でつくったものでないとわかれば、徳川を恐怖させられません。水野家の伝手からの報せでは、左京様が妖かし刀のことを大御所様らに報告した形跡はありませんでした。どうやら、左京様も我らを秘かに排除したいのだとわかりました」

そして、隼人は三木之助を拐し、これに扮した。すべては武蔵を操り、左京と戦わせるためだ。武蔵は冬の陣で左京のいる今福を攻める軍に加わったが、これは偶然ではない。真田信繁が、そうなるように仕組んだのだ。

そして籠城のさなかに、隼人は城を抜けた。和議になれば、武蔵は水野家の陣へ報告にいく。その時に隼人が姿を消せば怪しまれる。武蔵の前から消えるには、あの時が最適だった。

「もちろん、危険はありましたよ。城から抜け出して捕らえられた者たちは、指をすべて斬られ額に焼印を押されておりましたから。ですが、そのような仕打ちをうけたのは男たちばかりでした。女子供は殺されたのではなく、見逃されたのだと判断しました。

幸いにも私は女ですので、そこに賭けたのです。銃撃を肩に受けて死にかけはしましたがね」

そして、城外にでて二つ目の呪い首をつくり、〝徳川〟の秘密文字をいれた。

「左京様が大御所様に申し出れば、二つ目の首は妖かし刀でつくったものでないとわかります。これでは大御所様を恐怖させられません。そんな折、千姫様が秘密文字のことを教えてくれたのです。これならば、呪詛者が徳川一族の誰かだと思わせることができます。身内を疑うことほど辛いことはありませんからね」

和議になり、武蔵は勝成とともに左京の陣へいき、妖かし刀を探した。しかし、妖かし刀を磨上げていた左京は捜索の手を逃れる。

そして、勝成に囚われた武蔵を隼人が助け、徳川一族六人の名を書いた紙を勝成が持っていると騙った。勝成を呪詛者だと勘違いさせるためだ。武蔵が左京と勝成のつながりを探すために美作行きを決心したのは誤算だが、厳しくなった探索から身を隠すには都合がよかった。美作でほとぼりが冷めるのを待ち、大坂へと戻る直前に武蔵を襲った。

「殺すつもりはありませんでしたよ。毒の量は半分ほどでしたから。私は左京様と武蔵様を共倒れさせたかった。だから、久遠様の首が呪い首にされたと嘘をいって、憎しみを駆り立てるように仕向けたのです」

万が一、武蔵が久遠の首をあらためるといった時のために、墓を掘り返して久遠の首に細工を施した。腐敗が進んでいた眼球だけは、別の骸のものを後からはめたという。

「なぜ、そこまでする必要があったのだ」

久遠の骸を冒瀆してまで、なぜ武蔵を追い詰める必要があったのだ。

「二人を相討ちに追いこむためには、武蔵様にもっと猛ってほしかったのです。久遠様が呪い首にされたと知り、さらに養子となる私に裏切られれば、きっと武蔵様は獣になる」

武蔵の胸に疑念がよぎる。

もっと猛ってほしかった、とはどういうことだ。武蔵は十二分に凶暴だった。

「確かに、武蔵様は凶暴でした。しかし、あなたは瀬戸際で踏みとどまっていた。人を殺める太刀だけは決して振りませんでした。気づきませんでしたか」

大坂城内で牢人たちと立ち合った時は無論のこと、その後の今福での戦いでもそうだったという。鉄よりも重い木刀を阿修羅のごとく振り回していたが、相手を絶命させることはなかった。肩や腕、足をへし折ってはいたが、決して息の根は止めなかった。

「無論、手負いになった武者は別の者に殺されていましたがね。それでも、あなたは必死になって、殺さぬようにしていた」

信じられなかった。無意識のうちに、人を殺めることを拒んでいたのか。武蔵は己の手を握りしめる。

「どうしてか、わかりますか」

首をふる。

「私が考えるに、武蔵様の体には何者かの魂が宿っていたのです。名古屋山三郎の魂が出雲の阿国に宿り、舞台の上で山三郎が蘇ったように、人は時に他者の魂に憑依されます。体に宿った何者かの魂が、武蔵様を踏みとどまらせたのです」

「魂が宿る……だと」

一体、誰の魂がそうさせたのか。

ある男の声が頭の中に蘇る。

『武蔵先生の剣の教えは、次の世にも残さねばならないのです』

目に熱いものが満ちる。

過去にも一度こんなことがあった。円明流を手放さんとした時だ。なぜ、悲しくもないのに涙が出るのか不思議だった。

今ならわかる。武蔵が泣いたのではない。武蔵の体に宿る久遠の魂が泣いたのだ。

武蔵は己の手を見る。自分の体に久遠の魂が宿っていた。

それが、武蔵に人を殺めることを踏みとどまらせていた。

「しかし、共倒れの計略は失敗しました。久遠様の骸を冒瀆してまで偽の呪い首を作りましたが、後がつづかなかった。左京様と武蔵様を共倒れさせる計略は諦めるべきでした」

隼人は水野家に居どころを捕捉され、その正体を武蔵の前で明かされた。逃げおおせることができたのが、せめてもの幸運だろう。

武蔵は乱暴に目を腕でぬぐった。

「わからぬことがある。大御所様は、最初は千姫様を豊臣家に殺させて、開戦の口実にするつもりだった。なのに、なぜ左京様に救出を依頼したのだ」

「千姫様の推測ですが、徳川家の血の濃い女児を残すためではないか、と。将軍様は側室をおかず、正室の江様は子をなせる歳ではありませぬ。大御所様はいまだに若い側室を侍らせておりますが、噂ではこの半年でずいぶんと衰えたようです」

将軍経験者である家康か秀忠の血をひく女児が、政略の手駒として求められたのだ。冬の陣の折には、まだ家康は子を孕ませることができたから、千姫は必要がなかった――。

不快の念が込み上げたが、あえて武蔵はそれをねじ伏せた。

呪詛騒動の真相を知ることを、今は何よりも優先させねばならない。

隼人は、淡々と謀略を詳らかにしていく。

妖かし刀を奪い返した後、隼人らは偽物の妖かし刀を徳川陣中のあちこちに置いた。これにより、徳川勢に疑心暗鬼が満ち、合戦では味方崩れ、裏崩れが頻発した。森山崩れを再現するかのように、だ。

家康を討ち取る寸前まで追い詰めたが、それを武蔵が阻んだ。

「こんなことなら、あの時、武蔵様を殺しておけばよかったですね」

隼人が武蔵を見る。あの時とは、どういうことだ。

「左京様と共倒れさせるまで、あなたを殺すつもりはありませんでした。ですが、一度だけ、憎しみのあまり武蔵様を殺そうと思った瞬間がありました。これほどまでに人を憎めるのかと自分でも不思議なほど、心が乱れました」

隼人の目に苛烈な光が宿る。

「港近くの広場で、私の息のかかった女傾奇のいろは歌を聞いていた時ですよ。あなたは、久遠様に剣を託すと綺麗事をいった。私はそれがどうしても許せなかった」

ひび割れるように、隼人の目が血走る。

「武蔵様、あなたは自分が変わろうとはしなかった。徳川の世になり求められる剣が変わるならば、そのように己を変えればいい。美作で旅をともにした時、あなたは幾度も足を止めて職人や画工の技に見入っていましたね。優れた手技や職人の考えは、剣にも応用できると」

隼人が、血をはくように言葉を継ぐ。

「ならば、なぜ、あなたは剣を他の術に昇華できるように変えなかったのです。職人の手技を剣技に応用できるならば、その逆も能うはずです。戦が遠くなり世が変わるならば、人々が求めるものを剣を通じて得られるようにすればよかった」

隼人の言葉はさらに激しさを増す。

「だが、そうしなかった。わかりますよ。そんな者たちが巷に溢れています。新しい色に染まりたくないがために、得た技を変えたくないがために、ぬるま湯から出ない者があまりにも多すぎます。ぬるま湯につかるだけならいい。それを周りの者にも強いた。豊臣家の人々がそうでしょう。過去の栄光にすがり、必敗の愚かな戦に大坂の民を巻き込んだ」

ぎりっと聞こえてきたのは、隼人の歯軋りか。

「変わりたくても変われぬ者がこの世にはいるのです。私たち女傾奇がそうです。私たちは、どうやって男になればいいのですか。徳川の世で、どうやって女の身で舞台に立てばいいのですか。東七郎は、どうすれば長安の息子でなくなることができたのですか」

隼人の声が武蔵を容赦なく鞭打つ。

「ですが、武蔵様、あなたはちがう。柳生のように、今の世にあった活人剣を探す道もあった。美作の竹内流のように、強い戒めを課すことで乱世の剣を弱者に寄り添う術に変える道もあった。なのに、しなかった。ちっぽけな糞の役にも立たない矜持にすがりついた。それだけではありません。卑怯にも、武蔵様は久遠様に流派を託して自身が変わることから逃げた」

隼人の目の縁に涙が盛り上がる。

「それがわかった時、私はあなたを殺したいと思った。殺すつもりでは斬らなかったが、手が誤って深く傷付けばいいのにと思った。その結果、あなたが死んでくれればいいと願った」

隼人は荒々しく目元をぬぐった。

夜が明けようとしている。

東の山際が明るくなる。

奇妙なほどに静まっていた大坂城に変化が起きていた。徳川の兵が忙しなく動きだす。薪藁を担ぎ、本丸へと走っている。やがて、黒煙が立ち上りだす。火の手もあがる。

隼人が息を長く吐き出した。

「山里丸が燃えていますね」

隼人が目を細めた。山里丸は、燃え落ちた天守閣のすぐ横にある曲輪だ。

「秀頼公、自害」

そんな叫びが聞こえてきた。

「逆賊は死んだ」

「豊臣は滅んだ」

本丸から響いた怒号は、二の丸、三の丸へと伝わっていく。

「いや、まだ残っている」

「残党は皆殺しにしろ」

「豊臣に加担したものはひとりとして許すな」

「女子供、民も同罪だ」

耳をつんざく叫びが大坂城に満ちる。

「武蔵様、こたびの呪詛騒動の顚末をともに見届けませんか。大御所様は、日ノ本に呪いをかけんとしています。呪いの総仕上げが今から始まります」

「総仕上げだと」

「そうです。大坂という地に永遠の呪いをかけます。徳川の幕府にとっては、いかにして京と大坂を封じるかが課題でした。京は血天井で封じました」

恐ろしい殺気が城内のあちこちから沸き上がっている。ひとつひとつは小さいが、十五万もの徳川勢が噴き上げる気は怒れる龍を想像させた。

「祟りなどの超常の力は存在しません。なぜ、迷信にしかすぎぬ鬼門や裏鬼門を守る比叡山や石清水八幡宮が、巨大な力を持ったかわかりますか。神ではなく人の手によって、禁忌を犯す者に災いを科すからです。そうすることで、呪いは力を持つのです」

隼人の論が正しければ、徳川家に逆らった人々にはこれから恐ろしい災厄が降りかかる。

「大御所様は、大坂に血の結界をほどこさんとしています」

「血天井のようにか」

「伏見城の血塗れの床よりももっと大きなものです。大坂の地すべてを血の床に変えることで、呪いをかけんとしています」

「それが豊臣家なのか」

「もっと多くの人々です。今、大坂の城に籠るすべての者たちです。彼らは、禁忌を犯しました。ひとり残らず呪いの贄とせねばなりません」

武蔵の体が震えだす。

大坂に拠るあらゆる民を徳川家が殲滅するならば、過去に織田信長がなした比叡山焼き討ちや長島一揆根切りを凌駕する大惨事になる。

「父は——大久保長安はこういいました。『きっと大坂は地獄と化す。酷いことだが、徳川の呪いを完成させるためには是非もなきことだ』と」

武蔵は強い耳鳴りに襲われた。

隼人の妄想ではない。家康の謀臣だった長安が語ったことなのだ。

武蔵は、崩れた石垣の上に立った。

阿鼻叫喚が大坂の町と城に満ちていた。徳川勢が、豊臣の残兵や民たちを狩っている。

すでに降伏した者を、もう戦う気力のない者を。命乞いする兵を次々と槍にかける。刀を差し出させ、鎧を脱がしてから、首を斬った。石垣の上から骸が次々と転がり落ちる。

「武蔵様」

振り返ると隼人がいる。肌が艶かしく上気している。

「せいぜい後悔してください。あなたが私を阻まねば、この地獄は現出しなかった」

背中に激痛が走り、うずくまる。隼人からうけた傷が、再び痛みだす。

「私が大御所様の首をとっていれば、徳川は退いたはずです。大坂が血塗れの床に変わることはなかった。大坂の民を地獄に突き落としたのは、あなただ」

〈ひ〉

夜になっても殺戮はやまなかった。

大坂を焼く炎のせいで、昼のように明るい部分と影になった闇に城は完全に二分されていた。空には無慈悲なほどに多くの星が瞬いている。

隼人は燃える城郭を歩いていた。炎が肌をあぶった。髪の毛は焦げ、不快な臭気を発していた。息を吸うと、肺腑を焼かれるかのようだ。

炎に導かれるように、隼人は本丸を目指す。三層の石垣が織りなす道を、足をよろめかせながら上っていった。

大坂の城を見渡せる場所で足を止める。城に籠っていた民や兵、侍女たちが北へと逃げようとしていた。本丸を囲む水堀には、骸がいくつも浮いている。北側にひとつだけ橋がかかり、そこに人がひしめいていた。何人もが突き落とされ、橋柱に女や子供がしがみついている。

橋が軋み柱が折れ、水堀へと民たちが雪崩落ちていった。立ち往生する民や武者、侍女たちに徳川の兵が殺到する。悲鳴と叫喚が本丸に満ちた。血の煙が風にたゆたっている。

さらに北に目をやると、埋められた内堀があり逃げる群衆の周りに砂煙が濃く立ち込めていた。その先を阻むのは、大川や淀川、大和川だ。黒々とした水面が、月や星、大坂を燃やす炎を映している。かつてかかっていた三つの橋は、すでに焼き払われていた。舟で逃げる民は少数で、上半身裸になった男女が頭の上に荷物をのせて必死に渡ろうとする。途中で溺れ、流されていく者が大半だった。

川の北側には、いつのまにか篝火が帯をなしていた。池田、九鬼、森らの徳川勢が北から進軍しているのは知っていた。今、やっと駆けつけたのだ。

徳川勢から鯨波が上がる。矢叫びと銃声が後につづいた。渡河していた民たちが、次々と水中に沈んでいく。舟に避難しようとした民が蹴り落とされる。それでもなお船縁を掴み離さない。あちこちで、舟が転覆しはじめた。

なんとか岸についた民に、徳川勢は非情だ。男はことごとく首を刎ねられていく。武者の首と偽るためだ。女は泣き叫ぶ子供と無理やりに引き離され、鼻を削がれていく。男の首と偽るためだ。首を斬るひまがない時、鼻で代用するのは、戦の常套手段だ。そして鼻だけなら、男女の区別はつかない。

目を後ろに転じれば、同様のことが二の丸や三の丸、上町台地の西の船場でも行われている。日ノ本中の大名が、大坂の地と民を蹂躙していた。

隼人は三味線を握りしめる。顔を本丸に向けて、石垣に配された道を上った。灰と煤の匂いが濃くなっていく。何度も咳き込んだ。

天守閣のあった場所には、煤が黒い靄となって立ち込めていた。その下に、多くの骸が散らばっている。焼け死んだ男女だけではない。本丸で自決した民たちが、大地を埋めている。

豊臣家の武者、侍女、小姓、足軽、牢人、宣教師、傾奇者、僧、尼、神官、巫女、能役者、白拍子、茶人、商人、民もいる。毒を呑んだのか口から血を吐くもの、刃を喉に突き立てるもの。互いに胸を刺しあうもの。

絶命したものばかりではない。

死にきれぬ人々のうめき声が、隼人の足下から湧き上がる。

本丸を囲むように、炎が迫り上がってきた。もう、どこにも逃げ場はない。

豊臣家の愚策の犠牲となった民に――

徳川の呪いの具となる男女に――

隼人は、何をしてやれるのか。

涙は流れない。ただ目が燃えるように熱かった。口の中に血の味が満ちる。

ふと、どこからか歌が聞こえてきた。

――諸行は無常なるも
――これ、生滅の法なり

懐かしい声だった。

隼人の前で風が巻いた。火の粉が吸い込まれ、人の形をつくる。

隼人の瞳に涙があふれ、優しく頬を洗った。

隼人は、いろは歌を詠った。

扇はなかったが、構わずに舞う。風にのる火の粉が、隼人の踊りに華をそえる。

誰かが声をあわせる。見ると、血だらけの宣教師だった。片腕を落とされた町人も口ずさむ。子供を殺された女が寄り添う。半身を焼かれた武者が歌を叫び、長羽織を着た傾奇者たちが和す。

澄んだ音が聞こえた。豊臣家お抱えの能役者が、渾身の力で小鼓を打つ。風琴や南蛮琴の音もどこからか聞こえてきた。

炎は、もはや本丸の半分以上を侵していた。隼人たちがいる天守閣のあった場所に、民たちが続々と集まってくる。

終幕は近い。これが、隼人にとっての最後の傾奇だ。

「歌おう」

敗者たちが声をあげた。

「舞おう」

民たちが叫ぶ。

「これが最後の傾奇だ」

隼人たちは歌い、舞った。

聖歌と念仏と祝詞と偈が混じりあう。

いくつもの歌と唄と詩が溶けあっていく。

〈も〉


武蔵の持っていた木刀は、とっくの昔に使いものにならなくなっていた。かわりに奪った刀をふるう。炎まじりの嵐の中、武蔵は闘っていた。迫る徳川の侍たちを次々と斬っていく。脂でぬめり、すでに刃は鋭さを失っている。それでもなお力任せにふる。

身の内に聞こえた悲鳴は、武蔵の体に宿った魂が叫んでいるのか。

武蔵は殺して殺して殺しまくった。イナゴを殺さねば田畑を守れないように、迫る徳川勢を殺さねば民は救えない。

武蔵の中の一切の情を排除せねば、命を守ることができなかった。

隼人の声が蘇る。

――しかし、あなたは瀬戸際で踏みとどまっていた。

気づけば、武蔵は一線を越えていた。

侍大将の頭蓋に刀がめりこみ、つぶれた目玉が武蔵の頬にあたる。蹴って、刀を引き抜く。女たちを襲わんとする武者を袈裟懸けに両断した。

「ひいいい」

悲鳴をあげたのは、助けた女たちだ。つぶれんばかりに、赤子を強く抱いている。

「さあ」

無理やりに立たせようとする。複数の銃声がした。武蔵の腕に鉛玉がめりこむ。女の体が急に重たくなった。眉間に弾痕がうがたれている。

「女だ」

「奪え」

「男は首を刈れ」

武者たちが叫びとともに殺到する。ひとりふたりと首を刎ねたところで、とうとう刀が曲がった。拳で三人目の顔を潰し、刀を奪う。鞘がついたままだが、構わずに薙ぐ。足軽の胴に当たり鞘が粉砕され、それでもなお勢いを失わぬ刃が甲冑ごと胴体を切り裂く。

民たちが、曲輪の一角にうずくまっていた。みな、がたがたと震えている。もう、死臭は感じなくなっていた。血の匂いもだ。それは当たり前に充満していた。

血と汗が、武蔵の肌を湿らせている。

「行くぞ」

武蔵は促すが、誰も立たない。

「どうした。逃げないのか」

力なく首を横にふるのはまだいいほうで、死んだように黙したままの者も多い。

誰かがぽつりといった。その声には、生気が抜け落ちている。

「もう、無理だ」

「生き残れるわけがない」

「城を抜けても落武者狩りがいる」

「家族はみな、大坂で死んだ」

何人かが目を武蔵に向けた。虚ろなそれは、まるで木の洞(うろ)を見るかのようだ。

差し伸べた武蔵の手に誰もすがろうとしない。

「もう、ほっといてくれ」

「生きていても、逆賊の民といわれるんだ」

刃こぼれした手槍が、武蔵の胸に押しつけられた。

「なあ、あんた、殺してくれないか」

何人かがうなずく。

「家族を失って生きる意味があるのか。ここで殺してくれ」

冬の日のように、武蔵の肌が強張る。

「馬鹿をいうな」

手槍をひったくり、柄を折った。

「ついてこい、必ず助ける」

「ここにいる全員をか」

誰かが嘲笑った。すでに何人もの民が、武蔵の足元で息絶えていた。もし徳川勢がここに火縄銃を斉射すれば、武蔵は己の身を守るだけで精一杯だ。

「わしらは、もう生きるのに疲れたんだ」

そういう老人のまなこを、武蔵はどこかで見たことがある。

民たちの瞳が、武蔵を射すくめる。生者の目でも死者の目でもなかった。この瞳と武蔵は、何度もまみえた。

呪い首だ。

想像や夢想の中で対峙した呪い首と、同じ目の色を民たちはしている。

武蔵の本能が恐怖する。民たちは、自ら徳川のほどこした呪いの具にならんとしていた。

いや、今そうなったのではない。武蔵が大坂に入った時から、同じ目の色をしていた者が大勢いたのではなかったか。

ただ、武蔵は気づかなかっただけだ。

何人かが刀を手にとった。それを自身の喉元へともってくる。

武蔵の体は動かない。止めろと叫ぼうとしたが、民たちの目が全身をいましめる。

夫が、子を抱く妻ごと刀で貫こうとしている。なぜか、それは悲劇には見えなかった。

みなが救いを求めるように、夫の行為を見つめている。
「許せ、すぐにいく」
夫が繰り出した刃は、寸前で止まった。
武蔵はこうべを巡らす。
旋律が聞こえてきた。
風琴や三味線の音色だ。
天守閣のあった本丸の方から、歌と音曲が風にのってやってくる。
民たちが耳に手をあてて、必死に音を聞く。
武蔵も流れてくる歌に耳を澄ました。
知っている歌だった。武蔵は口ずさむ。民たちもそれにあわせる。
いろは歌だけではない。
別の詞章もだ。縄を編むように、詩がひとつの曲に集約される。
「ああ……」
嘆息が聞こえた。女が涙を流している。
妻子を殺さんとした男は嗚咽していた。
涙が、目に宿っていたものを洗い流す。
ゆっくりと民たちが立ち上がった。重そうに赤子を抱える妻がよろめいて、殺そうとした夫が支えた。目は悲痛な色を宿している。希望などという生やさしいものは一切ない。

しかし、もう死者の目でも呪い首の目でもなかった。

「行こう」

誰かがいった。

「生きよう」

その声は苦しげだった。

武蔵に目を向ける。武蔵はうなずいた。刀についた血を振り落とす。

足を引きずる民たちを導こうとした。

轟音とともに地がゆれた。背後の本丸からだ。石垣が崩れ、青白い炎が苦しげにうねっている。次々と岩が崩落していく。土煙が生じ、風が渦を巻いた。

もう、歌は聞こえてこない。

終　章　寂滅の刻

〈せ〉

駿府城の御殿の廊下を、左京は粛々と歩いていた。前からくる坊主や小姓たちが、慌てて端へよる。

無理もないと思う。無残な火傷の痕が、顔や腕のあちこちに広がっていた。もう、かつてのように髭を蓄えることはできない。白くなった髪は胸のあたりまで伸び、歩調にあわせて揺れていた。

大坂の陣が終わってから、もうすぐ一年になる。家康は秀頼らのこもった山里丸が燃えるのを見届けるや、その日のうちに京へと戻った。残された徳川勢が大坂の民を虐殺したというが、左京は気を失っていたのでその様子は知らない。

生死の境を七夜彷徨った後、目をさました。

長い廊下の途中で落ち合ったのは、柳生宗矩だ。

「左京殿、お久しぶりです。傷の具合はいかがですか」

「稽古はできるようになりました」

左京の返答に、硬かった宗矩の表情がわずかに和らぐ。

坊主がやってきて、ふたりを奥の部屋へと誘った。

錦の寝具が中央にしかれていた。徳川家康が、その中に老いた体を沈めている。顔にはしみが広がり、今にも落ちそうなほど皮は垂れている。

「よく来てくれた。両人、そばへ」

そういう家康の声にははりがある。寝たきりにはなったが、まだその精神は健在のようだ。

「余が望むのは徳川の安泰、ただそれのみだ」

「大御所様がつくった世は盤石でございます」

宗矩の発した言葉は世辞ではない。秀頼の遺児の国松を捕らえ斬首し、武家諸法度や公家諸法度を制定し、一国一城令で多くの城塞を破却した。

「政のことは一時、忘れ、回復した後の鷹狩を楽しみに過ごされてはいかがでしょうか」

宗矩の提案に、家康は首をふった。

「いや、まだだ。心残りがある」

「一体、なんでございましょうか」

慎重に問うたのは、左京だ。

「五霊鬼だ。呪詛者を、まだ成敗しておらぬ」

ひやりと、左京の背中が冷たくなった。

それは、千姫を殺せということだ。

「両人を呼びだしたのは他でもない、五霊鬼のことだ。呪詛者を捜しだし、殺せ」

同時に安堵もした。家康は、首謀者が千姫だとは気づいていない。

「ひとつ、よろしいでしょうか」

宗矩が家康に顔を近づけた。

「妖かし刀はいかがいたします」

家康のまぶたが震えた。左京も思わず己の腰に手をやってしまう。

秀忠を弑さんとした時、確かに左京は妖かし刀を持っていた。が、千姫と再会し意識を失い、目覚めた時、妖かし刀はどこかへと消え失せていた。以来、妖かし刀は行方知れずとなっている。

「安心せい。越前康継に再刃をさせておる。いずれ、見つかるはずだ」

「なんと、康継殿に再刃を命じたのは、妖かし刀を見つけるためでしたか」

宗矩が驚きの声をあげる。

大坂落城後、家康は豊臣家の宝刀宝剣の全てを瓦礫から探しだすよう命じた。とはいえ、ほとんどの刀は焼け身といって、刃文がわからなくなっている。銘の損傷も激しく、来歴が不明の刀が何百本と集まった。家康は、越前康継という刀工に再刃を命じた。

再刃とは、焼けた刀に刃文を焼き直すことだ。越前康継は、焼け身になる前の刃文を蘇らせる名人として知られている。

あれが、妖かし刀を探すための指示だったとは……。家康の執念に、左京は戦場にある時と同じような恐怖を感じた。

と同時に、家康は呪いを恐れているのではないか、とも思った。最初の呪い首が出現してから、もうすぐ二年になる。心はともかく、家康の体は確かに死の淵へとまっすぐに近づいていた。最初の呪い首以外は偽物だ。五霊鬼の対象となっているのは家康だけで、呪いの定めに従うかのように衰弱していっている。

「妖かし刀との決着は、まだついておらぬ。探しだし、大樹寺に封印せよ」

声ははっきりとしており、家康の気力にかげりがあるようには見えない。

「かしこまりました。万が一ですが——」

居住まいを正しつつ、宗矩はつづける。

「呪詛者が徳川一門であった時、いかがされます」

「殺せ」

小さい声だったが、迷いは微塵もなかった。

「必ずや呪詛者を見つけだせ。そして、妖かし刀でその者の首をはね、我が前に——」

突如、家康の言葉が途切れた。目が虚空を彷徨い、ぶるぶると震え出す。

口から大量の泡が吐き出された。

左京と宗矩は同時に立ち上がる。

「おふたり、お下がりあれ」

控えていた典医がかけより、あわてて脈をとった。

薬箱を持った医者が、左京と宗矩を押しのける。

襖が閉まる寸前、家康の姿が見えた。

何かを祈ろうとしているのか、口が動いている。

——南無八幡大菩薩……

襖がゆっくりと閉じられ、家康の声もその中に封印された。


武蔵は夢の中にいた。

遠くには、燃える大坂城がある。すでに石垣は崩壊してしまっていた。武蔵の足元には、ともに城を抜けた民たちがいた。みな、疲れ切っている。

またか——と思った。これは、夢だと理解できた。きっと、座禅中に気を失ってしまったのだろう。いつものことだ。

ありありと、ここまでの道中を思い出す。大坂城を脱出し、淀川を渡り、雲霞のごとく襲ってくる徳川方や落武者狩りと戦った。心を殺し、ただ最短最善で敵を屠っていく。

一太刀で三人の首をはねなければ、民たちは救えなかった。

一体、何十人の命を奪っただろうか。女を槍にかけんとする賊を袈裟掛けに斬った時、武蔵の頭の中で何かが弾けた。脳が不穏な湿りを帯びる。

　身の内からにじむのは、愉悦だった。

「見つけたぞ、落武者だ」

「狩れ、容赦するな」

「男は首をとれ、女は鼻を削げ」

　両側の林から、武器を持った男たちが現れた。旗指物を背に負った徳川方だ。

　民たちが悲鳴をあげる。赤子が泣き出した。母と子を黙らすには、どんな太刀筋がいいかを考える己に愕然とした。

　かつて、林羅山は「凶をその身にはらめば、宿る技も穢される」といった。まさに、今の己がそうだった。

「武蔵様、私も戦います」

　男が落ちていた刀を拾った。

「失せろ」

「え」

「失せろ。殺されたいのか」

　民たちが一斉に逃げ出した。殺気を撒き散らす、武蔵に恐怖したのだ。

　武蔵は背中で、賊たちの迫る足音を聞いていた。極限まで引きつける。

振り向き様に、刀を唸らせた。一太刀で、三人の首が飛んだ。胴体をまっぷたつにして、道をつくる。枝を払うようにして、腕を断つ。

身にまとう殺気の命ずるままに、刀を繰り出した。

飛ぶ首を見つつ、初めての太刀筋のはずなのに見覚えがあることを不思議に感じた。

ああ、そうか、これは左京の太刀筋だ。武蔵は左京の断頭の技を繰り出していた。ちがうのは、武蔵が悲鳴を上げないことだ。

武蔵は、人を殺すことに痛痒を感じなくなりつつあった。

落武者狩りを全滅させた武蔵は、民たちの後を追わなかった。来た道を見る。徳川方の松明が蛍火の群れを思わせた。武蔵は唇を舌で湿らせた。返り血の味が、口の中に広がる。刀を突き上げ吠えた。

ここに獲物がいるぞ、と獲物たちに教えてやる。

急速に近づく松明は、どれも血の色をしていた。

武蔵のまぶたが上がった。もう、どこにも敵はいない。岩窟の風景が広がるだけだ。

体の節々が固くなっている。気を失ってから、いかほどたっただろうか。口からは涎が垂れている。

大坂の陣の後、武蔵は岩窟に籠った。身を乗っ取ろうとする殺気と戦うためだ。

いつも気を失った。

そして、大坂の夢を見た。夢であるとわかっているのに、武蔵は殺人刀を繰り出すのをやめられない。

一体、どれだけ苦しめばいいのだ。

頭の中に声が響いた。顔を上げると、七色に輝く光に満ちていた。また、幻覚だ。不眠不休で座禅をつづけると、必ず現れる。

——武蔵様、あなたが本当に憎むものはなんなのですか。

耳元で誰かが囁いた。

——苦しみから逃れたいのでしょう。

武蔵はうなずいた。

——ならば、あなたが真に憎むものを斬りなさい。

そうすれば、解放してくれるのか。

武蔵の憎む者とは誰だ。

頭によぎったのは、南蛮胴を身にまとった左京だった。

〈す〉

もうすぐ、すべてが終わる。

左京は、江戸にある坂崎家の屋敷で静かに端座していた。

目の前の三方にのっているのは、皆焼の刃文をもつ妖かし刀だ。

呪詛者の根絶と妖かし刀の捜索を家康から託された以後のことを思い出す。

典医たちの必死の治療の甲斐なく、家康は呆気なく身罷った。ひとまず、駿河国の久能山に埋葬された。一月後、江戸の裏鬼門を守る増上寺で盛大に葬礼が執り行われた。これが四月前のことだ。時機をみて、江戸の北にある日光山に埋葬しなおすという。その際に、明神号か権現号かのどちらかで神格化されることも決まっている。

家康自らが呪いの具となり、江戸を守るのだ。

かつてイエス像を祀っていた聖堂に、今、左京はいる。宇喜多左京亮と名乗っていたころ、大坂の屋敷内に建てたものだ。秀吉の死後、江戸の坂崎屋敷に移築した。禁教令が出て信仰の証となるものは一切捨てたが、それでもかつての空気は染みついている。

周囲に人の気配が濃く満ちていることに気づく。

やっと来たか、と思った。

両開きの扉が音をたてて開く。乱入してきたのは、柳生の剣士たちだ。采配をとるのは、小具足姿の柳生宗矩である。水野勝成も横に控えていた。

「何用か」

座したまま左京は訊いた。

「左京殿の家臣から注進があった。こともあろうに、上様を呪詛した、とな。呪い首を、坂崎家の江戸屋敷でつくった、と」

左京は口をつぐんだままだ。

「先ほど、庭から掘り出したものだ」

柳生の剣士が、土にまみれた桶を突き出す。蓋を外し、中から取り出したのは生首だ。眼球には〝徳川〟と〝秀忠〟の文字が刻まれていた。

長かったな、と思う。これで、全ての騒動に決着をつけることができる。

「それだけではない。左京殿が、満徳寺にいく千姫様の一行を襲わんと画策したのも知っている」

思い出すのは、数日前の出来事だ。

左京は、千姫の駕籠を追っていた。千姫の一行が目指すのは、上野国徳川にある満徳寺だ。徳川の地名からわかるとおり、家康の先祖の出身地だといわれている。満徳寺で縁切りという儀式をしてから、千姫は徳川家臣の本多忠刻に嫁ぐことが決まった。縁切りもまた呪いである。秀頼に嫁いだ千姫から、あらゆる豊臣の縁を切ることで、徳川の女として生き直させようというのだ。

江戸から馬を走らせた左京は、千姫の一行を見つけるや、躊躇することなく駕籠の行く手を阻んだ。殺気だつ護衛の武者は無視して、下馬して跪き害意はないことを示した。

武者たちをかきわけてやってきたのは、刑部卿だ。

『これはいかなことです。駕籠を遮るとはどういう了見ですか』

刑部卿が甲高い声でなじる。

『恐れながら、確かめたきことがひとつあります』

刑部卿だけに見えるように、左京は地に〃妖刀〃と書いた。

刑部卿の顔が、たちまち青ざめる。目元のほくろも震え出す。

やはり、と心中でつぶやいた。千姫は、妖かし刀を隠し持っている。左京が気を喪った時、千姫はそばにいた。手から離れて転がった妖かし刀を密かに保持していたのだろう。

刑部卿が、左京を木陰へと誘った。

『千姫が、妖かし刀を持っておられるのだな』

刑部卿は最初こそ白を切ろうとしたものの、左京の眼光に押されるようにしてうなずいた。

『大御所様が呪詛者の成敗を命じたのは知っていよう』

刑部卿は唇を噛んだ。家康が死んだとて、命令が取り消されるわけではない。

『千姫様のご意向です』

どういうことだ、と目で問う。

『千姫様は自らの手で、呪詛騒動に決着をつけんとしています』

『決着とは』

『妖かし刀を破壊し、自ら命を断ちます』

左京は木陰からのぞく輿を見た。中にいるはずの姫は見えない。厚く武者たちが囲っている。

『満徳寺にはいり、縁切りの儀式の前に決行されます。豊臣家の御台所として、呪詛騒動を、その命と引き換えに終わらせます』

『刑部卿殿は、それでよしとしたのか』

『千姫様の意志は、もはや覆りません。わらわは、姫が赤子のときより乳を与え育てました。姫に殉じる覚悟です』

刑部卿は、懐から短刀を取り出してみせた。これで喉を突くつもりのようだ。

左京はため息を吐いて間をとる。

『千姫様は、まだこの世に必要なお方だ』

はっと、刑部卿が顔をあげた。

『徳川の世に絶望する者にとって、千姫様は救いとなる。徳川と豊臣の旧臣の橋渡しができる、唯一のお方だ。死ぬことはまかりならぬ』

『ですが、誰が呪詛の後始末を……』

『我がなす』

『左京様は……何をお考えですか』

『五霊鬼の呪詛騒動は、この左京が決着をつける。余人に任せられることではない』

妖かし刀の在り処を問うと、刑部卿が一瞬だけ背後の行列を見た。長持ちを担ぐ小者たちがいる。それだけで十分だった。

刀で脅し、長持ちの中から妖かし刀を奪った。

そして今、妖かし刀は、左京の目の前の三方の上に抜き身で鎮座している。

「左京殿、なぜ、このような愚かなことを」

目を血走らせた宗矩の言葉が、左京を現に引き戻す。

「神の国を創らんがため。この国はデウスによって統べられるべきだ」

口から出まかせをいった。囲む剣士たちがどよめいたのは、左京が素直に罪を認めたことに驚いたのだろう。

「では、これまでの呪い首は」

「すべて我の手によるものだ」

さらに大きな驚きの声があがる。

これでいいのだ。今度こそ、左京は大切な人を守らねばならない。

「左京よ、お主、誰かをかばっているのではないか」

問うたのは勝成だった。もうかつてのように喧嘩煙管は持っていない。幾分か肉がついたようで、いつのまにか一国の城主としての貫禄を身につけていた。

好ましくない展開だった。隼人と親しかった勝成ならば、呪詛者の正体に勘づいていてもおかしくない。悟られる前にかたをつけねばならない。幸い、この場には宗矩はじめ手練れが多い。全力で戦っても必ず絶命させてくれるはずだ。

左京は三方の上の妖かし刀を握り、皆焼の刃文を囲む男たちに見せつけた。それだけで、柳生の剣士たちが後ずさる。

「鉄砲や弓は使うな。剣で抑えるのだ」

宗矩が鋭い声で指示を出す。天井は高いが、広くはない屋内は左京に有利な戦場だ。鉄砲や弓は同士討ちの危険の方が大きい。

「命を捨てる覚悟で挑め。落命の時は、家族たちの面倒は必ずみる」

宗矩の言葉に、柳生の剣士たちがじりじりと包囲の輪を狭める。

何人かが左京から視線を外した。

宗矩もまた半身になっている。

恐ろしい気が、屋敷の外から迫ってきていた。

殺意が風となって左京と囲む一団に吹きつける。柳生の剣士たちの刀が、半ば以上闖入者へ向けられた。

「何者だ」と、剣士のひとりが誰何する。

なぜか、左京の心に動揺はない。

あるいは、この男がくるとわかっていたのかもしれない。

小袖に南蛮袴のカルサン、額にはきつくしめた鉢巻、腰の刀にはなまこ透かしの鍔がはめられている。

あれは、佐野久遠の佩刀ではないか。

「武蔵、生きていたのか」

宗矩の横にいた水野勝成がいった。

宮本武蔵が立っている。これほどまでに凶々しい闘志を、左京は知らない。落城の混乱の中、武蔵がくぐった修羅場を思い知らされた。

「左京様、約定通り立ち合っていただく」

武蔵の身に宿った殺気と凶気は、宿主を混じり気のない剣士にしていた。左京を絶命させるため、最善にして最適の技で対処してくれるだろう。そんな武蔵にとって、五霊鬼の呪詛騒動など些事にすぎない。左京と剣を交わらせることが何より大事なのだ。

ゆえに左京は確信した。

この男ならば呪詛の首謀者について永遠に黙してくれる、と。

武蔵は感じていた。もはや、己を踏みとどまらせる魂は体に宿っていない、と。武蔵は、己を縁取る殺気が歓喜の声をあげるのを聞く。柳生の剣士たちが向ける警戒の気を食み、禍々しさを増す。

「武蔵、退け。もう、お主の出る幕はない」

詰め寄ろうとする勝成を制したのは、宗矩だ。

「危険です。お下がりください。武蔵は正気ではありません。みなも下がれ。このふたりが刃を交えれば無事ではすまぬぞ」

切迫した宗矩の声に、柳生の剣士たちが後退る。

武蔵は久遠の佩刀を抜いた。波を思わせる互の目の刃文が、姿を現す。

皆焼の刃文の妖かし刀と対峙した。

刃先から放たれる二人の気が、間合の中央でぶつかる。

静寂を破ったのは、武蔵だった。自身でも驚くほど凄惨な声を迸らせていた。

武蔵が打ち込む剣は、左京を圧倒した。急所を正確かつ強烈に襲う。それを、左京が必死にさばく。手に伝わる衝撃が、武蔵をさらに昂らせた。

左京が鳥居の形で刃を受け止めた時、すでに体のあちこちから血を流していた。着衣も斬り裂かれ、むごい火傷の痕があらわになる。

もはや立ち合いではなく、詰将棋に近い。このまま力をこめて力尽きさせてもいいし、刀を変化させて左京の体を斬り刻むのも自由だ。

いかにして勝つかではなく、どうやって斬るか。油断ではなく、冷徹な状況判断だった。

それを狂わせたのは、歌だ。

左京が兵法歌を口ずさんでいる。

あろうことか、左京は妖かし刀を手放した。武蔵の均衡が崩される。武蔵の腰に残った鞘と手首を取った。肘に鞘をあてられ、関節が異音をあげる。武蔵は床を蹴り、回転する。反対の壁が見え、天井、壁と風景が急激に流れた。

着地と同時に、武蔵は反撃の一刀を繰り出していた。

いまだかつて、武蔵が出したことのない技だった。これは、冬の陣で左京が見せた体捌きだ。無意識のうちに放った技が、左京の額に吸いこまれる。

吹き出た血が、左京の顔を朱に染める。が、浅い。頭蓋の骨をわずかに傷つけたにすぎない。

左京は背後へ跳び、間合をとる。

その手には、武蔵の刀が握られていた。気づけば、武蔵は妖かし刀を握っている。回転を利しての斬撃は、短い刀が有利だと武蔵の本能がとっさに判断したのだ。

図らずも、互いに武器を持ち替えて対峙する。

妖かし刀は、武蔵を支配する殺気を愛撫するかのようだ。五感が鈍麻し、脳を湿らせる。

快感が風景を歪ませ、左京の姿を変化させる。見知らぬ青年が現れた。葵の旗差物を背負う武者だ。目や鼻のつくりが家康と似ている。恐怖に引き攣る声で『阿部、乱心したか』と叫ぶ。

阿部という名前に覚えがある。家康の祖父の松平清康を妖かし刀で討った家臣だ。

まさか、妖かし刀が見せる森山崩れの風景か。

妖かし刀が袈裟掛けに松平清康を斬る。切っ先の五つのまだらが血で見えなくなった。

軒先を伝う雨のように血が鍔元まで迫り、武蔵の手を穢す。

父上っ、と悲痛な叫びが聞こえた。目の前にいた家康の祖父の姿は消え、少年の面影を残した若者に変わっている。家康とよく似た耳の形をしており、腹に短刀が深々と突き刺さっていた。震える手で、十文字に己の腹を切らんとしている。

『わが首を切れっ』

血とともに、武蔵へと、いや、妖かし刀の持ち主へと叫びかける。家康の嫡男の徳川信康が、激しく介錯の一刀を求めている。

武蔵の手に断頭の衝撃が爆ぜる。

槌音が木霊していた。刀匠と思しき男が五人、妖かし刀の前に跪いている。

顔の前に刀が近づく。皆焼の刃文にうっすらと相貌が映る。気丈な顔立ちをした女人だ。瞳が憎悪で烟っている。それが、怜悧な美しさを凄惨なものにしていた。

『於満様、この村正めが、全身全霊をこめた妖かし刀でございます』

五人の刀匠が額ずく。

武蔵の全身に鳥肌がたった。呪詛始めとなった、家康の祖母の於満だ。

『覚悟はよろしいか。もう後戻りはできませぬぞ』

刀身に映る女がうなずいた。刀匠のひとりが、於満の前にうなじを露わにする。

『では、私こと村正めの首を断たれよ。そして、わが眼球に憎き男の諱を刻みなされ』

妖かし刀がゆっくりと振りあげられた。残る四人の刀匠が目を瞑り、たたら場を讃える歌を唱和する。

『松平清康よ』於満の声が武蔵の耳を打つ。

『我を嬲った報い、松平を末代まで祟る呪いとして受けよ』

於満の絶叫が響きわたった。いや、殺気に乗っ取られた武蔵も叫んでいた。

刀の一閃が、風景を両断する。

裂け目から現れたのは、左京だ。妖かし刀の斬撃を撥ね返す。

左京が攻めへと転じる。縦一文字の斬撃は、武蔵にとってかわすのは容易だ。

息を呑む。

左京の太刀筋が変化した。

縦から横へ、と。

これは、佐野久遠の技だ。虚をつかれた武蔵には、反撃はおろか反応する術さえなかった。

絶命必至の技を阻んだのは、妖かし刀の鍔だ。

武蔵は無意識のうちに、刀を逆手に持ち替えていた。

体が震えた。この型を、幾度も稽古した。旅から戻った久遠と立ち合う時のために、だ。だが、その心身の記憶は、強すぎる復讐の念に塗りつぶされていた。とっくの昔に消えてしまったと思っていた。

「久遠」と、つぶやいた。まだ、武蔵は喪っていなかったのだ。

手に持つ妖かし刀が、再び武蔵を支配せんとした。左京の横薙ぎの太刀が迫ってくる。斬られるより疾く斬ることは容易い。妖かし刀の命ずるままにすれば、絶命の太刀を浴びせられる。

だが、武蔵はそうしなかった。

刃が、武蔵の胴体をまっぷたつにした。

にもかかわらず、武蔵の肉を断つことはなかった。

左京が斬ったのは、殺気と凶気が描く武蔵の形をした輪郭だった。

武蔵は、殺気を脱ぎ捨てるようにして後ろに下がっていた。

武蔵は咆哮する。妖かし刀がしなるほど強烈な斬撃を繰り出す。

左京は、一歩たりとも動けない。剣風が遅れて左京の鬢の毛を揺らす。

武蔵は、武蔵のもっとも憎むものを斬った。

目を前にやると、左京が立っている。首には傷ひとつついていない。断頭の太刀を放ったにもかかわらずだ。

武蔵が斬ったのは、左京ではない。

目の前にある、武蔵の形をした殺気である。

「武蔵、斬らぬのか」

左京が、武蔵に問いかける。もはや、ふたりは構えてさえいない。

「これが己の答えだ」

武蔵の形をしていた殺気が苦しげにもがき、やがて消滅していく。

左京は床に武蔵の刀を置いた。武蔵も同様に妖かし刀を並べる。互いに武器を取り替えた。鍔鳴りの音とともに武蔵は鞘に納め、一歩、二歩と後退った。左京は納刀せずに相手の所作を見守った。きっと、竹内流の所作だろう。

「いまだ」

誰かの声が聞こえた。

柳生の剣が一斉に左京へと襲いかかる。いくつもの白刃が巨軀を貫いた。少し遅れて、赤い血がしたたりだす。

「武蔵」

左京は、妖かし刀をゆっくりと逆手に持ち替えた。

「願わくば、我が魂も――」

渾身の力で自身の胸に突き刺す。刀を肋骨に挟み、左京はさらに力をこめる。

皆焼の刃文に一筋のひびが入った。

それが合図だったかのように、甲高い音とともに刀が粉砕される。

左京の体が崩れ、粉々になった村正の上に倒れ伏した。

誰も一言も発しない。

倒れる左京のそばへいき、武蔵は膝をついた。命の色が消えた瞳は、湖面のように穏やかだ。

弔いの言葉や念仏は不要だ。

左京は滅ぶのではない。技と魂を、ひとりの剣士に託すのだ。

耳をすますと、歌が聞こえてきた。いろは歌、諸行無常偈、そして美作の兵法歌……。

刀を目の前にもってきて、鯉口を切り刃文をあらわにする。

武蔵は誓った。

金打の音が歌と重なる。

線香花火のような、刹那の鮮烈な光

市川淳一

　時は大坂の陣の前夜。大御所・徳川家康を呪詛した〝呪い首〟が街道で発見される。生首を一級用意し、骸からくり抜いた目に諱を刻み、左右の眼球を入れ替えてはめ込むことで、彼岸と此岸のあわいにある呪い首となる――それが「五霊鬼の呪い」。諱を刻まれた者は二年の内に呪い殺されるという。

　一方、かつて無敵を誇った宮本武蔵は、戦国の気風が急速に失われ、太平の世が近づく中、その峻厳すぎる剣はもはや時代遅れだと感じていた。呪詛者の探索の依頼を固辞した武蔵だったが、唯一人、自分の剣を慕い続け、「円明流を託してほしい」と願い出た弟子が殺される。その事件が「五霊鬼の呪い」とつながった時、武蔵は正体不明の呪詛者を追うことを決意する。徳川家康を呪ったのは、いったい誰なのか――？

　歴史小説の第一線を走り続け、常に新しい挑戦を続ける著者が放つ本作は、ミステリーとしても第一級。物語の推進力になる「謎」が、二転三転どころか七転八転、どんんでん返しの連続……！「ページを捲る手が止まらない」とはこういうことか、と思いました。

色彩、匂い、決闘の息づかいから土埃までが圧倒的なスケールで迫ってきて、『魔界転生』の雰囲気で深作欣二に撮ってもらったらカッコいいな、いや、『キル・ビル』の乾いた雰囲気でタランティーノもいいかな……と妄想が止まりませんでした。自分も選考委員の一人として参加した第12回「本屋が選ぶ時代小説大賞」で『孤剣の涯て』が大賞を受賞したのはご存じの通りです。

木下さんのデビュー作『宇喜多の捨て嫁』を読んだ時、すごい人が出てきた、と舌を巻きました。戦国の梟雄・宇喜多直家の英雄譚ですが、残酷なのに美しく、格調高い。いきなり直木賞にノミネートされたことでも話題になりましたが、木下さんにしか書けない作品の虜になり、自分の勤務する書店一店舗だけで約１３００冊を売り上げました。そこから木下作品を追い続けています。

木下さんは、作品ごとにコンセプトや作風をガラリと変える作家でもあります。本作はエンターテインメント色の強い作品でありながら、玄人筋を唸らせる仕掛けが随所に散りばめられています。生涯、妻帯しなかった武蔵が「三木之助」という名の少年を養子に取っていることもそうですが、僕が注目したのは、本作の悪役、坂崎直盛が失態を犯した部下に紙の陣羽織を着せるシーンです。その紙羽織には異様な文言が墨書されています。「この人身さぐりの上手、家中にはいやな人」、つまり「逃げることばかり上手く、不要の人」と蔑(さげす)んでいるのです。このような逸話はこれまで聞いたことがありませんでしたし、探してみてもそうした記述は見つかりませんでした。

しかし、実は、江戸時代、山鹿素行によって書かれた歴史書『武家事紀』に、まさにこうした記述があったというのです！　木下昌輝、恐るべし……奇想天外なストーリーの裏には、緻密に原典にあたる気の遠くなるような作業があり、それが物語に厚みやリアリティを与えているのです。このエピソード一つとっても、おそらく、小説では本邦初公開ではないでしょうか。

さらに、このシーンがひどくエロティックに僕には思えたのです。もしかしたら、この時、直盛はサディスティックな性的興奮を覚えていたのではないか？　直盛は悲惨な生い立ちで、愛する従姉を守れなかったという深い心の傷を抱えています。そこから、性的な倒錯を抱えてしまったのではないか、という思いに囚われました。直盛が奇声を上げながら剣を振るうシーンを「赤子を失った母の絶叫を思わせる」と書くセンスも抜群に良くて、感動してしまいます。

木下作品の悪役は、悪いやつほど魅力的なんです。『宇喜多の捨て嫁』の「ぐひんの鼻」も名作中の名作ですが、浦上宗景にも同じような歪みや、その底にある哀しみを感じました。嗜虐心にとり憑かれながら、どこか滑稽で、思わず情が湧いてしまうような悪役を描けるのは、木下さんにしかない類稀なる才能だと思っています。
木下作品には山田風太郎のような伝奇小説的な空気感と、昔の日活映画のような濃厚なエロティシズムが漂い、陰惨な場面も容赦なく描写されます。それと同時に、独特の「乾いた味わい」も存在する。これは、メタ視点で歴史を俯瞰しているからでもあり、木下さんの気質でもあると思いますね。

そもそも、本作は「呪い」がテーマでありながら、当の武蔵は呪いなど信じていないのです。本当に恐いものは、別のところにある。木下さんは、インタビューで、本作を執筆するきっかけについてこう語っています。皆、巖流島での武蔵は知っているけれど、そのあとの武蔵を知らない。実は、60回以上の決闘にすべて勝利した武蔵は、非常に現代的な、当時の風潮に抗うような考えを持つようになったというのです。当時は殉死の風潮があったのですが、武蔵は「死を肯定するのは間違っている」というようなことを言っていた。60回も決闘した武蔵が、なぜこんな現代的な人間に変わったのだろうか。そこに何かがあるように感じたことが、『孤剣の涯て』執筆の出発点だった、と。

呪いの謎を解く、血沸き肉躍る活劇で読者を魅了しつつ、「滅ぶことが決まっているのに、人は何かを生み出さずにはいられない」という人間の性や、無常の定めに抗おうとする者たちの姿を、木下さんは静かに見つめ続けています。

読んでいて、思わず背筋がゾクッとしたのが、合戦の最中の「味方崩れ」の場面です。前線で戦い、狂乱の様相で撤退してくる味方を、弓矢で射殺する非情な行為が繰り広げられますが、こうした戦場のリアリズム——史実を丹念に調べ上げる骨太さと、伝奇小説的なファンタジーの色彩が両立している、これこそが木下作品の真骨頂だと思いました。

本作のテーマにも、現代に通ずるリアリズムが込められています。戦国武将が華々しく活躍する時代が終わり、剣よりも鉄砲が力を持ち、徳川を頂点とする武家支配の構図が確立された。その流れについていけない武蔵の葛藤や、禁じられた女傾奇の無念は、現代を生きる私たちにも常に突きつけられるものではないでしょうか。

今、織田信長や坂本龍馬は、昔ほど人気が無いように感じています。楽天的に未来を信じられず、サクセスストーリーに読者が鼻白んでしまう時代には、木下さんの描く、線香花火のような、脆弱な存在だけれども、刹那の鮮烈な閃光を放って消えてゆくような登場人物たちこそ、共感を呼ぶのではないかと思っています。

（書店員・丸善ラゾーナ川崎店）

単行本　二〇二二年五月　文藝春秋刊
初出「別冊文藝春秋」二〇二一年五月号〜二〇二一年十一月号に連載したものに加筆
解説構成　沢木棲
DTP　言語社

文春文庫

孤剣の涯て

定価はカバーに表示してあります

2024年9月10日　第1刷

著　者　木下昌輝
発行者　大沼貴之
発行所　株式会社　文藝春秋

東京都千代田区紀尾井町 3-23　〒102-8008
TEL　03・3265・1211㈹
文藝春秋ホームページ　http://www.bunshun.co.jp

落丁、乱丁本は、お手数ですが小社製作部宛お送り下さい。送料小社負担でお取替致します。

印刷・萩原印刷　製本・加藤製本

Printed in Japan
ISBN978-4-16-792274-0